燕园记忆

两忆集

洪子诚 么书仪 著

北京大学出版社
PEKING UNIVERSITY PRESS

图书在版编目(CIP)数据

两忆集／洪子诚，么书仪著．—北京：北京大学出版社，2009.4
（燕园记忆）

ISBN 978-7-301-15151-8

Ⅰ.两… Ⅱ.①洪…②么… Ⅲ.回忆录－作品集－中国－当代
Ⅳ.I251

中国版本图书馆 CIP 数据核字（2009）第 055965 号

书　　　　名：	两忆集
著作责任者：	洪子诚　么书仪　著
责 任 编 辑：	黄敏劼
封 面 设 计：	海云书装
标 准 书 号：	ISBN 978-7-301-15151-8/G·2600
出 版 发 行：	北京大学出版社
地　　　　址：	北京市海淀区成府路 205 号　100871
网　　　　址：	http://www.pup.cn　电子信箱：pw@pup.pku.edu.cn
电　　　　话：	邮购部 62752015　发行部 62750672　编辑部 62750112
	出版部 62754962
印 刷 者：	北京汇林印务有限公司
经 销 者：	新华书店
	650 毫米×980 毫米　16 开本　20.5 印张　240 千字
	2009 年 4 月第 1 版　2009 年 4 月第 1 次印刷
定　　　价：	36.00 元

未经许可，不得以任何方式复制或抄袭本书之部分或全部内容。
版权所有，侵权必究。举报电话：010-62752024　电子信箱：fd@pup.pku.edu.cn

目 录

序　言 / 5

北大记忆

批判者和被批判者——北大往事之一 / 3
我的最好的"演出"——北大往事之二 / 11
《1956：百花时代》前言和后记 / 13
我和"北大诗人"们 / 21
外来者的"故事" / 28
"严"上还要加"严"——严家炎先生印象 / 35
"知情人"说谢冕 / 42
无题有感 / 51
祝贺曹文轩的四条理由 / 54
《都市流浪集》的诗歌问题 / 59
哲学楼 101 / 63
1958 年的"共产主义" / 67
价格高昂的大米 / 71
事情的次要方面 / 75

目 录

"30年代初的孔乙己造像"
——金克木先生的《孔乙己外传》／82
林庚先生和新诗／86
他们都"曾经北大"／90
"真实"的诱惑／95

到北大念书／99
在北大经历"文革"／109
入团纪事／122
日记的故事／132
"大象"／138
结婚证的麻烦／143
家住未名湖／146
《晚清戏曲的变革》后序／163

东京记忆

"艰难的起飞"／175
经受"规范"／180
我还能说话吗？／186
"奢侈"的音乐／191
东京大学的学生节／197
到原宿看"新潮"／203
上野的樱花节／207
京都的鸭川／212

目录

"居酒屋" / 215
"风俗产业" / 221
生活中的味之素 / 225
"祈愿绘马" / 231
虔诚的日本人? / 234
人鬼之间 / 238
吃午餐的"八公"狗 / 243
志以纪念 / 248
本良上人和他的妙常寺 / 256
漂洋过海的杨贵妃 / 263
隐元禅师和日本佛教黄檗宗 / 273
话说日本天皇和皇后 / 280
皇太子选妃的前前后后 / 287
中国古代戏曲专家传田章 / 298
我所认识的平山久雄 / 307

序　言

　　本书的前一半应该叫做"北大记忆",因为自 1956 年和 1963 年开始,我们就进入了北大:在北大求学、毕业、教书、生活……做学生的时候勤奋努力,教书的时候也算兢兢业业,政治运动中"革命"和"被革命",改革大潮中或随波逐流或"与时俱进",在自己的研究中"衔泥垒窝"……

　　时至今日回首前尘,一万八千多个工作或者生活在北大的日子,几乎是我们成人之后生命的全部。其中经历的顺境和逆境,体验的快乐和欣慰、辛苦和懊悔、检讨和反思……这一切都和生命镶嵌在一起,不可分割。半个世纪以来,源于北大的胸襟和眼界让我们受益匪浅,北大留在我们身上的印记也让我们磕磕碰碰。扪心自问,我们对于北大的"感情"是理不清说不尽的,就像是对待自己的父亲和母亲。

　　或许应该这样说:今生今世能够生活在未名湖边,生活在北大,生活在与清华一墙之隔的园子蓝旗营,是上天赐给我们的幸福。

　　这里记载的文字只是难以忘怀的片片段段,当然远不是 50 年的全部。……

　　本书的后一半是"东京记忆","东京记忆"来自于 1999 年学苑出版社出版的《两意集》,它是由王学泰先生主编的随笔丛书《学苑丛谈》中的一本,在《两意集》的序中这样说到"东京记忆":

　　　　本书的前一半叫做"东京记忆"。那是因为 1991 年秋到 1993

洪子诚与么书仪在北京植物园。

年秋之间的两年,我们是在东京度过的。在东京的一所大学里教基础汉语,讲授中国当代文学(课表上的课程名称则为"东亚近代文学"),在NHK"放送大学"的"中国语"课上协作配音,参加学校的先生们和学生们的一些活动,参观那些外国旅游者一般都要去的旅游景点,期间还两次到京都、奈良、神户,一次到九州的福冈和长崎……

当我们1991年离开北京的时候,北京还处于"百货大楼"时代,没有今天这么多大商厦,也没有满街的专卖店、个体户……"开放"的程度也很有限。因此,到了东京,对许多事物都感到有强烈的对比感。在日本那个"规范"而有序的社会里生活,少了许多不便和烦恼,却也多了些从对比中生出的焦虑。那时候,"父母之邦"的概念时时刻刻地紧紧跟随着你,走在东京的街上,经常会产生感触，回"家"后就记下遇到和感到的一切，潜意识里大概是想要用文字垒成一块"他山之石"，这就是"东京记忆"的由来。

后来，中国的社会情形发生了许多变化，我们对日本的印象也明显地褪色了。如果以今天的观点、情感来写这些问题，在看法上和具体处理上，也许会有许多不同。不过，我们不想做太多的改动：这总是一个时期的思绪、感触所留下的一些印记……

1999年出版的《两意集》，由于是由"东京记忆"和"当代文学研究"两部分组成的，两部分命意不同，寓意有别，所以书名定为《两意集》。

而今，这本书的名字定为《两忆集》，则包含着两层意思：一是指两个人的回忆，另一是回忆的事情是两个方面，不过事实上，"东京记忆"也还是属于"北大记忆"中的一部分。

这本书仍然是两个人分别撰写、互相修改和订正——毕竟说的这些都已是记忆中的旧事了。仍然循照《两意集》的旧例，不再一一署名，减去麻烦啰唆。

女儿看到这个序言的时候，抱怨说："那篇《京都的鸭川》还是我写的呢，为什么署名没有我啊？我还是你们的系友和校友呢！"是啊！她是90级本科生、95级硕士生——像我们这样一家人都和北大中文系撕扯不清的人家大概也不多见。按照现在的看法，这也真是够悲哀的事情。

著者于北京蓝旗营
2008年7月

北大记忆

批判者和被批判者

——北大往事之一

  1965年秋天到1966年上半年，我和学生一起，在北京近郊农村的朝阳区小红门参加"四清"（"社会主义教育"运动）。那时，我毕业留校任教已有四个多年头。6月1日，中央电台广播了聂元梓等的大字报后，学校很快派进"工作队"，并要我们立即返回，参加被称作"文化大革命"的运动。踏入校门，看到到处贴满大字报，到处是骚动激昂的人群：这很有点像我想象中的或从文学作品中看来的"法国大革命"（或俄国十月革命）的样子。按当时的规定，我不再到学生的班里去，而返回教研室，教师集中学习、开会。

  6月上旬的一天，我任班主任的那个班的一个学生干部来到我的宿舍。敲开门后，站着且神情严肃地通知，下午去参加他们的班会。我问会议的内容，他不肯坐下，也没有回答径自离开。下午2点我来到32楼，楼道里贴满了大字报。也有关于我的，还配有漫画，好像是契诃夫小说中的人物凡卡在跟我说着什么——《凡卡》是我给他们上写作课时分析过的文章。我来不及细看，推开他们通常开班会的房门，发现全班三十几位同学都挤在里面。所有的人都沉默着，屋里出奇的安静；都看着我，却没有人和我打招呼。我看到床的上下层和过道都坐满了人，只有靠窗边空着个凳子；意识到这是我的座位。便低着脑袋，匆匆走到窗边坐下。

这时，主持人宣布："今天我们开班会，对洪子诚同志进行批判。"这突如其来的"批判"，和突如其来的"同志"的称呼，顿时使我没有一点思想准备的脑子陷于慌乱之中。接着便听到"洪子诚你要仔细听大家的发言，老老实实检查自己……"的话。于是，我几乎是下意识地掏出笔记本，转身面向桌子作着记录。从批判发言中，我逐渐明白了我的问题是什么。一是在教学中，散布资产阶级毒素，特别是小资阶级情调。另一是当班主任犯了"阶级路线错误"，重用出身反动阶级家庭的学生。不错，团支部和班会干部大部分出身革命干部和贫下中农家庭，但"洪子诚没有真正依靠我们，思想深处是喜欢那些少爷、小姐的"。发言有的尖锐激烈，有的语调措辞却有些迟疑；可能是前些天还称我老师，现在当着我的面，不知怎样才能做到理直气壮直呼我的名字。桌子是靠墙放的，这使我记录时可以不面对学生，情绪也因此稍稍安定。

大约过了一个多钟头，已经有些平淡的会议，突然出现一个小"高潮"。一位坐在上铺的学生揭露我在课堂上"放毒"，说到激动处，放声大哭起来。"你不让我们写游行见到毛主席，是什么居心?!我们革命干部、贫下中农子女最热爱伟大领袖，我们最最盼望、最最幸福的时刻，就是见到他老人家，你却不让我们写……"他哽咽着，无法再说下去。这真诚、发自肺腑的控诉，引起在场许多人的共鸣；有人便领着呼叫"毛主席万岁"的口号。我愣住了，但他说的确有其事。在写作课上（毕业后我一直给中文系和文科各系上"写作课"），通常对一年级刚进校的学生，会出"初到北大"之类的作文题，许多人便自然会写他们参加国庆游行的情景。在文章讲评时我好像说到，如果我们要战胜平庸，就要注意和培养你的敏感，发现你的真实体验，拿游行这件事来说，每个人的发现是不相同的，因此，不要千篇一律地从准备、出发，写到见到毛主席，到最后回到学校；可以写出发之前，也可以写归来之后；你所认为最重要的，

1969年秋出发到江西"五七干校"之前,洪子诚和谢冕(左一)、周先慎(中)骑自行车,在北京的古迹胜景摄影留念。

并不一定是最值得写的……这个同学说的,应该是指这件事了。在这个"高潮"出现之后,批判会倒不知如何再进行下去。于是,主持人宣布结束。屋子里又回复到开始前那种异样的安静。我收起本子,在众人沉默的注视下,匆匆离开。

回到宿舍,从本子上一条一条地看着我的"错误",越看越觉得伤心、委屈,甚且产生怨恨的情绪。回想着我如何认真准备每一次课,如何批改每一篇文章,在上面密密地写着批语,如何对学生个别指出存在的问题……我忘记了当时的社会情势和社会心态,钻牛角尖地想不通:真诚的劳动为何得不到承认,反而受到指责。很长一段时间,便陷于"自艾自怜"的沮丧之中,并为这种情绪寻找合理的解释。但这件事很快就被"我们"

忘记。说"我们",是因为不管学生还是我,都被引导并投入到对更大的事件和更大的人物的关注。大大小小的批判会,在那几年,也已成为家常便饭。我和学生的关系,从表面上看,很快也恢复到原先的状况。而且,好像是一种默契,关于那次批判会,我们后来谁也没有再说过一个字。但是,对我来说,存在于心理上的隔阂、障碍,却没有完全消除。

重新想起这件事,是到了1969年的夏末秋初的时候。那时,我和大多数教员,已被宣布到江西鄱阳湖畔的"五七干校"劳动。临走前,有许多事要处理:书籍装箱存放;购置劳动生活的用品;觉得很可能不会再返北京,便和谢冕、周先慎骑着自行车,跑遍北京有名的古迹胜景摄影留念……最让我伤脑筋的是,大学入学以来的十多本日记如何处理。不论是带走,还是放在系里寄存下放教师物品的仓库,都觉得不妥当。倒不是里面有什么"里通外国"之类的秘密,而是写给自己的文字,不愿意让别人读到。想来想去,终于在走之前的一天,在19楼(中文、历史系的单身教员的住处)前面树丛间的空地上,一页页撕开烧掉。烧时不免留恋地翻读,然后看着它们成为黑灰。在读到58、59年间的那些部分时,我发现,原来那时我也充当过激烈的"批判者"的角色。

1958年,我已是二年级学生。反右派运动结束不久,便是全国的"大跃进"。除了参加修建十三陵水库,参加除"四害"、大炼钢铁,参加为创小麦亩产十万斤纪录深翻土地的运动外,在学校便是"拔白旗、插红旗"——批判"资产阶级"专家权威。北大是著名学者荟萃的地方。我们进校之前,对文史哲"权威"的名字就耳熟能详。他们大多在这个运动中受到"冲击"。记得,中文系的语言学家王力、岑麒祥、袁家骅、高名凯,作家和文学史家吴组缃、林庚、游国恩、王瑶,他们的学术思想和研究成果,在这期间都受到批判。而我所在的班,批判的是王瑶先生。

直到现在,我仍不清楚这个"任务"为什么交由我们班来承担。我

这本《中古文学风貌》是1953年5月上海棠棣出版社出版。该书1951年8月初版,至1953年5月出了6版,印行15000册。

清楚的是,无论作为一个运动,还是具体批判对象和批判方式,都不只是学校的事,更不可能由我们这些很少政治经验和阅历的青年学生所能决定。对王先生的著作,主要批判的是他的《中国新文学史稿》——这是1949年以后最早出版也是当时最有影响的中国现代文学史著作。当时,我们实际上还未学习现代文学史课程(那是三年级的必修课),书中述及的许多文学现象和作品,对我们来说都很陌生。但是,既然认定《史稿》是资产阶级性质,我们这些站在"无产阶级立场"上的"小人物",就有资格藐视权威。于是分成几个小组,分别就文艺界"两条路线斗争"、"党的领导"、"研究方法"等若干专题,进行准备。我被分在最后的小组。我们先学习毛泽东的《新民主主义论》和《讲话》,学习周扬总结反右运动的文章,然后根据我们所掌握的这些"武器",来寻找《史稿》中的资产阶级立场、观点和方法。当时,暑假已经开始,我在参加了几次讨论后,便回南方的家乡。待到开学归来时,同学们已写出几篇批判长文,并已交到杂志社。不久,这些锋芒毕露的长篇文章,便在下半年的文艺界权威刊物《文艺报》和《文学研究》上刊出。其中最主要的一篇,题目是《文艺界两条道路的斗争不容否定——批判王瑶的〈中国新文学史稿〉》,作者署名为"北京大学中文系二年级鲁迅文学社集体写作"。是的,当时我们班组织的文学社,便以"鲁迅"命名。我在日记中写道,看到这些成果的发表,听着在校坚持战斗的同学对写作的情景的讲述,我感到很惭愧。在批判开始的时候,我的好朋友给我写了这样一行字:"你闻到硝烟的气味了吗?做好了投入战斗的准备了吗?"但我却临阵脱逃,这使我后悔,觉得这个缺憾,将难以弥补。

在批判文章发表后不久,王瑶先生的名字,便从《文艺报》编委的名单中消失了。我无法知道王先生受到批判时的内心活动,但我知道,他本来也是想顺应潮流的。在"反右"刚开始时,他就发表《一切的一切》,表示对于"右派分子"的谴责。这篇文笔、结构相当漂亮的短文,登在《文艺报》的头版头条。1958年初,他的评冯雪峰《论民主革命的文艺运动》一书的长文,也刊在《文艺报》上。他批判冯雪峰的依据和

王瑶先生《一切的一切》刊于《文艺报》1957年第12期(6月23日出版)。上面的画线和批语出自当年北大中文系某一学生之手。

逻辑，也就是半年后我们批判他的依据和逻辑。但王先生没有能使自己免于"厄运"。

临近毕业，不管是学校领导，还是我们自己，都觉得这几年中损失很多。许多该上的课没有上，该读的书没有读。当然，也许更重要的是失去一些基本品格，例如，长幼尊卑的界限，对待事情（学问也在内）的老实态度。在上五年级的时候，便集中补上一些必修课。如古代和现代文学史。现代文学史采取讲座的形式，把重要文学现象和作家作品，归纳为若干专题，由几位先生轮流讲授。王瑶先生讲头四讲，记得有五四文学革命、鲁迅、曹禺等。他浓重的山西口音，我听起来很吃力，因此，每次总要先占好前排的座位。对于两年前的批判，我们（至少我自己）并没有正式向他道歉、承认我们的幼稚和鲁莽。但我当时想，诚挚地接受他的授业，应该是在表示我们的反省。我看到，他在不久前指责他的学生面前，没有丝毫的揶揄讥讽的语气神态。他认真细致地陈述他的观点，讲到得意之处，便会情不自禁发出我们熟悉的笑声。他对曹禺等作家的分析，使我明白世上人事、情感的复杂性。课后，又耐心地回答我们提出的问题。这种不存芥蒂的心胸，当时确实出乎我的意料。他是在表明，我们每个人都无法脱离社会历史的拘囿和制约，却可以在可能的条件下，选择应该走的路。

在把"文革"发生的事情，和以前的经历放在一起之后，我开始意识到，我们所遭遇的不正常事态，它的种子早已播下，而且是我们亲手所播。在我们用尖锐、刻薄的言辞，没有理由地去攻击认真的思想成果时，实际上，"批判者"也就把自己放置在"被批判"的位置上。这一对比又使我想到，对于生活中发生的挫折，我没有老师的从容、沉着，我慌乱而不知所措。这不仅因为我还年轻，缺少生活经验，最主要的是心中几乎没有什么东西可以作为有力的支柱。更让我难堪的是，批判会上，我被学生所"质询"、所批判的,竟是些什么"不让见毛主席"、"阶级路线"之类的可笑的东西,是我那几年发表在报刊上追赶政治风潮的"时文"。而我们50年代想要"拆除"的,则是王先生的具有学科奠基性质的《史稿》,是他的也许更具价值的《中古文学史论》:这是让批判者最终要回过头来请教的著作。在王瑶先生的心中,有他理解的鲁迅,有他理解的魏晋文人,有他的老师朱自清。因而,在经历过许多的挫折之后,我们看到的是一种成熟和尊严,这是他在80年代留给我们的印象。而我们呢?究竟有些什么?心灵中有哪些东西是稳固的、难以动摇的呢?

对于已走过一百年路程的北大,我们个人可能难以讲清楚其间的辉煌与衰败,光荣与耻辱,我们可以说的,是个人亲身感受到的"传统"。在我看来,北大最值得珍惜的"传统",是在一代一代师生中保存的那样一种素质:用以调节、过滤来自外部和自身的不健康因素,在各种纷扰变幻的时势中,确立健全的性格和正直的学术道路的毅力。这种素质的建立和传递,可以肯定地说,不仅来自于成功和光荣,也来自于我们每个人都经历到的挫折,就如王先生的人生和学术道路给我们所留下的深刻印记那样。

(附记:应校方宣传部门之约,本文写于1998年北大100周年校庆前夕。但被退回未被采用。)

我的最好的"演出"

——北大往事之二

去年岁末，因为给95级同学上课，便也参加了他们的新年联欢会。在课堂上认认真真、正襟危坐的同学，一个个居然都那么多才多艺！按照惯例，老师出节目是不可少的。果然，我发现温儒敏先生原来是个诗人（他朗诵了他写的诗），程郁缀先生记性真好（他背诵了《春江花月夜》，我却永远也记不住），而沈阳、王宇根诸先生也都有不亚于目前电视节目的上好出演。轮到我的时候，却一筹莫展，最后只有以鞠躬向同学们"讨饶"。

我的不表演节目是因为我不想"重演"从前发生过的"喜剧"。说是"从前"，那应该是三十多年前的事了。1963年冬天，我留下来当教员刚满两个年头。那时，和马振方先生带着63级同学到昌平园区（当时并没有这个称呼，而叫200号）去劳动：在荒凉的山坡路旁植树（不知道现在那些高大的杨树是不是我们栽的）。天寒地冻，又是砾石土质，活并不轻松。但也有许多的快乐。好像也是赶到过新年，也是开联欢会，也是要老师出节目。马振方先生表演东北大鼓《罗成叫关》，字正腔圆和地道的韵味，引来啧啧赞叹。轮到我出场了，我便郑重其事去到圈子中央。静默片刻之后，便"引吭高歌"起来，唱的是当时正流行的、由军队歌唱家马玉涛唱的那首歌："马儿呀，你慢些走哎慢些走……"

万万没有想到的是，一句未完，四周已经乱成一团：同学们全然不顾老师的"尊严"，一个个笑得前仰后合——我当时才真正领会了"前仰后合"这个成语是什么意思。我不知道为什么会这样，但意识到肯定出了问题，便匆忙逃回自己的座位。这阵笑声，真是"久久不能停息"，当我抬起头来时，还见到旁边直起腰的同学眼角笑出的眼泪。这使我颇为扫兴：要知道，为了准备这个节目，我偷偷地在19楼的宿舍里练习了有半个月。

多年以后，一位已参加工作的学生见到我，还不忘这件事："洪老师，您也不想想您能唱什么，选个《东方红》《我是一个兵》也就罢了，却选这样的'高难动作'，又是满口的广东腔，马儿的'儿'舌头拐不了弯，'慢'唱成了 mang……还一本正经的样子。"

以后，在生活中，也经常发生这种预想与结果不同，甚至相悖的事情，但发生在青少年时代的事情总是印象更为深刻，当然，也更值得珍惜：连同这种"不能正确估量自己能做什么"的"狂想"。

现在想起来，我的演出，一定是那个晚上最精彩的节目了。

1996 年

《1956：百花时代》前言和后记

简短的前言

关于本书的写作，有下面的几点需要说明。

一、这本书里所要评述的，是发生于1956年的中国的文学现象。这一年及1957年上半年，在文学领域出现了一系列的变革，出现了带有新异色彩的理论主张和创作。这期间的文学运动和文学创作，曾被人称为"百花文学"。仿照这一称谓，我们可以将所要评述的这个历史时间，称之为"百花时代"。

这个称谓的由来，主要的根据，当然是因为在这一年里，毛泽东提出、并开始实施被称为"双百方针"（百花齐放，百家争鸣）的政策。这个方针的提出，有着国际的和国内的深刻背景。它的名称，采用了一种描述性、想象性的修辞方式来表达，并与中国古代的被"理想化"了的历史情景（战国时代的"诸子百家"的学术繁荣）相联系。这一比喻性概念，以及它的提出过程中对内涵的不断限定与修正，使不同的人对它的理解相距甚远，也让具有不同立场的人，在这一口号之中安放各自的期望，寄托各自的想象。总之，这是一个有着多种可能性的"时代"。这个"时代"勾起人们对未来的不同的憧憬。不论是政治、经济，还是文化，空间似乎一下子拓展了，变得开阔了起来。历史也许并没有单一的主题，但是，

出版于1988年的"百年中国文学总系",共12册;《1956:百花时代》是其中的一本。

在这一年多的时间里,思想解放与社会变革,应该说是相当一致的意向。

二、本书的评述,限定于"文学"的范围内。文学变革是"百花时代"的构成内容之一,也可以说是其中的重要部分,但又可以肯定地说,并不是最为重要的部分。对于其他领域,本书作者没有能力加以讨论,而且也不是这本书的任务。在文学的范围内,希望能接触到其间发生的重要文学事件,包括某些重要的理论主张的提出,创作上出现的变化,文学刊物和出版的状况,文学格局中各种力量的冲突和重新组合的情形,等等。评述的角度,采取以归纳的问题作为基点的办法。这肯定有许多重要的遗漏,特别是这个时期某些重要作家的较为完整的状况。另外,在地域上以北京作为中心。因为从50年代起,文学中心随着政治中心已转到北京;其他地区发生的事情,常常不过是对北京的呼应或余波。当然,像上海、四川等地区这个期间的情势,也不是完全可以忽略的:这是本书留下的另一缺陷。

三、从年度上说,1956年是"百花齐放,百家争鸣"的方针提出的年份,也是文学发生变革的起点。但是,这个过程一直延续到第二年,直至1958年春天。1956年理论、创作和文学权力内部的冲突,在第二年得到展开,并发生了"戏剧性"的逆转。因此,严格地将评述的主要内容限定在1956这一年内,是不可能的,在具体操作上,也有很大困难。更重要的是,我们在这些事实中所要追寻的"意义",也可能就隐藏在这一"过程"之中。也就是说,关注1956年,不仅要了解提出了什么问题,出现了什么样的体现"新质"的作品,而且更要注意在这个不长的时间里的波动、曲折、沉浮、兴衰,造成这种剧烈变动的缘由,以及由此激起的心理波动。这是本书为什么将年份加以扩展的原因。

四、发生于50年代中期的中国现象,是复杂的。即使是在文学的限度内,本书也缺乏能力进行稍稍深入的评说。自然,评说是不可避免的,对现象的整理,对问题的初步归纳,都是作者的一种观点的体现。作者是这些事情的目击者(广义上说)。当年他正在北京那所著名的大学读中国文学。那所大学在"百花时代"和后来的反击右派的运动中,也是风云变幻而备受关注的处所。他看到也在一定程度上经历了那些风云。他认为,这期间所发生的一切,从理论上也许可以作出或深湛或肤浅的解释,总之,"历史"是可以被处理为条分缕析、一目了然的。但是,实际的情形,特别是在不同的人那里留下的情感上、心理上的那一切,却是怎么也说不清楚的;对一代人和一个相当长时期的社会心理状况产生的影响,也是难以估量的。于是,本书的作者在写作过程中,不仅对自己究竟是否有能力,而且是否有资格对同时代人和前辈人作出评判,越来越失去信心。当时的"悲剧"在现在已有的描述中自然依旧悲壮,而那些带有"喜剧"色彩的种种(现在看起来有些天真的想象,理论和创作的"叛逆"的有限性,在动荡的环境压迫下的各种紧张的思虑……),如今也散发出悲剧的意味。虽说在过了许多年之后,现在的评述者已拥有了"时间上"的优势,但我们不见得就一定有情感上的、品格上的、精神高度上的优势。历史过程，包括人的心灵状况，并不一定呈现为发展、进步的形态。基于这样的认识，本书作者觉得，能整理、保留更多一点的材料，供读者了解当时的状况，能稍稍接近"历史"，也许是更为重要的。

后记：续"简短的前言"

　　五、这本书所评述的，大部分都是这一段时间里的运动、潮流：一个时期提出的口号、各种论争、创作上的某种共同趋向……看来，当代文学过程就是潮流涌动、更替、摩擦的过程。作家似乎都不由自主地被卷入，他们只有在潮流中选择的自由和可能性，只有在潮流之中才有价值。我们很难在公开发表的材料中发现"潮流"外的声音，发现体现"潮流"外的体验、思考的文本。有也许是有的，但很少。本书的作者在失望之余，有时便异想天开：有了赞成"干预生活"、"写真实"，也有了反对"干预生活"和"写真实"，难道就没有人产生这样的念头：这些口号本身都是人的自我折磨，在白白地破坏我们的智慧和灵性？当然，没有发现有人这样想。当代文学的这一"传统"，现在仍在继续和发展。

　　在本书所作的这些评述之外，"历史"中也许还有同样有价值的部分，甚至更体现人的创造性和精神深度的部分，却被本书所忽略。但请相信，这种忽略，不是故意的。也许本书的作者缺乏这方面的敏感（他自己在当代的生活过程，以及他成天所处理的研究材料，也使他的思想、情感反应，早已被纳入当代的那些"潮流"之中；他也是被这一"语境"所铸造），但他也曾经想去发掘这样的材料，而最终所得不多。因而，当他读到傅雷先生1956年纪念莫扎特文章的这样一段话时，竟会觉得诧异：

……他的作品从来不透露他的痛苦的消息，非但没有愤怒与反抗的呼号，连挣扎的气息也找不到。后世的人单听他的音乐，万万想不出他的遭遇而只能认识他的心灵——多么明智、多么高贵、多么纯洁的心灵！……他从来不把艺术作为反抗的工具，作为受难的证人，而只借来表现他的忍耐与天性般的温柔。他自己得不到抚慰，却永远在抚慰别人。但最可欣幸的是他在现实生活中得不到的幸福，他能在精神上创造出来，甚至可以说他先天就获得了幸福，所以他反复不已地传达给我们。精神的健康，理智与感情的平衡，不是幸福的先决条件吗？不是每个时代的人所渴望的吗？以不断的创造征服不断的苦难，以永远乐观的心情应付残酷的事实，不就是以光明消灭黑暗的具体实践吗？有了视患难为无物，超临于一切考验之上的积极的人生观，就有希望把艺术中的美好的天地变为美好的现实。

　　这篇文章的题目是《独一无二的莫扎特》（《文艺报》1956年第13期）。"独一无二"是可能的吗？傅雷等当代的杰出者是想确立这样的生活和艺术目标吗？这种"超临一切考验之上"的人生观，在"残酷的现实"之中，是否永远意味着如莫扎特那样的悲剧命运？而"宁静"和"承受"是否也有限度，以至也会走到精神崩溃的边缘？这些，都只是留下了不可解的疑问。

　　六、本丛书的主编者曾指示我们，要写得活泼、生动，有较高的可读性，要改变"文学史"的那种传统的写作方式。但是，1956年的这一册，却没有能贯彻这个意图。和作者过去的书那样，这一本也是那样缺少"灵气"，毫无生动活泼可言。说到底，"灵气"不是想要有就有的东西。意识到这一点，却没有办法改变，这是让人很觉遗憾的事。

1957年秋天,他高兴地从书店买到何其芳的《预言》,淡绿的封面,由上海新文艺出版社根据40年代文化生活出版社版重印。一本只有78页的、可爱的小诗集。现在哪里还有这样的小诗集?

当然,如果说到是否能够稍稍具体点,那倒不是一点都办不到的事情。在写作的过程中,时或也会在眼前浮现一些图像,掠过一些情绪,只不过常被他所"压制":他认为这只会破坏了思考和分析。他当时还不明白,"思考"、"分析",有时是多么脆弱和没有必要。待意识到这点,却为时已晚。

在前言中曾说到,本书所写的这个时间(1956年),作者刚好从南方一个县城来到北京读书。在初冬下第一场雪时,他和同样来自南方的同学,狂奔着冲到楼前的空地,用手去迎接那些凉沁沁的白色碎片。他在课堂上,听他所仰慕的教授的讲课,在周末的活动中,见到许多他景仰的作家、艺术家。他听过何其芳、贺敬之朗诵自己的作品。他觉得贺敬之先生没有他想象的那样豪放,而何其芳先生也不是那样纤细和感伤。这颇使他感到失望。

那一年的秋天和冬天,他和同学兴奋而又吃惊地关注着发生于东欧的事件。铁托、纳吉、哥穆尔卡、卡达尔是他们所熟悉的名字。他还记得,匈牙利"十月事件"发生时(他们被告知那里发生了反革命叛乱),

匈牙利人民军歌舞团正在中国，也来到这所大学的"大膳厅"演出。本书作者和许多同学一样，怀着异乎寻常的心情来倾听合唱团的歌唱。演出结束时，学生会的负责人提议全体听众和艺术团一起合唱《国际歌》。那悲壮、雄浑的声音，真是"发自肺腑"，让他深觉感动。想到台上的那些艺术家，在祖国遭受危难，革命和社会主义已在血泊之中的时候，成了无家可归的"孤儿"，就觉得应该以微薄的精神力量给他们以支持。不过，当时和现在，本书作者都不明白是什么原因，那些军人艺术家，并没有加入这歌唱，他们一个个抿紧嘴唇，神情严肃，但又可以说是漠然地看着台下。

　　到了第二年的"五一"，作者第二次参加游行。为了能在天安门看到日出，他和一个同学，在前一天的傍晚来到广场，打算在这里夜宿。他那时想，天安门的晨光和别处的肯定不同，至少是定会给他不同的体验。他却没有料到，午夜广场就"净场"戒严，他们无处可去，最后在景山后街的一个门洞里，挨着冻过了一夜。第二天清晨找到学校的队伍时，尽管他瑟瑟发抖，却仍感到骄傲；只是周围的同学对这种骄傲没有任何反应。在那一年的五月，有长达三四天的"春假"，同学们都去长城，去十三陵。他却和另一个同学，怀着做一个"学者"的梦想，躲在湖边的小山上读了三天朱熹的《诗集传》，还做了许多到现在也不知道有什么用的卡片。但他又不能心神贯注，常禁不住诱惑，时时拿出《汉园集》，期待着"预言中的神"的"叹息似的渐近的足音"，

　　　　　你一定来自那温郁的南方，
　　　　　告诉我那儿的月色，那儿的日光，
　　　　　告诉我春风是怎样吹开百花，
　　　　　燕子是怎样痴恋着绿杨。

我将合眼睡在你如梦的歌声里，

那温暖我似乎记得，又似乎遗忘。

在此后的日子里，他在"大膳厅"的东墙上读到那首著名的《是时候了》的诗。他听过林希翎的神采飞扬的演说。他在谭天荣的《一株毒草》前惊愕许久：这张大字报开头，引了赫拉克利特的话（"爱菲索人中的一切成年人都应该死，城——应该交给尚未成人的人去管理"），并宣称，"到现在为止，百家争鸣，百花齐放离我们无知的青年还有十万八千里，我们的国家没有检查制度，可是一切报刊（例如《人民日报》、《中国青年》和《物理学报》）的编辑们对马克思主义的绝对无知，对辩证法的一窍不通和他们的形而上学的脑袋中装着的无限愚蠢，就是一道封锁真理的万里长城……"这场惊心动魄的运动一直持续到第二年，因为他在当时人手一册的《校内外右派言论汇集》的扉页上写着：

1月13日雪，1958年。今天开始停课，进行对右派分子的处理。

然而，这种种的一切，既与本书的论题无关，也是些不关连"本质"的"现象"，就让它们从他的记忆中消失吧。

1997年1月，北京大学燕北园

（《1956：百花时代》，山东教育出版社，1998）

我和"北大诗人"们[①]

说起来,我和近二十年的北大诗歌,算是有一点关系,因此,本诗选的编者才会想起让我来写这样的文字。1977年,教研室筹划编写"当代文学"的教材,诗歌部分本应由谢冕先生来承担。但谢先生没有答应,这件事就落到我头上。既然写了教材的诗歌部分,接着上课也理所当然地讲诗。后来又开设"近年诗歌评述"和"当代诗歌研究"的选修课,且多次被谢先生拉去参加他主持的"新诗导读"、"当代新诗群落研究"的讨论课,这样,在有的学生的想象中,我便是和诗歌有"关系"的人了——虽然我不止一次地澄清这种误解,指出我对于诗确实还未真正入门,那也没有用。

于是,便不断收到各种自己编印的诗集、刊物。如坚持多年的诗刊《启明星》,如《江烽诗选》、《未名湖诗集》,如四人诗歌合集《大雨》,等等。其中,影响最大的,当是出版于1985年的《新诗潮诗集》了,当然,收入的大都不是北大诗人的作品。五四文学社和另外的一些诗歌社团,也曾让我参加他们的一些活动,如一年一次的未名湖诗歌朗诵会(但大多我都没有参加)。我读着他们写的诗,但不系统。在这些诗面前,有过惊异、欣喜,也有过怀疑和困惑。但因为对自己的感觉和判断力缺乏信心,很少当面谈过对他们的诗的看法。有的诗读不懂,不知所云,

---

[①] 本文为《北大诗选》序之一。

北大百年纪念出版的《北大诗选》,收1978—1998年间的作品。由臧棣、西渡编选。

碍于"师道尊严"的思想障碍,也未能做到"不耻下问"。

这二十年中在北大写诗的"风云人物",名字我大多知道,但人却不一定见过。而且,和见过面的北大诗人谈论诗的时间,这二十年中加在一起也不会超过四十分钟。我从未见过海子。西川是他毕业离校后很久,才知道他的长相的(有一次臧棣和他来到我的住处)。老木的见面是课后在"三教"的门口。他拦住我,兴奋地说他发现一个比北岛还棒的诗人(我猜他是指多多,后来的《新诗潮诗集》选了多多不少诗)。我认识蔡恒平时,他已在读当代文学的研究生。有一个学期,他和吴晓东跑来参加当代研究生的讨论课,并作了"当代文学与宗教"的专题发言,对顾城诗的"宗教感"推崇备至。1993年顾城事件发生后,我不止一次想到这次发言,觉得如果蔡(这是他的同学对他的称呼)为此事受到打击的话,顾城至少要对此负责。王清平的毕业论文是我"指导"的,因此见过几次面。熏黄了的手指,可以见出他的烟瘾。文稿的字迹潦草得颇难辨识,每个字不是缺胳膊,就是少腿,佝偻病般地歪向一边。但

我和"北大诗人"们

老木（吕林）编选的《新诗潮诗集》上下两卷，作为北京大学五四文学社"未名湖丛书"之一种，内部印行于1985年初，在当时的诗歌界有广泛影响。

对于"朦胧诗"退潮之后的诗歌现象的描述，却令我当时兴奋不已。我将这篇两万多字的论文编进"新时期诗歌"研究的集子，列入某著名批评家主编的丛书之中。在拖了数年之后，这套书连同王清平的清丽流畅的文字一并"夭折"：想起来真觉得对他不起。褚福军也因为诗找过我。1989年夏天他毕业离校后，还几次到过我家；但却是与诗毫无关系的事情。他去世后，因为收到西渡编选的《戈麦诗选》，才知道他是戈麦。1983年三四月间，一次课间休息，一个男生对我说，他叫骆一禾，毕业论文想让我"指导"，是写北岛的。问他为什么不报考研究生，他露出调皮却优雅的笑容："水平不够，不敢。"过了几个星期，稿子便在教室里交给我。在龙飞凤舞（或幼稚笨拙）成为当代青年书法时尚的当时，看到这整齐、清秀，自始至终一丝不苟的字体，叫我难以置信。长达三万多字的论文，上篇阐述他对于诗的看法，下篇分析北岛的创作。在我看来，研究北岛的文字，这一篇至今仍是最出色的。我期待着它的公开发表，却总是没有看到。最后一次见到骆一禾，是在80年代就要结束的那一年。那天，我和谢冕默默地站在蔚秀园门口，街上没有什么人。不久,从西校门里走出来三位学生,两男一女,女的手中捧着鲜花一束。在询问了我们的去向后,不再说话,也默默地站在我们旁边。一辆中巴把我们送到八宝山。来向骆一禾告别的人并不很多,但肯定都是觉得必须来的。他的脸上没有了那孩子气然而优雅的笑容,因此我感到陌生。在他的周围,没有惯常的那种花圈、挽联、哀乐。一长幅的白布,挂着他的亲属、他的朋友写的小纸片、布片和手工纪念品,上面写着或温情或悲哀的语句和诗行。当这些被取下来准备与他一起焚化时,臧棣从裤兜里掏出一小块白布,展平揉皱了的折痕,也放在上面。这是毛笔画的正在飞翔的鸽子,旁边写的诗句,却没有能记住。西川和其他人拉着灵床走向火化室——

但那时我不认识西川,最后这个细节,是后来读了他的文章才知道的。那篇文章称骆一禾是"深渊里的翱翔者"。看来,画鸽子的臧棣和拉灵床的西川对于骆一禾的精神的描述,是这样的不约而同。那一天是1989年6月10日。街上几乎没有什么车辆,也没有什么行人。一个上千万人口的都市如此寂静,使人感到害怕。这种异样在记忆里,很长时间都难以离去。

上面讲的是有的北大诗人以为我和诗有关系的"误解"。下面要讲的却是我对这些诗人的"误解"。这方面的事例甚多,这里只举几则。

戈麦去世后,西渡为他编的诗集。里面我读到这样的诗行:

眷恋于我的
还能再看一看
看这房屋空无一人
看这温暖空无一人……

我和"北大诗人"们

有一个时期，麦芒蓄着长发，大概是他当谢先生的博士生的时候。我对男人留长发有一种天然的反感，并总容易做出与"行为不检"（至少是"自由散漫"）等有关的联想。后来的事实雄辩地证明，我的这种守旧毫无道理，头发的长度并不一定与学问为人成反比，麦芒不说是品学兼优罢，行为举止至少也未发现任何不轨的征象。

前边讲到指导学生的论文，两次给指导一词加上引号。这是因为我确实没有指导过他们：没有讨论过提纲，没有再三再四的修改，送来的稿子几乎就是定稿。这使我做出一种判断，"诗人"们在"学问"上，也是可以信赖的，而且总是相当出色。因此，如果有"诗人"要我"指导"论文，我总是欣然应允。但后来发觉，任何绝对化的判断，都经不起事实的验证。也会有"诗人"的论文，让我十分头疼的时候。

北大诗人除了极个别的外，都会起一个甚至数个笔名。笔名大多是两个字的，如西塞、西川、西渡、紫地、海子、戈麦、麦芒、橡子、松夏、海翁、徐永、阿吾等等。这些眼花缭乱的名字，常让我伤脑筋。学生名册和记分本上自然找不到这些名字，而要记住郁文就是姚献民，西渡就是陈国平，松夏就是戈麦就是褚福军，野渡就是麦芒就是黄亦兵，还得下点功夫。不过，在牢记了它们之间的对应关系之后，倒觉得这些名字有着一种亲切。于是便想，诗名和诗情可能存在互动的效应。如果西川不叫西川而叫刘军，他会写出那样的诗吗？这虽是个无法验证的问题，但我的回答却是肯定的。况且，还未发现有取芯片、乾红乾白、大盘绩优股之类的作为诗名的，说明土地、河海、树木仍是北大诗人想象的源泉，大自然仍是他们心目中的"精神栖息地"。

诗歌朗诵会是北大诗歌活动的重要项目之一，但我却很少参加。部分原因，是在很久以前（那时，未名湖诗会还未诞生）的一次诗歌朗诵会上，因为位子太靠近台前，朗诵者那种经过训练的、夸张的表情、姿势和声调,看(听)得十分真切,使我很不舒服。有的诗,曾是你所喜欢的;经过这样矫情的处理,会增加你再次面对它的困难。但是,在一次偶然的情况下听到王家新(《帕斯捷尔纳克》)、欧阳江河(《玻璃工厂》)、西川(《致敬》)的朗诵之后,又发现我的看法没有根据。语调、节奏,有了声音的词语,将会"复活"在默读时没有发觉的那部分生命;如果朗诵者能把这种"生命"注入词语之中的话。

80年代是个各种潮流涌动的时代,诗歌在这方面尤其突出。在我最初的印象里,北大的诗人们也是一群弄潮儿,也是根据浪潮方向来作出艺术判断的。这种印象,不久就觉得不怎么正确。呼应与推动潮流自然是有的,也有必要,但也存在一种沉稳的素质,一种审察的、批判的态度。当大陆这边和海峡那边有的前辈诗人,以过来者的身份,批评他们的观念和写作过于"先锋"时,他们曾和这些前辈诗人发生过小小的冲突。而在把中国当代诗的创造折合为"谁是真正现代派"——这种诗歌意识兴盛的时候,他们中有人指出,这是"中国诗学和批评出现了判断力上的毛病:看不清创造"。同样,80年代风行一时的"反文化"的潮流,好像并不太为北大诗人所接纳。他们也许并不轻忽"语言意识",但却坚持有着"精神地看待语言和只是物质地看待语言"的高下之分。

对于北大诗人的诗,我读得不很系统。原因在于存在一种根深蒂固的观念:"校园诗歌"是一种习作性质的诗。这个判断所包含的意思还有:它们是狭隘的,缺乏"深厚"的生活体验的,"学生腔"的,摹仿性的等等。这种观念主要形成于五六十年代,那时,诗据说只能生产于车间、地头和兵营。因此,在编写教材和"当代诗史"时,我"系统"地读过50到80年代许多诗人的值得读或不值得读的诗集,却没有"系统"地读这些被称为"校园诗人"的诗,其实它们之中有不少是值得读的。这种"判断力上的毛病",我已觉察到。不需援引汉园三诗人的例子,不需援引西南联大诗人的例子，也不需援引台湾现代诗写作者的例子。就在这册诗选中，也能看到80年代以来大学诗歌写作实绩的一个侧面。别的什么理由都暂且放在一边。在今天，坚持诗的精神高度和语言潜力发掘的写作者，仅靠一点才气，一点小聪明，一点青年人的热情和锐敏感觉，是远远不够的。我很赞同这样的意见，"一个诗人，一个作家，甚至一个批评家，应该具备与其雄心或欲望或使命感相称的文化背景和精神深度，他应该对世界文化的脉络有一个基本了解，对自身的文化处境有一个基本判断"。这话出自一个"北大诗人"之口。通往这一目标自然有多条途径，而大学的背景，肯定不是达到这一要求的障碍。在今日，有的诗人创作的狭隘和停滞不前，恰恰是发生在文化背景和精神深度的欠缺上。

1998年4月6日，北大燕北园

(《北大诗选》，中国文学出版社，1998)

外来者的"故事"

我读过乐黛云先生的几本随笔集,它们是《我就是我》(台湾正中书局)、《绝色风霜》(百花洲文艺出版社)和《四院 沙滩 未名湖》(北大出版社)。里面写到她在燕园中的几个朋友的遭遇,如程贤策、朱家玉、裴家麟。他们都是20世纪四五十年代之交,抱着创建新世界的热情投身于"革命",却事与愿违,陷于他们未能逆料的悲剧性命运之中。

在讲述她的挚友朱家玉的时候,乐黛云用了"沧海月明"的美丽而感伤的题目。朱家玉老师我是知道的。1956年我考进北大,第一学期有一门必修课叫《人民口头创作》。这是学习苏联的,几年后名字改成"民间文学"。当时给我们上课的,就是年轻女老师朱家玉,当年应该只有二十几岁吧。但是现在回想起来,对她的音容笑貌,却几乎没有什么印象;做的课堂笔记也不见踪影。只记得她上课十分认真,对待学生和蔼可亲。期末考试是口试,我准备还算认真,但由于紧张,普通话又说不好,回答得结结巴巴。但她还是宽容地给了我5分。后来她就从系里"消失"了,原因不明。有一个时候,听说她去大连的时候,掉到海里淹死了。过了四十多年,读到乐黛云的记述,才知道真相;觉得她的身世,有点像是宗璞小说《红豆》中齐虹、江玫的"混合体"。她有齐虹那样的出身,父亲是上海资本家。在新中国未成立或刚成立的年代,同样从上海不断打来催促的电报,让她离开大陆去美国念书。但是在这一人生的历史性时刻,朱家玉老师并没有选择齐虹的道路,相反,她与江玫一样投身革命。她读马克思的书,知道了"剩余价值"学说,"痛恨一切不义的剥削","稍嫌夸张地和她父亲断绝了一切关系",留在解放了的北京,参加了南下的土改工作团,加入了共产党。

但几年后,她没有缘由,且不明不白地就离开了她热爱的"新世界"。乐黛云先生这样写道:

> 她的死对我来说,始终是一个谜。我们最后一次见面……是1957年6月,课程已经结束,我正怀着第二个孩子,她第二天即将出发,渡海去大连。她一向是工会组织的这类旅游活动的积极参加者。她递给我一大包洗得干干净净的旧被里、旧被单,说是给孩子做尿布用的。她说她大概永远不会做母亲了。我知道她深深爱恋着我们系的党总支书记,一个爱说爱笑,老远就会听到他的笑声的共产党员。可惜他早已别有所恋,她只能把这份深情埋藏在心底并为此献出一生。这个秘密只有我一个人知道。……
>
> 她一去大连就再也没有回来!……她究竟是怎么死的,谁也说不清楚。人们说,她登上从大连到天津的海船,全无半点异样。她和同行的朋友们一起吃晚饭,一起玩桥牌,直到入夜十一点,各自安寝。然而,第二天早上却再也找不到她,她竟然这样离开这个世界,永远消失,无声无息,全无踪影!我在心中假设着各种可能,惟独不能相信她是投海自尽!……
>
> 这时,"反右"浪潮已是如火如荼,人们竟给她下了"铁案如山"的结论:顽固右派,叛变革命,以死对抗,自绝于人民。根据就是在几次有关民间文学的"鸣放"会上,她提出党不重视民间文学,以至有些民间艺人流离失所,有些民间作品湮没失传……不久,我也被定名为"极右分子",我的罪状之一就是给我的这位密友通

风报信,向她透露了她无法逃脱的,等待着她的右派命运,以至她"畏罪自杀",因此我负有"血债"。……①

这里提供的,是各种互相矛盾的信息。和乐先生一样,我也不大相信她会投海自尽,更不相信她是偶然失足之类的事故。不过,如果她下了终结自己生命的决心的话,她的言行却毫无异象,这对我来说也是难以理解的。

乐黛云讲述的第二个人是程贤策,也就是上面说到的朱家玉所深爱的人。程贤策我也知道,我当学生的时候,和1961年毕业留校,他都担任中文系的党总支书记。我确实常听到乐黛云说的那大嗓门的说话声和笑声。因为这样的说话方式,也因为常有豪言壮语,他的朋友有时候叫他"牛皮"。程贤策个子高大,十六七岁时为了抗日,曾去缅甸参加过抗日青年军("文革"的时候,这成为"历史反革命"的罪证)。1948年,这个武汉大学物理系的高材生决定转入北大历史系,原因是"他认为当时不是科学救国的时机,他研究历史,希望能从祖国的过去看到祖国的未来"。1948年,他作为北大学生自治会新生接待站负责人,在武汉,带领南方各地的二十几名北大新生,沿长江到上海,转乘海轮到塘沽,再来到北京。乐黛云就是他带领的新生之一。乐黛云说:在开往塘沽的海轮上,

> ……我和程贤策爬上甲板,迎着猛烈的海风,足下是咆哮的海水,天上却挂着一轮皎洁的明月。他用雄浑的男低音教我唱许多"违禁"的解放区歌曲,特别是他迎着波涛,低声为我演唱的一

---

① 《沧海月明——纪念一位已逝的北大女性》,见《绝色风霜》,南昌:百花洲文艺出版社,2000年。

乐黛云自传《我就是我》，台北正中书局 1995 年出版。自序中她写道："法国著名思想家米歇尔·傅科曾经断言：个人总是被偶然的罗网困陷而别无逃路，没有任何'存在'可以置身于这个罗网之外。"然而，"如果把某种主体意识通过自身经验，建构而成的文本也看做一种历史，那么，这些点点线线倒说不定可以颠覆某些伟大构架，在一瞬间猛然展现了历史的面目，而让人们于遗忘的断层中得见真实。"

曲"啊！延安，你这庄严雄伟的古城……热血在你胸中奔腾……"更是使我感到又神秘，又圣洁。……他和我谈人生，谈理想，谈为革命献身的崇高的梦。我当时 17 岁，第一次懂得了什么是人格魅力的吸引。

在北大，程贤策担任四院（北大新生开始在沙滩四院学习）的学生自治会主席。后来还到江西参加土改，担任中南地区土改工作团 12 团的副团长。1966 年"文革"刚开始的六月，程贤策以走资派、历史反革命、地主阶级孝子贤孙等罪名，被揪到学校办公楼礼堂批斗，

……（他）被一群红卫兵拥上主席台，他身前身后都糊满了大字报，大字报上又画满红叉，泼上黑墨水，他被"勒令"站在一条很窄的高凳上，面对革命群众，接受批判……他苍白的脸，不知是泪珠还是汗水一滴一滴地流下来。

批判会结束之后，他被扣上纸糊的白帽子，在脸上、衣服上泼上红墨水、黑墨水，推推搡搡地押着游街。游街结束之后的情况，乐黛云写道：

我去小杂货铺买酱油时，突然发现程贤策正在那里买一瓶名牌烈酒。他已换了一身干净衣服，头发和脸也已洗过。他脸色铁青，目不斜视，从我身边走过……

……后来，我被告知我心中的那个欢乐、明朗、爱理想、爱未来的程贤策就在我买酱油遇见他的第二天，一手拿着那瓶烈酒，一手拿着一瓶敌敌畏，边走边喝，走向香山的密林深处，直到生命的结束。……①

这些书中讲述的第三个人，是她自己。就在程贤策被批斗的时候，她作为革命群众的"监管对象"，正被"勒令"坐在会场的前面，目睹这位革命者，如何在"革命"的名义下受辱。和朱家玉、程贤策一样，她也是"欢乐、明朗、爱理想、爱未来"的。1948年，她从贵州遥远的山城只身跑到重庆参加大学考试，同时被南京的中央大学、北京师范大学和北大录取。她选择了北大。到了学校，积极投入中共领导的学生地下工作，秘密印制、分发革命宣传品，劝说沈从文先生留在很快就要解放的北平。50年代初，她在北大团委工作，曾代表北京市学生参加在布拉格召开的第二届世界学生代表大会。新生活于她是充满金色的幻梦。我读高中的时候，就在《文艺学习》等刊物上，读到她谈新文学的文章，那时她应该刚毕业不久。她在政治、学术上都有出色的表现，大概也得到周围人们的"宠爱"。我一年级的时候，曾经在文史楼二楼中文系教师工会办的墙报上，看到她有"黛子"的昵称。但是，1957年因为带头和年青教师筹办《当代英雄》杂志等"罪行"，反右中被定为"极右分子"，遣送到京西门头沟斋堂监督劳动。1961年经济困难，北大许多干部、教

---

① 《"啊！延安……"》收入《绝色风霜》和《四院·沙滩·未名湖》。

外来者的"故事"

师下放农村。程贤策代表党总支到斋堂慰问下放干部的时候,"监管对象"乐黛云也在斋堂。他们之间的关系已经演变为"敌我界限",不再是塘沽海轮上的"同志"了:

> ……白天,在工地,他连看也没有看我一眼。夜晚,是一个月明之夜,我独自挑着水桶到井台打水……突然看见程贤策向我走来。他什么也没有对我讲,只有满脸的同情和忧郁。……他看着前方,好像是对井绳说:"也难得有这样的机会,可以这样深入长期地和老百姓生活在一起。"……迎着月光,我看见他湿润的眼睛。我挑起水桶扭头就走,惟恐他看见我夺眶而出的热泪!我真想冲他大声喊出我心中的疑惑:"究竟发生了什么事?这一切究竟是为了什么?这饥饿,这不平,难道就是我们青春年少时所立志追求的结果吗?"但我什么也没有说,我知道他回答不出,任何人也回答不出我心中的疑问。

朱家玉、程贤策和乐黛云先生,都有自己的命运,自己的喜怒哀乐。但如果放在当代历史的大背景下,他们的遭遇,其实是同一个"故事"。也就是说,这样的遭遇带有某种共通点,也有普遍性。我们在80年代初的回忆录,以及"伤痕"、"反思"小说里面,也多有见识。热情、爱理想,但理想却受损、遭到打击;打击来自于所理想的对象;但厄运中又没有完全放弃,理想没有破灭,因此就有如乐黛云见到程贤策时的没有喊出的发问——最后,"故事"留下的也总是难解的"究竟发生了什么事"这个问题。因为"难解",这个"故事"也就还没有讲完。

这个"故事"的雏形,其实在四五十年代就已出现。我在《1956:百花时代》这本书里,谈到对50年代王蒙的《组织部新来的青年人》和40年代丁玲的《在医院中》的理解,也是在试图对这一"难解"的问题

1988年夏在山海关,(左起)陈素琰、么书仪与乐黛云。乐先生说,我太胖了,躲在你们后面。

提供一种解释。我说它们是有关"外来者"的故事,"也是……表现现代中国的'疏离者'的命运的故事";投身革命的热情青年的理想与现实之间出现的裂痕、冲突。"外来者"不仅是情节上的,更是"实质"意义上的。"外来者"对他所投身的事业,这个"事业"的内在逻辑,其实并不了解,也并未融入其中。因而,"坚持'个人主义'的价值决断的个体,他们对创建理想世界的革命越是热情、忠诚,对现状的观察越是具有某种洞察力,就越是走向他们的命运的悲剧,走向被他们所忠诚的力量所抛弃的结局,并转而对自身存在的价值和意义,产生无法确定的困惑……"

我不知道这个解释是不是有道理。

"严"上还要加"严"

——严家炎先生印象

20 世纪 70 年代初在江西"五七干校"的时候，互相起绰号成为一种风尚。给黄修己先生起的绰号是"雄辩胜于事实"。这并不是说黄修己不尊重事实，而是说他能言善辩，有一般人所没有的口才。严家炎先生的外号其实不必费事，他的名字本身——"严加严"或"盐加盐"——就已足够。不过，黄、严两位先生的这两个绰号都没有流传开来，或是太长，或是读音上不能和原来的名字相区分；虽说"严加严"很能概括严先生的性格。

但是严家炎不久便有了一个绰号："老过"。"老过"是过于执的略称。50 年代过来的人，许多都知道《十五贯》这出昆剧。剧里的知县过于执，在审理熊友兰、苏戌娟一案中，不作调查，不重证据，凭主观臆测，就要拿熊、苏二人问斩。"过于执"当时成了官僚主义、主观主义的代名词。称严先生"老过"，当然不是这样的意思。这个绰号其实含义颇为复杂：既有执著、认真、严谨、严肃的成分，也有固执、迂、认死理、难以说服的因素。严先生应该知道这个称呼不都是在表扬他，但他也不生气，总是微微一笑。所以，"老过"很是流传了一段时间。

说到这个绰号的根据，可以举个小例子。有一天，我们班去挖稻田的排灌渠。由于严先生一贯的认真、细致，便被委以质量检查员的重任。

1988年夏,与严家炎、江枫先生摄于山海关。

到了中午,我们各自负责的一段相继完成,准备收工吃饭。这时,"老过"拦住了我们,说是有许多质量不合格。他的意思是,水渠的"渠帮"按规定应该是45度,可是有的只有四十二三度,有的又快五十度了。一边说,一边用三角尺量给我们看。他说的倒是事实。但是,又不是在造飞机、做导弹,要那么精密做什么?更主要的是,个个都累得够呛,饥肠辘辘,一心只想快点回去吃饭。便七嘴八舌来说服他。任凭你人多势众,不管说出天大的理由,他纹丝不动,坚持要返工。看见我们不想动弹,他自己便干了起来。我们本来理亏,无奈只好也跟着干。看他从远处铲来湿土,修补坡度不够的部分,还用铁锹拍平,抹得光可鉴人,不由得又可气又好笑。水一来,还不是冲得稀哩哗啦的!

我和严先生是同事,但不在一个教研室,交往其实并不很多。有时单独谈些问题,却不都以愉快告终。原因主要是,我虽然也教书,也做"学问",但是对"学问"什么的,不很认真,也不是看得很严重。这样,处理起来就有马虎、随意的时候,大大小小的失误也就难以避免(见附注一)。这必定和一丝不苟的"老过"发生矛盾。记得第一次见他的面,

"严"上还要加"严"——严家炎先生印象

是1958年读大二的时候。当时在"大跃进",轻视古典、蔑视权威,是那时的潮流。虽说我们古代文学史只学到两汉,现代文学还没有开课,也已经有足够的胆量去集体编写戏曲史和现代文学史。严先生当时在中文系读研究生,指导我们年级的现代文学史编写。有一天,他把我叫到中文系资料室,批评我写的郁达夫、叶圣陶两节的初稿,材料看得不够,不少评述缺乏根据。我当时虽然没有说话,却颇不服气,忿忿然地想,都什么时候了,还"材料"、"根据"什么的?1988年在北戴河,也有一次不很愉快的谈话。我们都在一个"文学夏令营"里讲课。一天傍晚在海边散步,谈起"文革"期间郭沫若写的《李白与杜甫》。我说,郭的立论,明显是呼应、迎合毛泽东尊李抑杜的。严先生立刻反问,有什么根据?有材料吗?我顿时语塞。我一直认为这是个理所当然的推断,要什么"根据"和"材料"?!便争辩起来,而且相当激动,接着便沉默不语。当时在一起的还有诗人任洪渊,他一定很不满意:本来,吹着海风,看海浪拍岸,多好,这不,把诗意破坏得荡然无存。

最近我编写的中国当代文学史,讲到60年代《创业史》的讨论,涉及严先生。我猜想,他可能对我的评述不是太满意。一般来说,谈到这个事件,以及有关"中间人物"的主张,都会首先提到邵荃麟先生,我也没有例外。第7章第4节,我首先引述邵荃麟1960年12月在《文艺报》编辑部会议上认为梁三老汉比梁生宝写得好的发言,然后说"在此前后,严家炎撰写的评论《创业史》的文章,也表达了相近的观点"。这一节的注释24,把发生在1963—1964年前后的《创业史》讨论,与1964年以后对邵荃麟的"写中间人物"主张的批判放在一起不加区分,并将一系列批评严家炎的文章笼统地放在"批评邵荃麟、严家炎观点的文章"的名下。

这种叙述方式,这样的处理,暗示了邵荃麟和严家炎在关于《创业史》评价问题上,存在时间先后,以及影响和被影响的关系。同时,对

37

1988年北戴河文学夏令营"北大身份者"合影。前排左起三位是陈素琰、么书仪、陈学勇,右起两位是章德宁、岳建一,后排左起为叶廷芳、钱理群、洪子诚、江枫、汤一介、乐黛云、袁学瑶、刘宁、严家炎、谢冕。

有关联但不同的两件事也没有作必要的区分。事实上,邵1960年12月的讲话,是范围很小的内部谈话,许多人知道这段谈话,要到1964年8、9期合刊的《文艺报》刊发《关于"写中间人物"的材料》那个时候,那时的邵已被文艺领导界的同仁们作为"牺牲品"抛出加以批判。他关于《创业史》,关于梁三老汉,关于"中间人物"的主张,产生较大影响是在1962年的夏秋。这指的是1962年8月"大连会议"上的系统发言,以及会议之后,谢永旺、康濯分别发表的、在一定程度上传达了他的意见的文章(谢的文章题为《从邵顺宝、梁三老汉所想到的——》,署名沐阳,刊于《文艺报》1962年第9期;康濯文章为《试论近年间的短篇小说》,刊于《文学评论》1962年第5期)。而严家炎先生1961年在《〈创业史〉第一部的突出成就》(《北京大学学报》1961年第3期)、《谈〈创业史〉中梁三老汉的形象》(《文学评论》1961年第6期)中,就已全面、系统地阐述了他在这一问题上的观点。他的看法并不是在受到谁的"影响"下形成的。而且,就在严家炎因《创业史》问题受到众多批评的时候,也未见有任何"中间人物"主张者(包括邵荃麟)出来支持他,和他站在一边。在这种情况下,暗示追随、受影响的这种叙述,并不符合"历史"原来的情状。

如果不是文学史写作者,而是严先生坚持作这样的辨析,很可能会被认为是"邀功请赏",因为在今天,提倡写"中间人物"已不是耻辱,而是荣耀了。不过,我有"根据"证明事情不是这样的。"文革"刚开始,系里教师曾组织过对严先生的批判。有大字报,也有批判会。大字报中,上面有十多位青年教师签名的一张,为我所起草。批判会上有人指出严先生"追随邵荃麟贩卖中间人物论",严先生却插话说,我没有"追随"邵荃麟,我关于《创业史》的观点在1960年下半年就已经形成,文章发表在1961年;邵荃麟有这样的看法比我要晚许多(见附注二)。他的插话,让批判者愣住了,不知如何接这个话茬。

严先生在现代文学研究上的贡献这里不用多说。当然,他的有些学术观点,我也不很赞同。譬如对姚雪垠的《李自成》的赞誉,譬

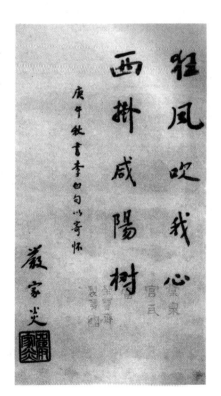

严肃、严谨的严先生,也有狂放、浪漫的一面;只是后者并不为许多人所知晓。

如对金庸武侠小说的评价……严格说来,我不是怀疑他对金庸武侠小说在文学史地位的设定,有疑义的是那种评述的方法。虽说金庸的武侠小说被人誉为沟通了雅俗、填平了"精英"和"大众"的鸿沟。不过,用那样的"过"于严肃的心情、态度,用那样的"写实小说"的成规作为尺度,来对待、品评这些小说,总觉得不是那么回事。至于我自己,因为金庸的多部作品总是看了开头就看不下去,所以在评价上并无发言权。但我总记着严先生在北师大演讲时说的话:金庸小说读不下去,说明你有心理障碍……好在家里有金庸全集,我很快就要退休,会有充足的时间来分析自己的心理,调整、检查在阅读习惯上的偏见。

2001 年

附注一(2001 年)

最近的一次错误,是有关冯雪峰先生的一个材料的。今年元月,中山大学中文系青年教师刘卫国、陈淑梅来信,说我的《中国当代文学史》(北大出版社 1999 年 8 月版)"第 34 页注 15 说,'《文艺报》4 卷 5 期(1951 年 6 月出版)上刊登的,对萧也牧小说《我们夫妇之间》的严厉批评的"读者李定中"的来信,和《文艺报》发表这封信时加的支持这封信的编者按语,都是当时该刊主编冯雪峰撰写。'经查包子衍《雪峰年谱》(上海文艺出版社,1985 年 7 月版),冯雪峰写该信时为 1951 年 6 月 10 日,当时他在京担任人民文学出版社社长兼总编辑,并非《文艺报》主编。1952 年 1 月下旬,冯雪峰才兼任《文艺报》主编。至于'支持这封信的编者按语',是否为冯雪峰所写,我们还未找到证据确定,但按冯雪峰任《文艺报》主编时间推之,似乎不大可能。"

为了弄清楚这个说法的来源,便翻找写这本文学史时做的笔记、卡片,却一无所获。我最早是从朱寨先生主编的《中国当代文学思潮史》(人民文学出版社,1987年5月)中知道"读者李定中"是冯雪峰的。但"思潮史"只是说"发表时编者加了基本肯定的按语",并说"后来《文艺报》副主编陈企霞在文章中(见1951年9月10日出版的《文艺报》)承认该文和编者按语都有'缺点'"(《中国当代思潮史》第85页),并没有说按语出自谁的笔下。况且,我在《1956:百花时代》(山东教育出版社1998年5月版)中,在所列的1949—1966年《文艺报》编委会组成的表中,也明确标出冯雪峰担任主编,是从1952年第2期开始,在此之前的主编是丁玲、陈企霞和萧殷。只要作必要的核对,不难发现这一说法的疑点。更加糟糕的是,编者按是冯雪峰撰写的说法,还写在《中国当代文学概说》(香港青文书屋1997年版,第24页)、《当代文学概说》(广西教育出版社2000年版,第78页)、《中国当代文学史》(韩国比峰出版社2000年版,第52页;该书为《中国当代文学概说》的韩文本)中。这真是让冯雪峰先生"蒙受不白之冤"了!这里,请求冯雪峰先生在天之灵的宽恕,也向这本书的读者致歉。

附注二(2008年)

《严家炎论小说》(江西高校出版社2002年版)的"跋"中,有这样的说明:"1961年秋冬之交,《文艺报》编辑部一次会议之后,副主编冯牧同志把特约评论员颜默(廖仲安)和我两人留了下来,传达了当时中国作家协会副主席、作协党组书记邵荃麟同志的谈话精神。据冯牧说,我在《文学评论》上发表的谈梁三老汉的文章得到了作协领导同志(指邵荃麟)的肯定。冯牧自己也说:确实,中间状态的人物如果写得成功,同样会有很大的意义,决不可以低估;《创业史》的成就,现在应该进一步作出新的阐发。"

"知情人"说谢冕

在《"严"上还要加"严"》那篇写严家炎先生的文章里,说到在"文革"时期,我起草了有十来个人签名的大字报,批判他追随邵荃麟鼓吹写"中间人物"。"文革"期间,我批判过、伤害过的人,肯定不只是严先生。

1968年夏秋,军宣队、工宣队开进学校,接着就开展"清理阶级队伍"。那时流行一句话,说北大是"池浅王八多",很多暗藏的阶级敌人都还没有挖出来。中文系所有教员,都被集中到19楼,有家的星期六下午才能回家。白天学习,交代揭发问题,晚上九点在楼道列队,听管理教员的军宣队的训话,难忘的一句是"要把中文系搞得个鸡犬不宁,锅底朝天"。后来教师又都下放到各个班级,接受教育监督。然后,就不断有"反革命"(历史的或现行的)被挖出。周强先生被宣布为"现行反革命",是因为在学习会上读报纸的时候,紧张慌乱之中,将刘少奇错读为毛泽东。而研究方言的一位老师,听到刘少奇被揪出的消息,在宿舍里说了一句"真是宦海浮沉",被人告发,立刻就被挂上"现行反革命"的牌子,打上叉叉,拉出去批斗游街。

有一天,又说挖出了一个恶毒攻击毛主席、党中央的"反动小集团"。小集团的成员有严家炎、谢冕、曹先擢、唐沅等。唐沅、严家炎是教现代文学的,曹先擢则研究现代汉语。惊讶之余,纷纷打听他们究竟有什么罪行,却没有一点结果①。原因是"恶攻"("文革"中"恶毒攻击党中央、毛主席"的缩略语)的具体内容要严格保密,不许扩散。这样,便出现了荒诞的一幕:在全系或各班级召开的批判"反动小集团"的会上,发言者义正辞严地批判他们反动,却始终不知道他们"反动"在什么地方。

"小集团"揪出后的一天,工宣队师傅通知我到二院(那时中文系的所在地)开会,但没有告诉我是什么会。进了楼下中间的会议室,发现里边已经坐着十几个教员。虽然大家都很熟,互相却都不打招呼,空气沉重凝固。接着,工宣队的连长便宣布"知情人学习班"开始。说在座的,都和"反动小集团"的成员关系密切,一定了解他们的情况,要揭发他们的问题,和他们划清界限,不要一起掉进反动泥坑。又说这是一次机会,当机立断不要错过。说如果涉及"恶攻"的言行,具体内容不要在会上说,下来再写书面材料。

"知情人"?"知情人"是什么人?我是谁的"知情人"?这是快速掠过我脑子的问题。我想,我和严家炎、曹先擢等先生很少来往,唯一可能的就是谢冕了。谢冕读书时高我一个年级,本来也不认识,但1958年底1959年初,我们六个人在一起编写过《新诗发展概况》。留校后,他在文艺理论教研室,我在现代汉语教研室的写作组。经济困难时期,他还下放到京西的斋堂公社工作一段时间。记得1963年有一次我找过他。那时他是系教师党支部委员,我总在不断地争取入党,却总没有人理睬我,就"靠拢组织"地找他。听完我前言不搭后语的"思想汇报",他只是说了些"要继续努力"之类的不着边际的鼓励话。但是"文革"发生后,来往却多起来了。学校开始分裂为两大派,我们既不愿如"井

---

① 很久以后,才得知他们曾私下对林彪、江青当时的言行有所议论,如认为林彪的一些说法,包括对毛泽东的评价有点过分,江青不该把家里的事情,当做政治问题在公开场合讲,等等。

冈山兵团"那样激进,也不满意聂元梓一派的那种得势当权者的做派,七八个有点"中间骑墙"立场的教员,便组织了一个"战斗队";应该是谢冕的主意,起名"平原",取同情"井冈山",但又与之有别的含义。在激烈的运动中,这种"中间派"立场是左右不逢源的。因为是一个"战斗队",便常在一起开会,讨论问题,写大字报。可是,"战斗队"里有七八个人,为什么就我是"知情人"?想来想去,真的想不明白。

"知情人"的揭发会开了一个下午。断断续续有人发言,也不断有长时间的沉默。但主持人不理会这种沉默,坚决不散会。我是个不坚强甚且软弱的人,经受不了长时间这种气氛产生的压力,便搜肠刮肚地来想谢冕的"问题"。终于想出了两条。其中的一条,现在已经忘得一干二净。另一条,我说,有一次我们去天安门游行("文革"中游行是家常便饭),回校的时候,骑自行车从紫竹院公园穿过。天气很热,我们坐在湖边的树荫下休息。凉风吹过来,谢冕说,真好。他说有一种解脱的、身心放松的舒畅。还说,人和自然的关系其实很重要,可是我们不明白这一点……我一边揭发着谢冕,一边心里惴惴不安,便把自己也拉进去,说我和他有同感,赞同他的看法。然后我上纲上线说,这是我们对革命厌倦的情绪的流露,是一种消极的情绪。说完,我注意着会议主持人的反应,看到的是毫无表情,显然离他的期望相距甚远。会议最后他作总结的时候说,不要存在侥幸心理,别以为对你们的底细不了解,别拿些鸡毛蒜皮的事来搪塞!——我想,这些话里面肯定有我。

我沮丧地走出二院时,在门口,也参加会议却没有说话的另一位工宣队师傅(北京齿轮厂)走到我身边,用不经意的平淡语气说,"没事,不要紧的,别放心上……"这话出自工宣队员之口,当时很出乎我的意料,但也因此让我长时间不忘。

"知情人"说谢冕

在60—80年代的政治风云中,谢冕的"反动"、"右倾"、"反马克思主义",并不止这一次。"文革"中,他担任72级、74级的教学工作,在反右倾回潮等运动中,多次受到批判。80年代初支持"朦胧诗",在"清除精神污染"运动中,还受到围攻,围攻者指责他的"崛起论"是"系统地背离社会主义文艺方向和道路"的"放肆"的理论,是"对马克思主义、毛泽东思想的严重挑战"。"清污"运动中,工作组进驻北大,中文系的文艺理论、当代文学教研室是运动重点,而谢冕应该是重点中的重点。他的这些遭遇,他所经受的困难、打击,我并不是很清楚,因为他很少详细谈过。"清污"运动中,他私下没有诉冤,也没有写文章公开检讨。事情过后,当"反动"、"受难"成为获取"光荣"的资本时,也没见他拿这些来炫耀。当我试图从他发表的大量文字中,来寻找他对自己这些经历的讲述时,找到的只有下面零星且笼统的片断:

(文革)十年中,我曾经数次"打入另册"。随后,一边要我不停地工作,一边又不停地把我当做阶级斗争的对象。我个人和中国所有知识分子一样,无法抗拒那一切。……我只能在独自一人时,偷偷吟咏杜甫痛苦的诗句:不眠忧战伐,无力振乾坤!

……《在新的崛起面前》中我为"朦胧诗"辩护,……这篇三千字的文章所引起的反响,是我始料所不及的。它从出现之日起,即受到了激烈的、不间断的批判和围攻,其中有一些时候(如"反自由化"和"反精神污染"时期),甚至把这些本来属于学术和艺术层面的论题,拔高到政治批判的高度上来。①

---

① 谢冕《文学是一种信仰》,《福州晚报》1999年1月4—31日,转引自《谢冕教授学术叙录》,北京大学20世纪中国文化研究中心2003年编印。

1998年6月五院中文系门口,一次"批评家周末"结束后合影。

　　80年代以来,我和谢冕同在一个教研室,我们的教学、研究,又都和新诗有关,所以来往也多起来。1985年前后,他开设《诗歌导读》和《当代诗歌群落研究》的讨论课,都要我去参加,我从这些课中受益匪浅。1993年从日本回来后,他让我参加他主持的"批评家周末"的活动,并加入他和孟繁华主持的"百年中国文学总系"的著作编写。他要我写1956年那一本,他为那本书起的书名是"1956:百花时代",还半开玩笑地说:"这一本本来是我要写的,我让给你了!"在和他的交往中,我看到了自己在学识、历史感、艺术感受力和判断力,以及对生活的热爱上与他分明的差距,我也知道有些东西是很难学到的。我们对当代历史、对新诗、对一些人和事的看法上有许多相通的地方,不过,也会有意见不合的时候。在这些时候之所以没有引发冲突,应该说主要是他的克制和宽容。在是非上他有明确的标准,但是对待同事和朋友却从不把这种标准当做"道德棍棒"随便挥舞,他总是说:要记住朋友的好处。

比如有一次的"批评家周末"讨论美国畅销书《廊桥遗梦》,他对这个小说的评价很高。我对它却没有什么好感,觉得是个"俗套",而且我也从不喜欢过分感伤的作品,为了显示我与他的区别,我完全失去了平时讨论问题的态度,故意用了很极端的用语,几乎是在"糟践"这本书……谢冕不会不知道我的"诡计",他没有表现愠怒,也没有上我的当,照样引导着正常的讨论。现在想起来,他的评价,可能和那时候他对"人文精神"失落的忧虑有关——他把对这个文本的阅读,加入了对严重的时代病症的思考。1997年在武夷山开诗歌讨论会,也发生过类似的事情,他认为90年代的诗歌普遍存在回避现实,走向对个人的"自我抚摸"的情况,因而提出"诗正离我们远去"这个有名的论断。在他发言之后,我在提问时说,闻一多40年代曾质疑艾青"太阳向我滚来"的诗句,说艾青为什么不向太刚滚去?现在我仿照闻一多的说法,我们总在埋怨诗离我们远去,为什么不想想我们在离诗远去,反省一下我们对诗歌的新因素缺乏认识、感受的能力和耐心?……事后我想,我的这个发言,可能有点离开了具体事物,把问题抽象化了……还有一件事是,1992年夏天我在日本教书的时候,得知这一年我的"教授"又没有评上,便十分恼火:从1990年开始,我已经申请了三年,我的几个学生辈的教师都已经是"教授"了,为什么总轮不到我?我消化不了心中的"委屈"和受挫的"怨恨",便给当时任系学术委员的谢冕和系主任孙玉石写信。信写了些什么,现在已经记不清了,但肯定是说了不少"恶狠狠"的、故意要"冒犯"人的话。这种做法在我其实并非常态,所以一直觉得像是做了"亏心事"。1993年秋天回国的时候,我心里想,见面最好不再提起、解释这件事。事情果然正像我希望的那样，对此，我一直心存感激。

谢冕这二十多年来，为学术，为新诗，为新诗的当代变革，为年轻人做了那么多事情，费了那么多心血，自然获得许多人的爱戴、尊敬。但相信他也不会没有体验过"世态炎凉"。举个我亲眼看到的例子。十多年前，我和他到南方的一所大学去，那里系的领导奉他为上宾。再过几年，又到那所学校开学术会议，可能觉得他已经"过气"，没有多大"用处"了（他已经退休），就换了一副面孔，虽客气，但明显将他冷落在一旁，而改为热捧那些掌握着大小政治、学术"资源"的当权者。因为亲眼见到这样前后对比鲜明的冷热升降，我不禁忿忿然，但谢冕好像并不介意，仍一如既往地认真参加会议，认真写好发言稿，认真听同行的发言，仍一如既往和朋友谈天，吃饭仍然胃口很好，仍然将快乐传染给周围的人。

2005年初的冬日，北大新诗所一行到日本旅行。谢冕兴致很好，吃了不少他酷嗜的海鲜、"刺身"。在东京浅草寺的仲见世通，陈素琰急匆匆地跑来对我们说，快去劝劝谢冕，让他不要买那件衣服了，他也就是一时兴起。一打听，原来是他看中了一件日本传统的男士服装，价格大概是一两万日元。我反过来劝陈素琰，谢冕决定的事情劝是没有用的，况且，只要高兴就是值得。后来衣服还是没有买成，原因不是大家的反对，而是谢冕自己改了主意。

回到北京的第二天，谢冕打来电话，让我转告新诗所的会他不能参加了。问原因，说"谢阅病了。""严重吗？""严重。""在家里还是在医院？""在医院。"看到他不愿再多说，也就没有问下去。我就把这个情况告诉了系的领导。

谢冕儿子谢阅我是知道的，小时候还带他到动物园玩。记得是"文革"前不久出生的。因为生日正好是国庆节，所以起名检阅的"阅"字。

洪子诚与谢冕,摄于1968或1969年

后来,另一位教员的女儿也出生在十月一日,谢冕又为她起名周阅。谢阅正是事业有成的盛年,是北京朝阳医院神经内科的骨干医生。很快就知道他患的是无法治愈的脑部胶质瘤。八年前,他到法国进修的时候就已经发现,他自己就是从事这方面研究的医生,自然明白后果的严重。但是他一直隐瞒着,始终没有告诉谢冕、陈素琰,直到这次病情严重发作。谢阅不愿意让自己的父母受到打击,不愿意操劳一生的老人晚年还要担惊受怕;他知道在这个世界的日子已经不多,因此,他细心地为父母的晚年作了妥当的安排,这包括在郊区购置一处房子,那种有个小小的院子(这是谢冕多年的期望)的房子;谢冕在里面种了一棵紫玉兰……

在此后儿子手术、治疗到去世的艰难的时间里,谢冕坚忍地对待这突然事变的打击。他和陈素琰几乎每天都从昌平北七家,倒几次公共汽车到朝阳医院去陪儿子。他也仍答应、出席不知情的人们要他参加的活动。他同样写好发言稿,在会上认真发言。他在人们面前,从不主动提起家庭发生的变故。朋友问起,回答也只是三言两语。告别谢阅的时候,他一再叮嘱我们不要去。但系的领导,他的几个学生,和我们几个朋友,还是赶到朝阳医院。在那窄小的摆满鲜花的房间,谢冕拥抱我们每个人,但没有说一句话。他和谢阅一样,独自坚忍地承受生活中的打击。

在《北京大学当代学者墨迹选》(北大出版社1992年版)这本书里,收有严家炎、谢冕的墨迹。严先生引录李白诗句"狂风吹我心,西挂咸阳树"。谢冕写的则是培根的语录:"幸福所生的德性是节制,厄运所生的德性是坚忍,奇迹多是在厄运中出现的。"——这应该是他所欣赏、甚至就是他所奉行的"人生哲学"了。以"节制"和"坚忍"来概括谢冕性格中的重要方面,应该是恰当的。他经历不少"厄运"。对待厄运,他取的态度是"坚忍";他对自己能够独自承担拥有信心,他也不愿意给别人带来麻烦和负担。他的生活中,又确有许多的幸福。他懂得幸福的价值,知道珍惜。但从不夸张这种幸福,不得意忘形,不以幸福自傲和傲人,也乐意于将幸福、快乐与朋友,甚至与看来不相干的人分享。

2008年6月

无题有感[①]

我所在的这个"单位",至少有两方面的缺点。一是虽然经常会有好的想法,做起来却相当迟缓。例如,1985年这里的几位先生提出"20世纪中国文学"的概念,在学界产生过不小的反响。十多年过去了,各地已纷纷成立以此命名的研究机构,坊间"20世纪中国文学史"的著作也出版了几部,而这里的教研室还是"现代"、"当代"的各自为政,不通声气,1998、1999年新编的文学史,也是"现代文学"(《中国现代文学三十年》修订版)和"当代文学"(《中国当代文学史》)分离的一仍旧贯。对这种蜗行牛步还自我辩解,说我们不必去凑这个热闹。其二是,喜欢独来独往,"人自为战"。个人的学术论文写了一篇又一篇,专著出版了一本又一本,而集体项目(谢冕先生组织的《百年中国文学总系》例外)总也完不成。80年代初就立项的国家"重点项目""20世纪中国小说史"(严家炎、钱理群主持)和"中国新诗诗潮史"(谢冕、孙玉石主持),后者肯定还未动工,前者则只出了陈平原的第一卷。第一卷的作者于是便有了谴责其他人(我也是这个项目的参加者之一)的"资本":"赶快写出来算了!"而其他人则总是无动于衷,按兵不动。

[①] 为北京大学的"20世纪中国文化研究中心"成立写的短文,刊于2003年8月某日的《中华读书报》上。

北大20世纪中国文化研究中心成立五年多来,举办几次国际学术研讨会,出版高水平的学术集刊《现代中国》。截至2008年9月,集刊已出版了11辑。

不过,这回"20世纪中国文化研究中心"的成立,却有了异乎寻常的速度。从有了这一念头,到成立会议的召开,前后不会超过一个月的时间。这之间要做的事情自然不少:同行之间的沟通;取得上级主管部门的支持、认可;人员的构成;组织和活动方式的设想;研究计划的拟定……这一切,都进行得紧凑而有序。以我在一旁的观察,"中心"的成立,陈平原费力不少;甚至可以说,主要是他在操持。一次次给有关的先生打电话,征询意见,召集不同类型的座谈会,草拟各种报告和计划书,向主管的领导汇报,成立会议的请柬、场地的安排……凡此种种。这之间肯定会有波折,譬如,"中心"的主持人("主任"吧)人选,按常理原本是陈平原,在最后一刻却不被学校批准;他只好"降格"为"学术委员会主任"。不过这种事已很常见,大家便见怪不怪;况且北大中文系许多先生,也从来不慕虚名。

"中心"的成立之所以能"只争朝夕",猜想原因有下面几条。一是"20世纪"这回真的是要结束了,"世纪末"常挂在我们嘴边,不像十年前,觉得还颇为遥远。二是深感研究的进一步拓展,需要获得更有效的视角,和集合更多的力量参与。多学科合作的重要性,已经不言而喻。而大一些的项目,靠个人的单打独闹,不可能取得成效。三是觉得我们是这个世纪诸种或快乐或不幸的事情的参与者和见证人,对这个"极端的年代",便相信有责任,使一些已被掩埋的事情得到"发掘",另一些尚未掩埋的事情不至过快被忘却。当然,在已有的叙述之外,提供可供参照的另一种,也是一种考虑。最后的一个原因,则与操持这件事的人的性格有关:出生于南蛮之地,造就于南方的学府,却在风沙漫舞的北方施展拳脚。也许欠缺"北人"的稳重(因此屡遭人告状),却充分具备"南人"的"机灵"(有时也有点狡黠)和认真。

祝贺曹文轩的四条理由[①]

2003年刚过12天,在海淀万圣书园的咖啡厅里,参加《曹文轩文集》(作家出版社2002年版)的首发式。向他表示祝贺,至少有四条理由。

出版文集的曹文轩,今年应该是四十几岁,但成果却已如此丰厚。文集共有九大册。事实上,他的许多作品还没有收入。记得我在他这样的年龄时,吭哧吭哧好不容易才出第一本书,是谈当代文学的"艺术问题"的。那本书印数不多,且不出三五年,便摆在打折的地摊上(还让学生从那里替我买了几本)。所以,祝贺的头一条理由,是他如此年轻,却如此大有作为。

在印象里,中国当代男作家,和研究现当代文学的学者,长相大都乏善可陈。因此,文坛上有"美女作家"的称号,却没有公认的"美男作家"。不过,曹文轩(以及另外的极少几个)倒是例外。前些年,他改编《草房子》的电影得了奖,北京的某报发表他领奖时的大幅照片(好像是现在当县长的牛群的作品):拿着金像,双手高举过头,潇洒而灿烂。这时,也会如汪曾祺先生在《羊舍一夕》中写到的那样,想起《三家巷》第一章的那个标题。因此,虽是男作家和现当代文学研究者,却长得很帅,这是祝贺的第二条理由。

[①] 首发式隆重而热闹。王蒙先生,京城的不少作家、批评家,北大中文系的先生,以及曹文轩的许多好友、学生,和慕名而来的读者,济济一堂。因为发言的人很多,在会上我只念了"四条理由"之中的前两条。

祝贺曹文轩的四条理由

英俊而潇洒的曹文轩先生。

我们中文系出身的人,开始的时候总是想当作家、诗人。"众所周知",结果是大多数人希望破灭。大学一年级,我也写小说,写诗。同班同学刘登翰读过,半天沉默无言。经过这样的无声打击,再想继续下去就很困难了。其实,就连才华横溢、极富诗人气质的谢冕先生,上大学之后也不再写诗(除了献给陈素琰、至今秘不示人的情诗外),改为诗歌批评和研究。在我们,这都是不得已的事。而这二十多年来,曹文轩却小说、散文写作和学术研究两不误,并一直保持甚佳的状态。在中国现代文学史上,既是作家又是学者的,其实并不罕见;尤其是三四十年代被称为"京派"的那一群。不过,"当代"的一个时期,作家和学者的分离则成了普遍事实,以至王蒙先生80年代初有了"作家学者化"的呼吁。从一般道理说,学术研究和文学写作应当能够互相促进。不过,具体到一个人身上,情况可能多种多样。闻一多、朱自清先生都既是诗人,又是学者,但又都是诗人在前,学者在后。卞之琳先生在研究英国文学、

55

曹文轩和他的同事们：（左起）贺桂梅、谢冕、张颐武、魏冬峰、邵燕君、高秀芹、曹文轩、洪子诚。李杨摄于2005年10月。

何其芳先生在研究文学典型和《红楼梦》期间，都还写诗，但诗又都远不如以前的好。当然，我们无法知道是学术损害了诗情，还是清醒到诗情离他们渐远而改事学术。叶圣陶先生开始是小说家，在成为教育家和语文学家之后，便不再写小说。当他50年代以语文学家的眼光修改他自己还未当上语文学家的小说（《倪焕之》）时，似乎失多于得。在曹文轩那里，这两者却似互不妨碍。小说写作，小说艺术思考，看来有助于他文学研究基点的确立；反过来，学术思考，也提升了他写作的境界和方法。他的小说写作理论研究（《小说门》），他的中外文学经典的解读，还有文学史性质的著作（《中国80年代文学现象研究》、《20世纪末中国文学现象研究》），这三者，有一致的基点，这就是对"文学性"的信心，和对艺术"本体"的关切。因此，在文学史写作上，他强调的是**文学**史，而非文学史。他批评目前大量的文学史写作者在"错误地写作文学史"。基于对"纯正"

的文学的信念，他对20世纪的中国文学图景作出具有独特风貌的描述。他关于中国当代文学是一个"不可动摇的概念"和"不可忽略的价值体系"的说法；关于当代文学在若干方面"已赶上或超越了现代文学"，但当代"确实没有"高大、丰富的作家的意见；他对目前成为主流的"文化研究"的质疑，和对着眼于揭示"艺术奥秘"的"文学研究"的坚持；他针对文学批评笼统概括趋向的提醒，和提倡对细节、微妙、差异的体察……尽管这样的声音在目前并不居"主流"地位，却应得到我们的重视。因此，不仅写小说，而且做学问，"两手抓，两手都过硬"，是应向他祝贺的第三条理由。

这二三十年的生活，如果说有什么显著特征的话，那便是变化多端。"重建"、"复兴"、"拨乱反正"、"把颠倒的历史再颠倒过来"、"还事物本来面目"，等等，是我们这个时代的关键词和流行语。我们追随过革命(曹文轩赶上了"革命"的尾巴)，又"告别"过革命，今天又点燃了对"红色岁月"的温馨记忆。我们信奉过"文艺是阶级斗争的工具"，又在"为文艺正名"的浪潮中，想让文学回到"自身"，而现在，又觉得所谓"自身"和"纯文学"不过是神话，因为到处都是权力和资本所构成的"政治"，我们如何能够逃遁？我们强调过表现"重大斗争"的宏大叙事，随后改为信仰"日常生活"，如今好像又为对"日常生活"的膜拜忧虑。基于对"理性"、"主体性"的信任，我们曾坚信世界的"整体"性质，和人对世界"本质"把握的可能性。但不久，"整体性"被证明是虚幻的，我们改信了有关世界平面化、碎片化图景的描述。作为一种象征或一个阶层，"知识分子"在当代曾声名狼藉。不过在80年代，启蒙的精英意识又复活、拯救了"知识分子"的信心。而现在，"知识分子"又开始成为人人唯恐避之不及的词。……在这种风云变幻中，曹文轩有自己坚持的主张。他也吸纳新的知识，也思考社会现实，但如他所说，并不左顾右盼,不盲目追随潮流。他坚信存在着超越时间、空间的"本源性"的东西,如"人性",如"美"。他坚信"文学"自有其边界,"文学"和"非文学",真正的文学史和伪文学史,可以清楚划分。"真正"、"纯正"、"永恒"等,是他经常使用的词。因此,在历史观上,透过显眼的"断裂",他认为更本质的是历史的连续。他不认为"时间"具有绝对的意义,说是"在昨天、今天、明天之间","绝无边缘"。这些自信,既体现在他的小说中,也构筑了他研究文字的总体框架。在社会急剧震荡,以及普遍性的思想危机之中,这种对"本质"和"普遍性"的信仰,也许是另一条值得我们耐心寻找之路。现在,人们又开始谈论重建"整体性"的可能,而我却发觉,不论是何种强力黏合剂也已无法修复自己的思想碎片。在这一令人沮丧的时刻,对照起信念始终坚定的曹文轩来,真觉得让人羡慕,这是向他祝贺的最后一条理由。

《都市流浪集》的诗歌问题

诗人骆英是北大出身，应该是中文系1976级的。但是我没有给他们这个年级上过课，所以直到前些日子的安徽南屏诗会之前，都互不相识。最近读到《都市流浪集》（作家出版社2005年版），觉得是一部值得讨论的诗集，因为它提出了一些重要的诗歌问题。这些问题主要是：

第一，诗人的"身份"。这既是老问题，也是个新问题。说它新，是由于在我们生活的文学尤其是诗歌的"边缘化"年代，靠写诗维持生计，过较为"体面"的日子，已经越来越困难。专职（专业）的诗人已经很少，而且可以肯定地说，会越来越少。但这个问题又不是新问题，从来就存在着。比如说，既是诗人，又是政治家、文化官员，或者又是工人、军人等情形，在当代中国不是罕见现象（20世纪50年代初，军中的诗人公刘、李瑛就说过这样的话："因为我是士兵，我才写诗，因为我写诗，我才被称为士兵"；"一个诗人的任务就是一个士兵的任务"）。过去，诗人的多重身份之间可能出现的复杂关系，常被一种有关诗歌与政治、与革命的"同质性"想象所掩盖。今天，"身份"在写作上可能产生的问题受到关注。批评家（如为《都市流浪集》作序的谢冕）已经不大容易忽略这个问题。骆英既是活跃于都市的企业家、投资人，又是诗人。不同的身份特征自然在不同场合得到激活、强调，但之间也不会没有影响、重叠、对抗。我们从法国作家罗杰·加罗蒂的书（《论"无边的现实主义"》）得知，圣琼·佩斯既是诗人，也是法国外交部长。在这个身份问题上，佩斯拒绝自己、也劝告读者不要把政府官员的亚历克西·来热（佩斯的原名），和诗人的圣琼·佩斯联系在一起，说，"我始终最严格地保持双重人格"。但事实是，圣琼·佩斯诗歌的主题，显然与他作为政府官员的经历有关。我们不知道《都市流浪集》的作者是否也执意作这种区分，是否也让读者在企业家黄怒波与诗人骆英之间划出界限？抑或他并不打算掩盖两者的联系，并把这种联系作为问题在诗中主动作出处理？显然，骆英更倾向于后一种态度。因而，反思、自省是诗的叙述者（并不能简单地等同于诗集的作者）重要的情感意向。这种态度，加强了诗的情感的真诚性质和面对城市时的坦然态度，但是否因此就完全有助于观察、体验的深入，这是需要进一步思考的问题。

第二，如书名所提示的，"流浪"是这部诗集体验、描述的内在基点。"流浪者"，也就是马克思，或者本雅明所说的那种"革命的炼金术士"、"游离者"或"波希米亚流浪汉"。本雅明认为，"大城市并不在那些由它造就的人群中的人身上得到表现，相反，却是在那些穿过城市，迷失在自己的思绪中的人那里被揭示出来"（《发达资本主义时代的抒情诗人》）。不过，《都市流浪集》的"流浪"并不具有实体意义，他的叙述者不是那种"被剥夺了生长环境"的，游走于城市边缘的人。"流浪"在这里具有"寓言"的性质。它指向一种情感立场，一种精神姿态，一种根源于存在所产生的困扰的敏锐感受。这个"流浪者"不是没有进入城市中心，但他处于中心时常常警醒，并让自己的情智、思绪、心性有意识地偏离。因而，这种游离，也许有可能成为不同文化、不同历史时间、不同社会群体、不同审美理想之间的桥梁，获得思想、情感的越界游走的"自由"。联系起上面所说的"身份"问题，在写作上的"流浪意识"，就意味着不固守而且抵抗某种身份。那么，《都市流浪集》的叙述者究竟超越了什么边界？他越界观察、想象力和情感积聚的依据来自何处？

从诗中可以看到，城市边缘的、下层的生存群体是他关注的一个重要方面，并构成揭示、批判城市的思想情感基点。但这个方面在诗中的表现略显模糊，也有些抽象。相较而言，真切的是蕴藏于记忆中的乡村生活、田园文化，它们似乎更有资格成为一个"原点"。这其实也是诗的叙述者所竭力挖掘的，隐藏在个人生活"皱褶"中的"经验"。20世纪90年代以来，虽说这种挖掘已非独创，即使如此，《都市流浪集》仍表现出它的某些独特之处。问题是，这些"经验"如何保持其未被整合的"个别"性，而和模式的"个别化"划出界限，这是我们面临的难题。进一步去想，乡村经验的力量其实有限，并不足以提供观察、解剖都市的充足的诗歌想象力的"源泉"。但除此之外，我们还拥有什么样的精神思想财富？这是另一让我们困扰的问题。

第三，这部诗集显示了一种可贵的批判精神，一种人文精神的关切。诗集中有对于人的生活、关系的"物化"，受到的"围困"的忧虑，和对于丑陋、堕落的尖锐、激烈，甚至粗暴的抨击。作者在诗歌观念上有自己的明确追求。他所强调的，是中国新诗的主流传统，即张扬"介入"的、批判的、与社会生活和大众读者取得紧密联系的诗歌。80年代以来，对中国当代诗歌与社会政治过于紧密的关联的反省，推动、开发了有关"纯诗"写作和关注诗歌"本体"的潮流。由于这一潮流在后来产生的偏向，也由于90年代以来社会生活出现的新的问题，"纯诗"的追求和设计暴露了其偏狭的弊病，反过来成为被质疑、反省的对象。在今天，"介入"的、批判的诗歌，显然会得到更多的写作者与读者的呼应，它所具有的正义感使它拥有"天然"的合理性和优先性。《都市流浪集》等诗集的出现，提供了我们检讨诗歌流向的例证，推动我们注意在近20年来重建诗歌秩序上可能出现的新的盲视与新的遮蔽。但是，我相信，这种调整，不是意味着流向、评价的完全翻转。在诗与政治，语言与社会，向外拓展与返诸"自身"等问题上,极端化的两极摆动并不是推进问题的最好出路。况且,在现代中国,"为艺术而艺术"与艺术服务于政治、社会生活这两种主张之间,其差异和对立的程度往往被过分夸大;"逃脱"与"落网"同时是那些游离者、流浪者的"文人"的处境。对他们而言,高喊"纯艺术",与主张艺术的社会功利之间,往往并不存在跨越的鸿沟。而有的时候,"纯诗"、强调艺术,也是一种表达自由,反抗人、情感成为商品,维护人的感性生活和想象活力的"手段"。

第四,诗的抒情问题。骆英明确主张诗的抒情、倾诉,甚至"宣泄"的特征。这些追求,在《都市流浪集》中有充分体现。诗的节奏、韵律也是他所重视的。诗的情绪的感染力,和诗对于交流渴望的回应,是他看重的诗的特质。"叙事"与抒情的关系也是 80 年代以来受到关注的诗艺核心问题。"零度"情感、"冷抒情"、"反抒情"、"日常性"的提出,和把"叙事性"作为诗学的"范式"问题加以阐述,都表示了这期间的诗艺发展方向。考虑到中国新诗长期的强大"浪漫主义"传统,和对于"感伤"、滥情表达的偏好,这种反拨对 90 年代以来诗歌艺术的推进,是重要且成果显著的。但是,过分地"放逐抒情"在今天也已成为问题。在抒情迅速萎缩,"浪漫主义"变得有些"声名狼藉"的时候,强调诗的情感、写作抒情诗显然表现了一种可贵的信心。《都市流浪集》正在显示这种信心。在有的时候,我们可能需要一种更为"直接"的艺术表达。需要直接说出哀怨,说出爱和恨,说出我们的主张,甚至不避粗粝的词语。骆英可能就是这样想的。当然,这也不是说问题就消失在这里。情感表达与诗的"具象"呈现,与细节刻画,与词语的清晰、有力,它们之间的统一问题,仍会不断考验拥有"抒情"勇气的写作者;他们遇到的艺术难题,一点也不比冷静的"日常叙事"的偏好者少,甚至会更多。

哲学楼 101

  北大的第一教学楼和哲学楼,是遥遥相对的两座建筑,中间隔着北大附小(附小迁出之后,盖了图书馆大楼)。我入学的时候,觉得有点奇怪。它们在三层的主楼之外,又各有一个两层的方形的配楼,中间用走廊连接。为什么不建在一起呢?后来打听,好像是因为要保护中间的古树,才作这样的设计。这个解释是合理的,主楼与配楼之间,确实都有一棵年头不小的古槐树。1956年,中国和印尼争夺世界杯出线权的足球赛转播,我就是坐在哲学楼那棵古树下听的:当然是收音机,那时还没有电视。

  一教和哲学楼的配楼,上下两层都是大阶梯教室,我们常在那里上大课。哲学楼的101教室,对我在北大第一年的生活,有特殊意义。学校星期六晚上,学生会和学生社团,都会举办各种活动。哲学楼101是固定的音乐欣赏的地点。如果没有特别的事情,我周末晚上都会在那里度过。直到现在,我对音乐还是十足的外行,我既不会任何乐器,五音也不全。对音乐史、乐理等也只了解个皮毛。有时候不过是想安静地坐在那里,抛开为着生计的处心积虑,听那些仿佛是来自心底,但又像是另一个世界的声音。我猜想一些人也和我一样。"文革"的一天,那时学校两派武斗还没有开始。我在19楼二楼中文系工会的房间里,用唱机放着唱片。有中国民歌,有五六十年代流行的苏联、印尼、拉美的歌曲。无意中望向窗外,看到28楼通向五四运动场路上的侧柏篱墙旁,默默站着一个女生,直到那些唱片放完才离开。你说不清你在音乐中想要等待什么,但你也许会和某些熟悉或不熟悉的人、事、情绪不期而遇。"一支午夜的钢琴曲复活一种精神/一个人在阴影中朝我走近……

    对了,是这样,一个人走近我
    犹豫了片刻。随即欲言又止地
    退回到他所从属的无边的阴影①

  哲学楼101的周末音乐,是学生自己组织的。有和它的朴素内容同样朴素的外表。安静,没有任何仪式。没有什么"命运在敲门"、"通过苦难走向光明"的喋喋不休。多的时候会有六七十人,但冷落时,二三十人的时候也是有的。走进教室,会领到油印的节目单;里面有作曲家、乐曲的简介。然后你选择一个靠窗的座位。不久,音乐就从放在讲台地上的大音箱里流出……

  现在看来,乐曲的挑选有当时的"禁忌"和"偏向",但这也是时代趣味和风尚使然。在一个唯物主义无神论时代,自然不会有宗教性质的音乐。巴哈的《马太受难曲》,莫扎特的《安魂曲》,亨德尔的《弥赛亚》,直到1991年到东京工作时才听到。不会有立场可疑、思想感情不健康,或不能做出积极阐释的作品。不会有"现代"的、先锋派的风格。因此,没有瓦格纳、理查·施特劳斯,没有德彪西、弗雷,没有拉赫玛尼洛夫、斯特拉文斯基,没有格什温、巴尔托克,当然更没有勋伯格、贝尔格。除了贝多芬等之外,播放的曲目,还是苏联、东欧作曲家的居多:他们那时属于"社会主义阵营"。柴可夫斯基、格林卡、鲍罗丁、肖邦、李斯特、德沃夏克、斯美塔那、里姆斯基-科萨科夫、哈恰图良……也许还应该

---

① 西川《午夜的钢琴曲》。

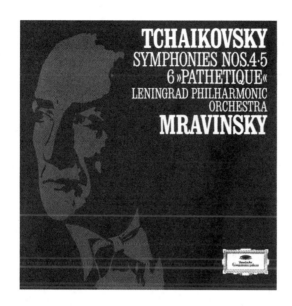

听柴可夫斯基这样的俄国作曲家的作品,也许还是俄国指挥家和俄国乐团的演奏更能让你感到亲切。

加上肖斯塔科维奇。但肖的不少重要作品,是50年代以后创作的;况且那时苏联对他的评价常举棋不定;我们对他的了解,更多限于那些电影的配乐。其实,许多作曲家和他们的曲子,并没有"社会主义"的内容,他们也不是生活在社会主义时代。捷克斯洛伐克是1918年才建立起来的国家,德沃夏克和斯美塔那原本属于波希米亚。尽管情况复杂,但在战后的"冷战时期",因为存在了一个可以延伸的"意识形态"时空背景,他们便被归并在一起,当成一种统一的文化来接受。因此,我在那里听到了《在中亚西亚草原》《波尔塔瓦河》,听到了《1812序曲》《鲁斯兰与柳德米拉》,其他还有《伊戈尔王》,有王蒙小说(《组织部新来的青年人》)提到的《意大利随想曲》,有德沃夏克《大提琴协奏曲》的第二乐章,有肖邦的《革命进行曲》……

对于俄国、"东欧"乐曲的喜爱,重要的当然还是音乐本身的气质。

它们里面可能活动着一个敏感的灵魂,这个灵魂有对精神的追求。它们有程度不同的受难者的忧郁,却仍能引导向并不夸张、生硬的辉煌。多情的浪漫气质,伤感的旋律,某种戏剧性,也是原因之一。而且,我们还能因此而放进一些令人迷醉的遐想,犹如柴可夫斯基写给梅克夫人的信中所说的那样:

> 夏天的夜晚在俄罗斯的田野、森林或大草原上的一次漫步是如此地震撼我,使我躺在地上直到麻木。对大自然的爱的热浪将我吞没,那难以形容的甜蜜和醉人的空气,从森林、草原、小河、遥远的村庄、简朴的小教堂散发出来,在我的上空飘荡……

一直感到奇怪的是,除了《弦乐小夜曲》之外,哲学楼101竟然没有再出现莫扎特。那时,我们可能更倾向于聆听和表达激情。我们大概还不大能够领会那种简单、纯净、天真和平衡——那种如罗曼·罗兰所说的不伤及肉体或损害听觉的旋律,那种如柴可夫斯基所说的,尚未为思索所损害的品性所持有的生命的快乐。

1958年的"共产主义"

反右结束之后，1958年春天就进入"大跃进"时期。从参加修建十三陵水库开始，大家对上课什么的，就已经安不下心来了。这一年到第二年上半年，学校发生很大改变。课堂与社会之间的围墙，似乎被拆除了。我们进行"红专辩论"，投入批判"资产阶级学术权威"（也就是我们的老师）的运动，参加编写"无产阶级"的文学史（戏曲史、新诗史）的集体科研。我们多次下乡，在郊区密云秋收；在平谷深翻土地，参加反右倾机会主义的"整社"运动——后者应该是1959年秋冬的事了。

大概是1958年夏天，我们在离学校不远的西苑中直机关露天礼堂，看田汉编剧，由中国青年艺术剧院（或者是中央实验话剧院）演出的《十三陵水库幻想曲》（后来也在学校办公楼礼堂看过这个话剧改编的电影）。话剧和电影中，因为出现一些有趣的艺术方法，所以今天还能记得。戏里面的人物，既有虚构的，也有像郭沫若这样的真实的文化名人。电影里还出现了已经被划为右派的刘绍棠（没有用他的真名），写他虽然出身劳动人民，但忘本、厌恶劳动、追名逐利。"虚构"与"真实"混杂的方式，在现实题材的创作中并不多见。另外，话剧演出的时候，台上台下的界限也不是那么清楚。剧中的有的人物以及报喜队伍，就是从观众席走上舞台。人物有时也走下舞台，和观众交流。这种方式，当时觉得很新鲜。60年代读到黄佐临他们讨论"戏剧观"的文章，回想这个演出，觉得有点是在打破易卜生模式的"第四堵墙"；这也算是"大跃进"中的一种"先锋性"的实验了。

不过,田汉的话剧在当年就受到文艺界的批评,说是它没有正确表现共产主义,将共产主义庸俗化。这大概指的是最后一场,就是畅想"十五年后"进入"共产主义"的那种情境。好像是舞台上有一棵大树,硕大无比的苹果、梨、葡萄、西瓜等同结在这棵树上。树下的桌子上,也摆满水果、酒等琳琅满目的东西。郭沫若等名人(不知道是不是还有宋庆龄),和普通工人、农民、知识分子,一起在树下吟诗作画,一起讨论深奥的科学艺术问题;这时,音乐声中人造卫星开始升空……那时大家的认识是,"共产主义"就是极大丰富的物质生活和精神生活;话剧中的场景,大概就是田汉先生对"共产主义"的理解吧。我和同学边看边笑;笑声中既有对"共产主义"即将到来的欢乐,也混合着因"共产主义"被漫画式图解感到的滑稽,觉得共产主义如果是这样,好像有点失望。不过,共产主义究竟是什么样子?在回学校路上,我们也"畅想"一番,可一点也想不出比田汉先生更多、更高明的东西来。

1958年夏天之后,由于各地小麦、水稻高产纪录一再刷新,亩产万斤、十万斤已不在话下,"一大二公"的人民公社也已在全国实现,"提前"(或"跑步")进入共产主义,对许多人来说,成为可信赖的、可期的目标。那时,说是中央的领袖们在北戴河开会,忧虑粮食多了怎么办,主意是三分之一土地种粮,三分之一种花,三分之一休耕。陈伯达7月到北大演说,也说看来实现共产主义不用很长时间了。在这样的形势下,我们班就有人提议,不应该被动等待,要创造条件提前进入共产主义。班会上议论纷纷、面红耳赤的结果,是通过几项决定。一是创办讲义装订社,既劳动又读书。二是和附近的六郎庄大队联系,开设农民夜校,帮助他们学文化,也向他们学习:这都是为了实现知识分子劳动化,劳动人民知识化。还有就是要逐步消灭私有制,破除私有观念。集体科研当然不

廖东凡、刘登翰、洪子诚在北大百年校庆（1998年）再次见面。

再个人署名，稿费也全部归集体。另一个提议是，全班同学将自己的日用零花钱、个人的图书集中在一起，谁有需要谁用，不分彼此。集中零花钱的事，好像比较复杂，实行起来难度较大，后来就不了了之，但同学的书却都集中到32楼402的大房间。还制作了一个本子，让取书的在上面登记。班长还特别强调，登记不是不相信同学，是为了让需要某本书的人知道它在谁的手里。我和另外两个同学（就是刘登翰、廖东凡），对班里的这种"共产主义"还觉得有点不过瘾，又自己增加了一些名目。我们三人把衣服、零花钱都放在一起，说是需要时自己取用，实行马克思说的"各尽所能，各取所需"。

装订社和农民夜校，坚持了有半年多。我参加讲义装订社，没有被分配到夜校，可能是觉得我南蛮缺舌，不够标准。我们购置了装订讲义的厚木板、锥子、线、木槌子等工具。装订的讲义积累到一定数量，便用自行车驮着到水塔（现在叫做博雅塔）旁的印刷厂，请师傅用机器压紧、裁边，然后我们装上封面。

不过，"共产主义"的有些名目还是维持不了多久。班里的书，不久就发现有的没见登记却不翼而飞。一个多月之后，班长便宣布大家各自领回，暂时告别公有制。我和刘登翰、廖东凡三人的集中零花钱，也觉得保管、使用很不方便；况且我们每月除了交饭费，每人也就五六块钱。更重要的是，懒惰是我们的天性，不久，床下堆的脏衣服、脏袜子越来越多，常常找不到可以换的。这样，尽管没有正式宣布，我们的实验也就半途夭折了。

1958年的一次全校大会上，校长陆平读了我们年级一个同学（后来他在北影厂当编剧）写的顺口溜，来说明同学思想面貌的"大跃进"。这首顺口溜是：

拿起粪杈把粪扒，
其粪虽臭反觉香。
不是鼻子有问题，
而是思想变了样。

那时，我们为自己的真诚、热烈而陶醉，而夸张，而不自觉这种夸张，不自觉为夸张遮蔽的本性难移的一面。

价格高昂的大米

1969年9月,学校的大批教员离开北京,到江西南昌县鄱阳湖边的鲤鱼洲"五七干校"劳动锻炼。干校是军队建制,中文系和俄语系、图书馆系、校医院合编为第七连。虽然整个生活仍然为压抑、屈辱的政治运动所笼罩,但劳动和日常生活也有了不少"空隙"。

我们大多数人没有种过水稻,没有种过菜,没有烧过砖、盖过房子。虽然上大学的时候也经常到农村劳动,也只是暂时的;叫翻地翻地,让收割收割,对整个过程并不了解,对收成好坏也不关心。但到了鲤鱼洲,情况发生了变化,好像是要在这里长期扎根了,什么都要靠自己动手。开始一段时间,几百上千人住在先期盖好的几个大仓库里。住处和每天的吃喝,是首先要解决的问题。

在七连,我开始是在打柴班,不知道为什么让我当班长。所谓"打柴",就是到远处的荒地里砍一种不知叫什么的一年生灌木,捆扎好用手推车运回来,堆在晒谷场供食堂一个冬天的燃料。同时,也开始盖宿舍。虽然后来也盖了两排砖瓦房,但一直到离开鲤鱼洲,七连所有的男教师都住在自己搭建的两栋大草棚里,每栋都能住三十四人。盖草棚的总指挥是教汉语的陆俭明和教古典文学的周强。不知道他们是从哪里学来的,画了图纸,用粗大毛竹当立柱、房梁、椽子,屋顶是稻草编的草帘。我们担心雨季会漏雨,但没有发生,不免大大表扬了这两位总指挥。第

江西鲤鱼洲北大农场。照片中为当年的"五七战士"（左起）蒋绍愚、洪子诚、潘兆民，以及已故赵齐平先生的儿子东东。

二年开春，开始种水稻，就成立了大田班。那时有了煤，不需要打柴了（况且也无柴可打），打柴班解散，让我当大田班班长。班里人数看活的多少增减，多的时候有二十多人。八九十年代我常"骄傲"地跟学生提起，这是一生最"辉煌"的时期，管的人比我当教研室主任时要多许多。稻田的翻耕由场部直属机耕连负责。我们在从宜春县请来的老农的指导下，经历了犁耙平整土地，稻种催芽，育秧，插秧，薅草，施肥灭虫，收割，脱粒，晾晒，入库的全过程。当然，像插秧、收割等，全连的劳动力都会出动。南方双抢季节的紧张劳累，也算体验到一些。"大田班"里有教古汉语的郭锡良，我们平常都叫他"强盗"（他较真，脾气有点火爆，发起火来牛眼睛一瞪怪吓人），不仅做学问认真，种地也出奇的负责任。他在湖南老家种过地，所以成为班里的准行家，有时候还和老农发生争执……

　　这样，到了第二年夏天，我成了连里的"一等劳力"。可以挑一百三十斤的担子走四五里地，可以扛一百五六十斤的稻谷麻包，每顿饭要吃七八两到一斤。也学会了开手扶拖拉机，尽管技术粗糙，两次开进水渠里，一次从鄱阳湖大坝翻下，在场部会议上作过检讨，也受到过通报批评。那年早稻收成似乎不错。收割、晾晒还在进行的一天，场部宣布，当天晚饭各连全部吃自己种的新米，好体会劳动的果实，增强坚决走"五七道路"的决心。新米的可口香甜自不待言。我们一边吃，一边甜滋滋的，不免有点飘飘然，觉得除了耍笔杆子、嘴巴子，别的也不是都做不来；至少不能说是四体不勤，五谷不分了。

夜晚月光下，大家拿小马扎坐在草棚外闲聊。不知道谁起了一个话头，说我们今天吃的大米多少钱一斤？这样，便七嘴八舌算起账来：机耕、灌溉、脱粒用的柴油，种子，化肥，农药，农具……最后是全连教职员工的工资。结果似乎是每斤至少要一两块钱，而当年大米市价是一角多。

过了几天，军宣队在会上对大家说，算账不能只算经济小账，要算政治大账。尽管如此，我们原先的骄傲已减少许多。在鲤鱼洲的第一年，我们经常"夜战"，每天干十多个钟头的活。三伏天，南昌那里是有名的火炉，下午我们往往两点就下地，有的男教师就赤膊穿着大裤头。有一次晚稻插秧，下起倾盆大雨，大家逃回宿舍，被担任场长的63军一位师长严厉批评，说是不像战士的样："大雨算什么，这点考验都经受不了?！"从此，再大的雨，我们也都坚守"阵地"。附近老乡看到我们的表现，有觉得好笑摇摇头的，也有善意的劝告：干活不是一天两天的事，不能那么使命；大热天下地要穿长袖衣服，要躲过中午的暴晒（后来终于改成三四点出工）；大雨天不能插秧，会扎不住根"飘秧"的……现在回想起来，尽管当时我们或真心或假意地说要在农村长期扎根，当真正的农民，事实上，也只是"过客"而已。在我们来说，劳动是一种"表现"，一种显示"革命"程度的手段，而对当地的农民来说，那是他们一辈子的日常生活。

到了1971年夏天，到农场快满两个年头。早稻收割的同时，大田班依旧为晚稻育秧，平整稻田。突然宣布全体人员分批返回北京。秧苗长势很好，但已经没有劳力，也没有心思打理了。我们觉得可惜，在"强盗"郭锡良的提议下，几个人用铁锹起出秧苗，掰开，尽量匀称地抛到平整了的稻田里。因为每撮秧苗都带着泥块，所以能稳当地扎在水田里。我不知道没有人管理，没有人施肥薅草，它们能长成什么样子，即使能够结穗的话，会是谁来收割。抛秧的时候，大家有点像是做游戏，但确实也有点心痛，有点伤感。为了安慰我们，"强盗"说，在过去，这其实也是插秧的一种方法。

但在我来说，想得更多的，可能还是终将重归北京旧的生活轨道所产生的"解脱"的舒畅吧。

事情的次要方面

从有了做《回顾一次写作》①这本书的念头,到终于拿到印出的书,经过了一年多的时间。在和朋友沟通,以及自己写作的过程中,情绪曾有过多次起伏,想法也发生不少变化。有时候也会猜测书出来之后会有什么反应。这些猜测,有的后来得到证实,也有不少出乎意料。

比如,一些读者,特别是与作者认识、有过交往的,会首先对其中的老照片感兴趣,这不需要很高的智力就能料到,虽说怀旧"老照片"的热潮已经降温。不过,南方一位比我们年轻的批评家翻读之后的感叹——"先生还年轻过呵?"——还是让我骤然有一丝悲凉的情绪掠过。他大概一时间无法将我呈现给他的衰老,与书中那有点傻相,却还算有生命光泽的面容联系起来。

在《回顾》的前言里,我说到编写这本书的两点理由:关于学术、道德责任"反思"方面的,关于"私心"、"自我纪念"方面的。排列次

《回顾一次写作》,北京大学出版社2007年版。

---

① 这是一本反思、回顾20世纪50年代编写《新诗发展概况》的书,由当年参与者谢冕、孙绍振、刘登翰、孙玉石、洪子诚合著,北京大学出版社2007年12月出版。

序当然是在显示它们的重要性程度。别的先生不知道,"私心"方面其实在我这里分量要更重。有时候会觉得将《概况》和所谓"历史"等庄严语词放在一起,显得有点勉强,也透着一点自作多情。我常想起一位外国诗人的题为《礼物》的诗,它是这么说的:

> 如此幸福的一天。
> 雾一早就散了,我在花园里干活。
> 蜂鸟停在忍冬花上。
> 这世上没有一样东西我想占有。
> 我知道没有一个人值得我羡慕。
> 任何我曾遭受的不幸,我都已经忘记。
> 想到故我今我同为一个人并不使我难为情。
> 在我身上没有痛苦。
> 直起腰来,我望见蓝色大海和帆影。

这是西川的翻译。诗中的"没有一个人值得我羡慕"的"羡慕",在沈睿的译文那里是"嫉妒";我不知道哪个词更贴近"原意",但倾向于接受后者。我当然既没有《礼物》作者的磨难、痛苦的经历,没有与此相应的沧桑感,也不可能达到在解脱"紧张感"折磨后的平静、安详、单纯的一天。不过,对每一个回顾来路的人而言,如何将记忆、将生活中曾有的不安、痛苦、愧疚安排妥当,让"故我"和"今我"同是一个人而不再难为情,都是共同面临的问题。但是我知道,这种"私人"性的心迹,大抵只与个人相通,不大可能由他人的阅读复现和真切感知。因而,"记得倒是一位女士来访……她的到来给我们寂寞的生活带来了温暖"(《回顾》第44页)这些话,搅动的只能是当事人在那个时代或甜蜜或苦涩的情感经验。相对于"历史"发生的无数重大事件,这些事情自然是极为次要的方面。

我不是说五十多年前编写的《概况》一无是处，更不是说编写本身就是罪过。但是，我和朋友们现在都看到它的幼稚、粗暴。具体论述的失误倒在其次，那种描述事物、看待世界、评骘诗人诗作所秉持的尺度，那种"本质主义"的、真理在握的姿态，那种"严于疾恶"、是非了了分明的独断，重读时更让我惊讶。这个文本，好像是从一个侧面，勾勒了那个"苛刻的时代"的缺乏余裕和缺乏包容；多多少少体现了"人主用重典，士人为苛论，儒者苛于责己，清议苛于论人"（赵园：《明清之际士大夫研究》第19页）的时代征象。这样的风气流俗，其实并未随着历史翻转至"新的一页"而逝去，仍在我们之中继续蔓延。区别可能在于，一些人大抵将它看做是需要偿还的"债务"，另一些人则偏向于看做能够获取能量的"遗产"。有年轻学人从《概况》中发掘的，便是这种"指点江山"、不顾一切地作出明晰、不容置疑的判断的"勇气"。他们可能反而赞赏"旧日"的先生们的"风华正茂"、"慨当以慷"，而对于"今日"的先生们的反省、忏悔，觉得没有必要而有微词。我想，这大概是因为他们不知道那个时代在这些当事人心中究竟留下了什么。不是有这样的诗句吗，"开花是灿烂的；可是我们要成熟；／这就叫甘居幽暗而努力不懈"——大概他们也不大能理解这种对"成熟"的渴望。不过，他们的看法也可能有不容轻忽的深意在：我们这种否定过去，又否定过去的否定的断裂和反复，是否就是我们正常的生命过程？我又一次遭遇了这样的难题，"当代"的那些经历、信念、情感，"将其作为异质性元素剔除，或将其改写为同质化的连续，都无疑意味着新的遮蔽与压抑机制的形成"（戴锦华：《疑窦丛生的"当代"》）。

这个难题，其实在这次回顾的写作中已构成难以突破的困扰。开始我确是信心十足，自认为有足够的能力来处理这些经历。但是，随着记忆的搜寻和写作的展开，信心也在不断下降。许多事情已经模糊尚且不去说它，留存的碎片、残迹，哪些值得提取，又如何修补、串联，用什么东西来照亮，更是令人困惑。那种不事先沟通，由各人"独立作答"的写作方式（参见《回顾》前言），目的是为了显现个体感受、经验的独特，显现进入、阐释历史的差异；这个愿望不是说一点都没有实现，但与当初的预想相去甚远。这不仅指当年感受的形态、性质，而且更指"反思"时视野、方式、阐释向度的方面。"多元"语境中视野、心灵的"规范化"状况，并不比"一体化"时代经验的"同质化"情景有重大的改善。这是让人沮丧的结果：我们的记忆、经验，对记忆的提取、使用、安顿，在很大程度上只有借助已经被"雕刻"过的"时光"，依靠集体记忆形成的标志性事件和阐释框架，才能有效。本想通过"返回"而发现新的意义，在"大叙述"之外提供一些"次要"的参照、补充，到头来却发现已不自觉地落入到现成的"圈套"之中。

"回顾"的信心的受损，还和另一件事有关。大学的一个同班的叫廖东凡的同学，让我读他的回忆录初稿。我上大学的那几年里，他是中文系学生会的体育部长。他的热情、善良、无私，让中文系学生没有一个不对他有好感。1961年毕业分配时，他、刘登翰和我，都把去西藏填在第一志愿。现在想起来，我和刘也不能说是虚情假意，但的确只有廖对这个选择有认真的准备。他于是从家乡长沙只身一人动身，在火车汽车走了二十多天之后到达拉萨，自此在高原生活了24年。不是在上层机关、报社任职，而是让他带领一支由年龄十几岁的小乞丐、小喇嘛、流浪无业少年组成的业余文工队。一年到头多数时间，骑马住帐篷地奔走在林周、尼木、拉萨河谷、直贡山沟、当雄草原的山间野外。"文革"期间，因为出身不好和毕业于资产阶级堡垒的大学而被批判，下放到堆隆德庆县农村。但他学会了藏语，也完全融入了这片土地。藏族乡亲亲切地称呼他"廖啦",甚至殷切期望他终老此地,说他们好随时到陵园里看望他。后来,他又走遍西藏各个地区,包括翻越海拔五千三百多米的多雄拉大山,不避艰险到了被称为"人间绝境"的墨脱,搜集藏族、门巴族、喀巴族民间故事、传说、诗歌达一两百万字。

读着他的回忆录,我多次流下眼泪。让我震惊的是,经历了这几十年的时势翻覆变迁,他却始终自然地保持着那种稳定的心境。没有激烈地、断裂式地否定过去,当然也没有否定过去的否定。对当初的选择,对走过的路并未表示后悔之意。他没有诅咒他曾经历的艰苦和受到的屈辱,也

廖东凡自传,中国藏学出版社2008年版。封面照片是为搜集藏族民歌、传说去墨脱,翻越5300米的多雄拉大山时在顶峰所摄。

没有因为觉得损失、付出过多而病态地索求补偿。在"苦难"成为光荣标志,并转化为论述"历史"的资格和权力的年代,却没有在这上面作自恋式的停留和渲染;生活中的艰苦、折磨在叙述中总是轻轻带过。事实上,经历了长期高原的艰苦生活,他的心脏已受到严重损害(90年代后期突发中风差点丧命);至于精神上遭遇的磨难和陷入的困境,也不是我所能够想象。他在写到1985年因身体无法坚持而回到北京之后,长期分居的妻子、女儿终于得以团聚的时候,一句看似平淡的"有一个家真好"的感叹,还是不经意中泄露了其中说不尽的艰辛况味。

当初他去西藏之前,年级党支部书记对他说,很多人都要求去,经过反复考虑,"组织"把这个光荣的任务交给了你,这是对你的信任。廖当时也相信了这些话。实际情形是在此之前,已经找过两个同学,但两

个同学都坚决拒绝,最后才落到他的头上。廖得知这一真实情况已在入藏 16 年之后,这对他是个重大打击,几乎摧毁了支持他信念的那种尊严和荣誉感。不过他没有崩溃。原因正如他所说,我已经无法与那片被称为西藏的土地分开;"这是我心甘情愿的活法,也可以说是前世修来的福分"。他的回忆录以西藏家喻户晓的民歌作结:

> 我们在这里相聚,
> 但愿长聚不散;
> 长聚不散的人们,
> 永无疾病和灾难!

"他本不是惊雷,不是闪电,从没有过惊人之举。可这人间需要温暖……他就做了一粒熘火,温暖着人们"(马丽华《一个人在西藏的经历》)。他既不是那个已逝去时代的叱咤风云者,也不是这个时代由受难者转化成的英雄。人们对于"历史"的考察、叙述,在通常的情况下,不会关注这样的人的生命;他们因此被遗漏,他们的感受也无声地流失。在 1961 年他离京赴藏的时候,同学们纷纷在他的纪念册上留言。我比他小一岁,却自认为比他高明,写下了什么"理想要坚定,思想要复杂"的"教导式"的话。"新时期"的 80 年代,我也自以为摆脱、反省了曾经有过的"愚昧",觉得自己变得"深刻"起来,反过来总不满廖的思想及语言的停滞不前,埋怨他对过去时代、对自我历史的缺乏反思。这一次,当我把自己的回顾和他的回忆录摆在一起的时候,惭愧之余发现了自己的肤浅,以及可笑的思想上的傲慢。我对自己提出的问题是:究竟谁是聪明人谁是傻子?谁更有资格讲述那段"历史"?谁的叙述更能令人信服?在谁的讲述中更能感受到生命的热度和精神的光辉?

2008 年春

发布会上的北大老同学：(左起)廖东凡、洪子诚、刘锡诚、诸天寅、谢冕。

附记

廖东凡1985年到北京之后，任中国民间文艺研究会书记处常务书记，后担任《中国西藏》杂志社社长兼总编辑。2008年6月20日，《中国西藏》杂志社、中国藏学出版社联合召开了"廖东凡西藏民间文化丛书"发布会。丛书共计十种，有：《节庆四季》、《神灵降临》、《灵山圣境》、《拉萨掌故》、《藏地风俗》、《墨脱传奇》、《喜马拉雅的囚徒》、《浪迹高原的歌手》、《布达拉宫下的人们》。除此之外，他还编著有《萨迦格言》(翻译)、《西藏民间故事》、《西藏民歌选》、《雪域西藏风情录》、《活佛，从圆寂到重生》、《图说西藏古今》、《百年西藏》、《西藏的服饰》、《唐卡》等有关西藏的图书二十几种。

"30年代初的孔乙己造像"
——金克木先生的《孔乙己外传》

我在燕园读书、工作已经有四十余年了,却不认识金克木先生。燕园里生活着许多著名学者,我读过他们的书,也知道他们的一些事情,却从未见过面,也很少动过拜访请教的念头。今年(2000年)8月,听到了金先生去世的消息,我就想,说不定在燕南园的小路上,在未名湖边,我曾经见过他。但是,见面而不知道名姓,那也还是等于未曾见面。这件事说起来很惭愧,也有点黯然。

在北大的许多老先生中,金先生的学识、人品,让人敬重。虽然我们对"文如其人"的信仰有时有点过分,但是,我对金先生的印象,却全部来自他的文字。他一定是清楚地意识到"个人的生活是有尽的,随时随地可以结束",所以,在生命将尽的岁月,自编了多种诗文集,给我们留下了他的"投向未来的影子"。它们是《挂剑空垄》、《孔乙己外传》、《评点旧巢痕》、《梵竺庐集》和《风烛灰》。

《孔乙己外传》这本书,金先生注明是"小说集"。但是,除了前面的《孔乙己外传》、《九方子》和《新镜花缘》几篇以外,集中的许多篇章,如《化尘残影》、《难忘的影子》等,读来更像是回忆录或随笔。以我们的阅读经验,如果看做"小说",会觉得有些叙述偏于琐细,而布局和人物处理有时也过于随意。但是,不坚持它们是回忆录,金先生应该有他的考虑。在《难忘的影子》后面的自我评点中,他说,"说是小说,说是

"30年代初的孔乙己造像"——金克木先生的《孔乙己外传》

回忆录,说是笔记,都可以。说真,说假,也都无妨。还是看做小说吧。"这里,他着眼的,更多是有关小说和历史之间的关系,也就是"真实"与"虚构"的问题。他这样讲:

> 一般认为,小说讲假话,是虚构,历史讲真话,是现实。其实小说书是假中有真,历史书是真中有假。小说往往是用假话讲真事,标榜纪实的历史反而是用虚构掩盖实际。

这番话说出我经常有的疑虑。我想,其实不必借助什么"历史叙事学"的理论,即使只凭我们这些年来的经验,也多少能认同这一点。金先生把笔记、回忆录标以"小说",可能包含了双重的质疑和反省。一个是对于某些历史记述所标榜的"纪实"的疑惑,另一个是对自己写作的"真实性"的清醒态度。从后者说,"回忆"具有"再造"的性质。对材料的组织和加工,情感和想象的加入,突显和省略,被叙述的时间和叙述时间两者的复杂关系,都使"真实"和"虚构"的界限变得模糊不清。况且,金先生还有他的天真之处。他和读者"捉迷藏"。他不想让阅读过于"舒服",让读者处于被动的地位。他要我们读他的书,像吃西餐一样,"要自己切,自己加佐料,配合自己的口味"。因而,在《孔乙己外传》中,多种元素组成一个颇为复杂的网:文字和照片,事实和假设,可供证实的线索和故意的隐蔽和省略,交错在一起。它诱惑你费心思去查证,去落实那些人物,那些事迹。但似乎又发出这一切不必那么当真,"不必去追究真假"的暗示。明明有迹可寻,放弃等于懒惰;但是认真追索,是否会落入他事先布置的"圈套"? 我们不得而知。从这个方面看,《孔乙己外传》中那些回忆录性质的文字,也算是一种文体实验。作者说是小说,也可以有别的命名。套用现在颇流行的含糊其辞的概念,或者也可以叫它"超文体"。

83

金先生这本"小说集"的文字干净、简洁，表面看来平淡而冷静。看不到铺张的情感抒写，也没有对于严重的"意义"的揭发。但也没有九十将至的老态和迟滞。回忆往事，但不抚摸伤痕。不像现在的一些文字，把旧岁月的残渣作为把玩、咀嚼的材料。反过来，对于历史和现实，也绝不冷漠、超然度外。他坚持一贯的敏锐的警觉。并不依凭阅历和学识，去炫耀什么，裁决什么，轻易预言什么。许多有关"大时代"的风雨，却没有直接书写，夸张自身在"大时代"中扮演的角色。《化尘残影》的小学教员，应该是和20年代末的革命有关系了，也只是轻描淡写，若即若离。进入他的视域的，无非是诸如"莫愁湖畔戏呆客，沙滩楼里系痴人"之类的"寻常事"，甚至是琐细事。况且，对这些事情的讲述，也不是先觉者居高临下的姿态，取的是"小人物"的视角。也就是书里所说的，"入世儿观新世界，小学生游大学城"。

叙述者的这种态度，是由他所确立的身份、生活位置所决定的。这本书的"叙述者"的身份，有时也显得扑朔迷离。在许多时候，会分不清叙述者和被叙述者之间的界限。20年代末的那个小学教员，30年代初在北京"飘泊"的青年A，和在20世纪末的那个回忆者，时时重叠。某种观察，某种描述，某种体验，是人物当时所产生，还是当今回顾时的点评，不好分辨。这是因为，被回忆的对象会摇身一变，化为今天的叙述者，而叙述者也会重访过去的时光，恢复旧时的天真。更重要的是，这种身份的含混和重叠，有着超越时间的生活态度上连贯的缘由。在《孔乙己外传》这本书的开头，载有照片一幅，当是摄于30年代初：一着长衫、戴眼镜的青年，看来好像精明，但又好像木然地看着他的读者。旁边的文字说明是："20世纪30年代初的孔乙己造像"。鲁迅笔下的孔乙己这个"典型"，从读书人和大时代的关系上，已成为落伍者、被遗弃者的"共名"。照片指认的是书中的人物吗，比如说，《难忘的影子》中的青年A？

"30年代初的孔乙己造像"——金克木先生的《孔乙己外传》

大概可以这样看。青年A为自己写的对联就是,"社会中的零余者,革命中之落伍兵","于恋爱为低能儿,于艺术为门外汉"。在30年代初的北京,既无高中毕业文凭,又无所需资费,也没有可以依靠的权势人物,进不了大学校门,不曾做过什么轰轰烈烈的伟业,只能充当他自嘲的"马路巡阅使"和"大学巡阅使"。

但是,这个"造像",不也就是金先生自己吗?记得十多年前的1989年"五四",《读书》上载有他的一篇长文,题目就是《百无一用是书生》。文里指出,20世纪以来,读书人所鼓噪、提倡的不见得扎根,所要破坏的也不见得泯灭。"'鸳鸯蝴蝶派'亦存亦亡。'德、赛两先生'半隐半现。尤可异者,'非孝'之说不闻,而家庭更趋瓦解。恋爱自由大盛,而买卖婚姻未绝。'娜拉'走出家门,生路有限。'子君'去而复返,仍傍锅台。一方面妇女解放直接进入世界潮流;另一方面怨女、旷夫、打妻、骂子种种遗风未泯。秋瑾烈士之血不过是杨枝一滴……"书生意气,挥斥方遒,这是中国大多数读书人的心态,即使遭遇厄运也是如此。而从自省中看到书生的"百无一用"的一面,则历来少见;更不要说在80年代精英意识高涨的年月。这种"低调"的态度,对于金先生来说,并不是在现实面前回避、退缩的借口,而倒是为着更好地"介入"现实和历史。这样,我们在他的书中,看到一些不很被关注的另外方面,看到时代风潮遮盖下值得珍惜的事物,体验了难以被风雨摧毁的真情,认识了在关于"日日新"的宣告之外,还有"日光之下并无新事",在现实纷乱的炫目色彩中,见识"旧招牌下面又出新货,老王麻子剪刀用的是不锈钢",引领我们去思索"历史出下的数学难题"。

2000年岁末

(《孔乙己外传》,北京:三联书店2001年版。)

林庚先生和新诗

　　林庚先生是诗人。新诗自诞生以来，诗坛有各种流派，发生过种种冲突和争论。但是林庚先生不属于哪一诗派，我们也不知道该把他归入哪一派别里面。没有见他发表过宣言，打出什么旗号。文学界和诗坛拉帮结派、党同伐异的事情，并不稀罕。但这些与林庚先生都无关。时代的潮流自然也会呼应，却没见他推波逐浪。对于诗歌创作和批评，自然有他的见解、主张，也只是以执著平实的态度加以陈说、阐发，而不考虑自己在"诗坛"占据什么样的地盘，不卷入意气的宗派之争。他也许比谁都清楚，在现代社会，文人虽然已经摆脱了依附的地位，但他们要保持思想、人格、学术和诗艺的"独立"，其实并不就比古代容易多少。不过，他依照自己的生活信念，尽力去做。这几十年的生活道路，他和新诗，和诗歌研究所建立的关系，使我们理解了他所推重的古代"寒士"、"布衣"的内涵①。在他的文学史叙述中，那些优秀、伟大的精神财富和传统，那些具有恒久魅力的诗歌，都是具有独立思想和人格，具有"解放"的开拓精神的"寒士"所创造和承传。不过，需要说明的是，林庚先生这种潜心于他的学问和诗艺，而不随波逐流、趋炎附势的生活态度，不是一种"姿态"，而大抵上是心性使然。

　　林庚先生是诗人。但他是写"新诗"的诗人。是能写好旧诗但还是

---

① 参见林庚《中国文学简史》上卷，北京：古典文学出版社，1957年。

林庚先生和新诗

1957年初上一年级时买的《中国文学简史》上卷。这是一本有着"年青的气息"的《简史》;犹如里面说到唐朝诗歌的充满年青的气息,"……少年人没有苦闷吗?春天没有悲伤吗?然而那到底是少年的,春天的。"

坚持写新诗的诗人。而且还是到了晚年仍倾心于新诗的诗人。他说过,他是1931年开始写新诗的。在这之前他热衷于古典诗词,"写得很多,也博得一些赞誉"①。从林庚先生对古典诗词研究和解读所表现的修养,我们相信得到"一些赞誉"的说法只能是包含着谦逊。尽管旧诗写得好,他却改写新诗。因为他看到传统的诗的源泉似乎已经枯竭,"一切可说的话都概念化了,一切的动词形容词副词在诗中都成了定型的而再掉不出什么花样来了"②。所以,林庚先生虽然对古典诗词十分热爱,但他毫不夸张地意识到,"创造自己未来的历史比研究过去的历史责任更大"。他目睹了新诗道路上发生的这种现象:"那原来不想从事于创造的且不在话下,有希望于创造,而结果落入了旧圈套。"③这在他看来,是够悲哀的事情。因此,这几十年中,他坚持着这种开创性的探索。他始终相信,这种探索是必要的,不可取代的:现代人有着"新的情调和感觉"需要你去捕捉,人类情感中"以前所不曾察觉的一切",需要加以揭发,用新的方式给予表达。这些,古典诗词已经不能完全承担。有的人以现代人

---

① 《谈谈新诗 回顾楚辞》,《问路集》第278页,北京大学出版社,1984年。
② 《诗与自由诗》,《问路集》第167页。
③ 《漫话诗选课》,《问路集》第190页。

也能写出好的旧体诗作为证据,来说明旧诗并不"过时";对普遍用来质疑新诗的这一论点,林庚先生的回答是,"这是不解决任何问题的":"所谓过了时是指的一种形式已经不再能够像过去那么活跃,那么广泛的普遍被使用,而不是说这一种形式就绝对不能偶然出现优秀的作品。"他坚信,"文言是过时了,旧诗词也已过时了,这乃是无可挽回的"。①

其实,林庚先生并不是不知道写新诗的苦处。新诗的路子近百年了,其间当然有一些很热闹的时候:那种时候,新诗几乎处于各种文学形式的中心位置;有时甚且出现超出文学范围的影响。但这样的时候并不多见。在大多数情况下,诗坛总是显得荒凉,诗人也总是感到寂寞。1943年,他刊在《宇宙风》上的一篇文章,就描写到诗坛的这种景况:"恐怕不必写诗的人,只要看如今冷落的诗坛,便已会令人打个寒噤了。"②这种冷落,原因各种各样,普遍性的压力却是来自两个方面。一是灿烂辉煌的古典诗词的巨大"背景"的笼罩,既使新诗的探索者"接受着一般只愿读那烂熟了的作品的人们的骂"③,也让有的探索者,"迟早也是要做古诗的"。这使热爱着古典诗词的林庚先生也不免生出这样的感叹:"这文化的遗产真有着不祥的魅力,像那希腊神话中所说的 Sirens,把遇见她的人都要变成化石吗?"林庚先生并不否认古诗在新诗建设上的重要作用,而主张新诗的作者要"好好地来谈一点古诗"。但这是为了在比较中加强对"独创性"的自觉,而警惕着对于现成的东西的模仿。新诗所经受的另一方面的压力,则来自新诗写作自身。"外表的冷落"还只是一个方面,更大的苦处是,"当你有一点感受想写出来时,便会觉得一切表现的语言都是不现成的;你的话说不出来你还得要去找这表现的语

---

① 《关于新诗形式的问题和建议》,《问路集》第234页。
② 《甘苦》,《问路集》第170页。
③ 《诗与自由诗》,同上,第168页。

言;然而你找的方向对不对呢?"① 你不知道,觉得是空无依傍。在连续碰壁之后,茫然而苦闷的感觉"是无可形容的"。对于前一种压力,林庚先生已有思想上的准备,并不特别在意。对于后者,则感到道路的漫长和曲折。他对此的表白是,"我是天性愿意忍受一些悄悄与荒凉的";因为,

> 像天文家发现海王星一般,希望的开始是悄悄而荒凉的;没有人晓得,只有几个天文家在冷清刻苦的探索着,终于这希望是证实了,于是热闹起来了;然而那最快乐的却是曾经忍受着那寂寞的人。②

在 21 世纪之初,面对新诗的现状,面对诗坛的混乱,我们真的不知道新诗会有怎样的前景。希望能得到证实吗?诗坛能热闹起来吗?林庚先生对新诗达到的境界的期待能出现吗?也许这些根本就是空悬的美丽梦想。在我们消极和沮丧的时候,让我们来听听林庚先生给我们讲讲历史,以便能接近他那"年青的,发展的,富有想象力"的精神态度:

> 回顾历史上诗坛创业的艰难过程是有好处的,这可以使我们在不顺利的时刻并不灰心。看看五七言在古代诗坛上一旦成熟出现,便为人们开辟了那么光彩夺目的园地,带来了多少世纪繁荣的盛况。我们难道就不能为自己的新诗创造合乎规律的完美形式吗?历史检查着过去,也预示着未来……③

这就是"永远给人以无穷的想象,光明的展望"④的"少年精神"。

---

① 《甘苦》,《问路集》第 170 页。
② 《甘苦》,《问路集》第 180 页。
③ 《谈谈新诗 回顾楚辞》,《问路集》第 285 页。
④ 同上注,第 264 页。

他们都"曾经北大"

"曾经北大"是一套丛书的名字,第一辑[1]有这样的六种:

   杨　早:《笔墨勾当》
   郑　勇:《书生襟抱》
   吴晓东:《记忆的神话》
   橡　子:《王菲为什么不爱我》
   余世存:《我看见了野菊花》
   迟宇宙:《声色犬马》

这一辑的六位作者都是中文系出身,因此并不陌生,有的还可以说十分熟悉。这里面,吴晓东是最有"资历"的了,1984年入校读本科,和1998年读硕士的杨早,在与这所大学的关系上相距14年。郑勇也熟悉,最近因为出版我的《问题与方法》,多次见面。余世存也是认识的,那是多年前的事了。橡子应该也见过面,不过是在开会的时候。他参与策划编辑的《北大往事》,在前些年那场闹得轰轰烈烈的一百周年校庆的大量出版物中,是少数的令人难忘的一种。迟宇宙最年轻;据他说,他在南方的报上开专栏时,有的学问家就对他"大学刚毕业就开专栏"表示了不满。

---

[1] 新世界出版社2001年版。2002年出版了第二辑,有臧棣《新鲜的荆棘》等九种。

他们都"曾经北大"

　　翻读过这六本书,最先想到的,其实与这些书都无关。像我们这些过了六十岁的人,见面会被人称为"先生"(到农贸市场买菜,"先生"之上还会加上"老")。参加什么研讨会、首发式,按照官职、知名度、年龄大小等因素综合考虑,会被安排在前排或靠近前排的地方就座。会让先发言。会让先举筷。会让先退席。然而,除了一些学养深厚、精力旺盛者(这样的人当然不少)外,我们已经在或明或暗地走向衰败。词就是那几个词,句子总是那些句子。内心的喜悦、怨恨、缠绵、悲伤都已十分淡薄。"回忆"也因为没有鲜活体验的激发而落满灰尘。许多书,已经没有精力去读。许多路,已经无法去走。也去旅游,却难有这样的期待:"有许多我从未见过的风景,有我所不曾认识的人性在等待着我,那才是岁月赐给我的圣餐"(橡子)。那些说不出名字的事物已经不能让我们"疼痛"。面对壮丽的景色我们也会静默,但已分不清是由于内心的震撼,还是漠然的毫无反应。

　　因而,在这些书里,最让我感动的是"如还未收割的稻子一般新鲜、朴素、直截了当"的思绪,是对于个体的思考、经验的"合法性"的自信。而它们中某些篇什的不足,我也首先会从这个方面感受到。郑勇、杨早集中收入的,主要是书评、书话和读书札记。和他们一样,我也神往于那种简短、"直截了当"的书评文字。我们心中好像都存有《咀华集》那样的标尺。这次杨早的书评集中起来读,才意识到他有那么多的不绕圈子的好见解。他品评的那些书,一些是我读过的,但大多没能像他那样敏锐地抓取其中的"关节"。郑勇的追求("襟抱")略有不同。他的寻求、他的褒贬有更多的书卷气、文化味;有学问的根底,有雅致的境界。事情总是有得有失,他因此有些拘谨,有时在评述对象面前难以放开手脚。余世存收入的文章"多是写人"的。写到的人主要分为两类。一是在八九十年代思想界的一些知名人士,另一是以前或现在处于"边缘"

"曾经北大书系"第一辑中的两本。

地带,但他认为对中国文化应该是很重要的。由于这样的选题,他的谈论比起其他五位,就要显得重大甚至严重得多。他当然要涉及这些年知识界的重要话题,并和"大的生存(经验、共同体)结合起来"。我对于90年代知识界的分化等状况,对于"自由主义"、"新左派"、"民族主义"等的论战的了解,属于一知半解的程度。只是有时迫不得已有一些情绪化的反应。因此,余世存集中的一些文字,重新引起我对这些问题的思考和反省,给我理清原先杂乱无章的想法的可能性,这应该感谢他。他使用的也是一种自信而"直接"的文字,读起来令人神旺。他的诗并不十分出色,这是因为他想用诗来讲出他的思想,而这些思想他已经用散文讲得很好。

在这些书中,吴晓东的一本比较特殊。它们并非随笔性质,而属于与学术论文更接近的文体。我知道北大开设作品分析课,很受学生欢迎。集中的这些,应该与他的讲授有关。他选择的都是名篇,在一个经典贬值的时代仍坚持对"经典"的崇敬:普鲁斯特、博尔赫斯、昆德拉、鲁迅、废名、沈从文、张爱玲等。他强调诗学范畴的提炼，只有建立在文本的细读之上才能获得创见，并坚持"坚守文学性的立场"是文学研究者言说世界、直面生存困境的基本的、不可替代的方式。这种声音，现在已不很常见，但确实很珍贵。他的审美阐释细致绵密，不紧不慢，却往往能到达他所称的"原点"，这也是一种我所向往的"直接性"。

在吴晓东的阅读、分析中，在他的语汇里，"诗意"、"诗性"等是重要的基点。这在橡子，在余世存，在郑勇的书中也能经常发现。与此相关，在人的日常生活中，"无意识的回忆"（吴晓东），"隐秘的触动"（橡子），"瞬间的感动"（余世存）都是他们重视的无限的财富。这些书的作者，都是些"过早读书"、"过多读书"的读书人。有的"见识过"闭塞、贫穷，有过一些挫折，但也会夸张这种挫折；有的有过多的"内心风暴"，所幸是不沉溺于这种"风暴"；大多敏感、坚强，但也可能有脆弱的一面。他们能嗅见合欢花"幽暗神秘"的气味，能正视自我"内心的恐惧"。对自己的知识、才情感到骄傲，但对这种骄傲有所警惕。坚持自己的存在必须"有所附丽"，但生活位置的设定又表现得比较低调。写作是他们最主要的事情，但有时也明白它的限度。另一个重要的特色是，年纪轻轻，却会经常讲"年轻时"如何如何，似乎已饱经风霜……

在这套书每一本的封底，都印有从书中提取的一段文字——大概是作者（编者）所看重的。引几则在下面，不知道能不能从中发现，这个"曾经北大"的教育背景究竟带给他们些什么：

> 书生之迷恋书卷，想穿了，说白了，也与嗜茶贪酒，或者烟瘾以至毒瘾难以戒除，并无二致。聚书之举，又与集邮、藏名人字画假古董，乃至聚财，并无本质区别……

（《书生襟抱》）

每一种思想都已有人表达，每一种立场都已有人坚守，每一种价值都已有人崇尚，每一个领域都已有人开拓。剩下可以做的，是择一而从，在一长串的名单中添加一个名字，或者变成一个委琐的相对主义者，在各种理论旗帜之间茫然游走。

（《纸墨勾当》）

故老相传的故事过去了很多年，青春期的焦虑也慢慢过去，我现在很怀念那些受伤的情敌们，他们就像些喜剧演员，为平凡生活增添了不少魅力。

（《声色犬马》）

普鲁斯特告诉我们，每个人其实都是自己的囚徒，是自己的过去以及记忆的囚徒。除此之外，没有任何其他什么东西能够囚禁我们。过去就是一个无形的囚笼，但它与有形的囚笼的区别在于，它使人自愿地沉湎其中，却又似乎无所伤害。因此人们很少对它警惕。而在所有的美学中，记忆的美学无疑是最具蛊惑性的。

（《记忆的神话》）

"真实"的诱惑

前不久，一个朋友对我说，新疆的一位先生到北京开会，会议组织他们参观"曹雪芹故居"。朋友感慨地说，什么地方不能去，真是浪费时间和兴致！我不知道说的这个"故居"，是否就是靠近卧佛寺植物园的那一个？前些年我经常到植物园玩，常从"故居"院落门前走过。但是我从未动过进去"参观"的念头。原因是曹雪芹"故居"问题，直到现在仍是"疑案"：这不是在门口挂上"故居"的牌子就能认定的。再说，你能在里面找到什么和曹雪芹有关的蛛丝马迹吗？最后只会带着受愚弄的失望离开。

这种失望，相信许多人都经历过。去年（2004年）春天去江苏南通，朋友兴致勃勃陪我和孙玉石先生看骆宾王墓。但是却找不到。"记得就在这里的，怎么没了呢？……几年没来了，是我记错了吧？"朋友歉意地喃喃自语。后来终于找到了。挪了地方不说，原先荒凉的土堆，现在砌成水泥的墓冢，还竖起黑色大理石墓碑。最具创意的是，把原先在别处的明代、清代两位南通籍将军，也迁来与骆宾王做伴；三块墓碑紧挨着一字排开。惊愕之余，对这个做法用意的猜测只能是，这将有利于对骆宾王他们思想行为的集中管理。

因为有这样的经验，待到去俄罗斯参观一些作家、名人故居时，对比中便不免有许多感慨。在莫斯科，特别是圣彼得堡，孙玉石、赵园、吴福辉和我，感触最深的是城市保护的出色。圣彼得堡的主要街道、河流、

走进图拉的托尔斯泰庄园，就可以见到这个小湖，托尔斯泰称它为"静穆而华丽的池塘"。

桥梁、宫殿；海军部大厦、十二月党人广场、彼得保罗要塞、喀山大教堂……都在不断提取着我们曾经在小说，在绘画，在电影，在照片中获得的那些记忆。以至于导游可以毫不心虚地说，我们现在要经过的，是陀思妥耶夫斯基写到的市场和街道，说不定路上还会遇上他书里的人物呢。

在离莫斯科近二百公里的图拉，我们参观了雅斯纳亚·波斯亚纳的托尔斯泰庄园。庄园的管理人员骄傲地说，这是欧洲最好的名人故居。所谓最好，除了这位作家的名声、地位外，应该是指对原貌保护的细心完整。为了故居的维护，每天严格限制参观人数；听说一般的要预约等上两个多月（国外的旅游者大概受到优待）。在故居面前，那有着五级木头台阶的门廊最先引起我的注意。因为我多次看过托尔斯泰和家人、朋友在一起的那张照片，就是在这门廊拍的，时间是1899年。我们穿上鞋套，走进屋子。里面陈放的，仍是英国作家莫德1902年访问时所看到

"真实"的诱惑

2002年9月,(左起)关福辉、孙玉石、洪子诚在莫斯科高尔基故居庭院。

的"老式的相当朴素的家具",地板也依然是"已显破旧"的"没有油漆的地板"(莫德《托尔斯泰传》)。客厅、卧室的陈设、家具,书房里的写字台、椅子,椅子后面的深绿色沙发,钉在墙上的两格的书架,书架上放的词典,以及托尔斯泰的可以当凳子休息的手杖,劳动用的工具等,解说员说都按照原来位置摆放,家具、用品也都是原物。她还说,深绿色沙发就是《战争与和平》里面写到的,托尔斯泰的一个孩子就在上面出生。我想这些说明是可信的。摄于1908年的"托尔斯泰在工作"的照片,印证了我们面前情景的真实;照片就摆在故居的书桌上面。对于经历了近百年动荡岁月,这一切如何得以保存的疑惑,解说员的回答是,苏德战争莫斯科危急时,所有的家具、物品,全都转移到西伯利亚保护起来,战后才又运回。在这时,我们不期然的产生了一种可信赖的亲近感,觉得那桌面、书页上,肯定还留着这位作家的指印,而空气中也似乎还响着他谈话的声音。

97

没有装饰,没有墓碑,没有雕像的托尔斯泰墓地;百年来,这里只有花开花落,草枯草荣,以及前来凭吊的络绎不绝的敬仰者。

其实,我心中明白"真实"所具有的"虚幻"的一面。我们呼吸的空气,已不是当年托尔斯泰呼吸的空气,也不是照耀他的阳光。一些树倒下,另一些长出新的枝叶。正如诗人昌耀在《眩惑》中写到的:

> 真实是一种角度。
> 史迹不具有恒久的贞操。
> 远不是那片积雪。
> 远不是那座营台。
> 远不是那个古人。
> 不是那张剥展在月下流血未止的牛皮。
> 不是那群披毛牴角嚎天悲血的月下野牛。
> ……

尽管如此,对"真实"的向往与追寻,仍是我们生命的动力:寻求可信赖的、稳固的根基,将使我们惶惶无着的情绪得以有安放的处所。

到北大念书

  1963年的夏天,是我参加"高考"的季节。当时的"录取标准"主要还是"分数"不是"出身",所以我很走运地考上了北京大学中文系。

  当时,北大的物理系和中文系分别是理科和文科录取分数"顶尖"的系,中文系在全国每年招收一百人上下,在北京的录取人数也就是十个左右,师大女附中的文科班,已经有好几年都是每届有两个学生考上北大中文系:62届是刘蓓蓓和钱学列、63届是我和张书岩⋯⋯这些成绩可以与男生抗衡的学生都是师大女附中文科班的骄傲。

  为了筹集上大学的最初花费,我报名参加了学校的暑期"勤工俭学",那是我的第一次自力更生。

  我的工作最开始是清除暖气片上的铁锈,后勤的工人师傅把暖气片从教室里拆下来,集中放在操场上,我的任务就是用铁刷子刷掉暖气片上的铁锈。那把铁刷子很好使,我又是从来干活不惜力,刷下来的铁锈颗粒就像是教室里做值日的时候扬起的灰尘在我的身边飞舞,虽然学校发了"劳动保护用品"——口罩和手套,可是,仍然挡不住无孔不入的铁锈灰尘——每天我都是带着一身铁锈回家,连鼻孔里、耳朵里、眉毛上都是细细的铁锈粉尘。母亲总是拿着扫把迎出来,一边为我清扫衣服上的铁锈,一边对我说:"洗洗脸、洗洗口罩,刷刷牙吃饭吧!"母亲还说:"学会吃苦不是坏事,人没有吃不了的苦,只有享不了的福!"

  清除铁锈的活干完以后,就是给修理地下暖气管的师傅当小工。记

大学时代

得我背着工具袋,跟在暖气工的后面,爬进暖气管道,暖气管道一米见方,左、右壁是砖砌的,上面盖着水泥预制板,暖气管道的右边是暖气管,左边的空间可以容得下一个人爬行,也可以勉强容得下一个人坐下修理暖气管的接头。暖气工一边爬行,一边检查,有时候还会坐下来拧拧螺丝帽什么的,我就听师傅的吩咐,递给他手电筒、钳子、螺丝刀……一天干下来,倒是觉得比刷暖气片还要轻松些。

记得我干了21天,挣了10块5毛钱,这是我平生第一次领工钱,10块5毛钱在当时可不是一个小数目,当时北京市的最低生活费用是每人每月12块5毛钱。我买了一个脸盆、两条毛巾、一个漱口杯、一支牙膏、一支钢笔、一个日记本、一个书包、一双鞋,剩下的几块钱交给了父亲。

……

暑假过后的9月初,我在规定"报到"的日子,前往北大。

我提着母亲为我准备的、打成捆的干净被褥和一个线网兜,网兜里装着搪瓷洗脸盆、茶缸子,书包里装着北大的"录取通知书"、纸笔、牙刷、牙膏什么的,行李很重,因为我从小患有风湿性关节炎,母亲特地为我带上了可以隔潮的单人床的毡垫。

母亲把我送出家门口,望着我向西走去,直到很久以后我才意识到,那一天就是我开始独立生活的日子,从此以后我就距离我的"家"越来越远了。

从兵马司西口的丰盛胡同7路汽车站上车，7分钱坐到西直门，倒车换乘郊区车32路，车票1毛5。

记忆中的公共汽车已经没有了50年代前面的大鼻子，发动汽车也不再是用摇把插进汽车的大鼻子里拼命地转，就像是在农村从井里打水摇辘轳一样，车门也可以自动关闭了。

那时候的汽车只有一个门，售票员站在车门口，每站他都先跳下车，收验下车乘客的车票，等到上车的乘客都上完了，他才上车，遇到人多的时候，他得用手把乘客都推上车，然后自己挤上去，双手拽紧车子里面车门两边的铁杠，用自己的身体使劲往里拱，让车门在他的身后呼然关闭。

我把行李卷竖起来靠在车厢的最后面，用腿倚着它不让它倒下，眼睛看着窗外面对马路的郊区风景，耳朵听着售票员报站名，咕咚咕咚坐了十几站，才听到"北京大学到了"的声音。我提着行李下车，看到王府一样的大门，蓝地金字的匾额上写着"北京大学"四个大字，我一个人进了校门，心里奇怪何以这样冷清，询问之下才知道了：学校迎新和新生报到都是在南校门，32路车在南门有一站叫做中关村，中关村车站就有人迎接新生……

已经坐过了站的我，只好自己提着沉重的行李从北大西门穿过古色古香的小石桥、办公楼、图书馆（现在的档案馆）、南、北阁、一、二、三院、第二体育馆、哲学楼……方才到了直通向北大南门的大路，走进了熙熙攘攘的各系的"迎新站"……

在迎新站我领到了校徽和学生证，学生证的后面装着十个借书卡片，学生证和借书卡上都印着我的"学号"：6307005，这个学号表示我是1963年进入北大的中文系（代码07）学生，我是北京录取的十几个

"当时的中文系女生住在27斋"。现在,27斋(楼)已被拆掉,盖起北大教育学院大楼。

学生之中的5号,北京籍的学生学号排在63级学生名册的最前面,这个号码就是我,它在北大是独一无二的。

63级不到一百个学生中有女生12个,我们文一(3)班有4个女生。

当时中文系女生住在27斋(27斋于2007年被拆毁,盖起了教育学院),四个人一间宿舍,宿舍的长度恰恰可以摆放两张双层单人床,床前一张四方桌,面对面可以坐下四个人看书、写字,旁边一个小书架,每人一层,学校发给每人一个方凳,平时坐着看书,周末到东操场或者大饭厅看电影都是自带座位,出入大饭厅和东操场门口的时候,学生们都是把自己的板凳顶在头上。

二年级时27斋住了留学生,每个留学生配备一个"出身好、政治可靠"的中国学生陪住,两个人住一间房,中文系女生就搬到了30斋,还是四个人一间宿舍,我所在班的4名女生住在楼房阴面水房隔壁的323号。

一、二年级的课程有:中共党史、古代汉语、现代汉语、古代文学史、文艺理论、外语、写作、体育。记忆中的任课老师有：沙建孙、赵克勤、倪其心、侯学超、陆颖华、吕乃岩、林庚、孙静、周强、洪子诚……

记忆中最忙碌的是党史课。因为没有书和教材，全凭老师课上的教授，所以每星期一次三节课连堂的党史课就弄得非常紧张：首先是要提早出发，到阶梯教室去占一个靠前的座位，可以听得清楚一点，因为那是几个系一起上的一二百人的大课，而且没有麦克风。其次是眼耳手脑并用拼命记笔记，教室里鸦雀无声，老师讲课的声音和纸笔的沙沙声都能够听得清清楚楚。第三就是下课核对笔记，大家的笔记互相核对，填补丢下的部分、纠正听错写错的部分……期末考试全得靠它啊！党史课就是政治课，谁都不想政治课不及格。

作为一个事件留在记忆中的是我们班对于林庚先生的批判，那已经是"文革"前夕了，革命造反的浪潮开始涌动。

林先生给我们上中国古代文学史第二段"隋唐五代文学"，唐代文学最重要的部分就是李白和杜甫。印象最深的是林先生讲李白，他从盛唐气象讲到仗剑去国，从李白"不屈己，不干人"的性格，讲到"一鸣惊人，一飞冲天"的志向，林先生讲得神采飞扬、如醉如痴，似乎是林先生与李白的人格已经合而为一；李白之后是杜甫，林先生讲到杜甫的时候，虽然评价也很高，相比之下，他的讲课就少了激情，少了自己的加入，也少了感人的力量……

听一个室友说，我们班的团支部和班干部下课之后向林先生提出批评，说他"扬李抑杜，贬低反映民生疾苦，更有人民性的杜甫"，当时，林先生什么也没说就走了……下一次上课的时候，林先生没有表情，也没有什么解释，他只是在黑板上写了一段恩格斯的话，那段话的大意是：真理超过一步就等于是谬误！

林先生2006年魂归道山的时候，我忽然想：先生当年被我们这一代年轻人"批判"的时候,他会怎么想呢?是悲哀师道不尊?是觉得学生无知?还是根本没往心里去?逝者如斯,这些没有答案的事情也都已随风飘逝了。

古代文学史和古代汉语两门课给了我最基本,也是最扎实的古典文学修养,一生之中无论我走到哪里,无论我的职业是教中学还是做研究,我的所有本领都是从这两门课生发出来的。那些教科书和注释详明的参考资料我一直都带在身边:陈旧而永不过时,古朴而不事张扬,不抄袭不臆测不胡说八道……你永远可以相信它,它们是:

王力主编	《古代汉语》四册	北京:中华书局,1963年	5.6元
游国恩等主编	《中国文学史》四册	北京:人民文学出版社,1964年	3.93元
游国恩编选	《先秦文学史参考资料》	北京:中华书局,1962年	2.1元
游国恩编选	《两汉文学史参考资料》	北京:中华书局,1962年	1.9元
林庚、陈贻焮、袁行霈主编	《魏晋南北朝文学史参考资料》	北京:中华书局,1962年	2.3元
林庚、冯沅君主编	《中国历代诗歌选》上编二册	北京:人民文学出版社,1964年	1.81元

……

这些书籍的编选、注释者,除了主编之外还有:阎简弼、梁启雄、吴同宝、倪其心、陈金生、吕乃岩、孙静、彭兰……他们都是中文系的老师,在心里,我一直对他们充满了敬意。

进入中文系之后,我很久都不能适应北大"没人管"的学习生活,班级没有固定的教室,许多课不留作业,老师上完课就走了,班主任也难得见到……同学们一下课就各奔东西,大多数是到"文史楼"去上自习。文史楼有文史图书可以随时借用参考,也有大桌子可以四个人同时使用互不干扰。师大女附中的学习和考试经验完全不再有用,我不知道怎样复习当日的功课,也不知道应该怎样对付各门课老师开出的一串串"参考书目",因为平时没有人管,我的心不在焉有时候发展到课上,而且在课余时候,我也会常常坐在湖边观景……结果是期末考试分数不好:只有写作课是5分而且提前毕业,我所喜欢的和不喜欢的古代汉语、文学史、政治课顶多也就达到4分,俄语课、文艺理论课就惨了,常常是3分,这是我最"苦恼"的事情……

当时,没有工夫去想生活单调不单调,更何况事实上我喜欢北大学生"三点一线"(宿舍—课堂—大饭厅)的生活方式。北大的学生都没有固定的教室,常常是一、二节的文学史上课地点在一教,三、四节的俄语课的教室是在西门旁边的小平房,我们班没有人趁自行车,都是挎着书包赶路,中午再从小平房往大饭厅奔……大家都是随身带着饭盆和勺子,装在一个自己缝的布口袋里,布袋有一根线绳拴着,挂在书包带上。中文系的指定食堂是"大饭厅",就在今天"三角地"的北边,百年大讲堂的旧地,大饭厅里有四方的桌子,可以站在那里吃饭,可大多数同学都是端着饭盆一边吃一边回宿舍……听说大饭厅原来也有板凳,可是北大演电影从不限制周围的市民来看,食堂的板凳都被顺走了……

当时,学生的"公共浴室"是在学三食堂的西南边,那是一条东西向的长条建筑,东边女生西边男生,中间是一墙之隔,洗澡的时候,经常有男高音从隔墙上面驾着水声和水汽飞过来,外义歌词虽然听不懂,可是悠扬的美声唱法和他的歌喉浑然一体,这时候浴室两边总是没有了说话声和笑声,只有他的歌声和水声……后来我知道了他就是当时学生合唱团的独唱演员。

记得我刚刚入学不久,第一个新年的时候,我们年级到中文系所在的二院去给老师们拜年,带了几个小节目作为礼物,其中有我的"京剧清唱"。唱的什么已经记不得了,只记得唱完之后有热烈的掌声,而且一位先生被推出来,和我又对唱了一段《打渔杀家》,那位先生唱肖恩、我唱肖桂英,事后我才知道那位先生是吴小如。

我加入了北大学生社团的京剧队,在学校的新年晚会上,我和一个西语系、一个历史系的男同学表演清唱《二进宫》,一句唱完,热烈的掌声曾经吓了我一跳。

后来"文化大革命"之中,就改唱李铁梅了……京剧行家金申熊(金开诚)先生、胡双宝先生都说我唱得不错,挺有味儿。忘记了是在一个什么场合,我和金先生、裘锡圭先生一起表演过《沙家浜》中胡传魁、刁德一和阿庆嫂的三人对唱。

1965年9月,在我该上三年级的时候,学校安排我们下乡一年"搞四清",是劳动锻炼,也是社会实践。那一年62级去了湖北江陵,63级就在北京郊区的朝阳区小红门公社,我们和北京工业大学、中国医科大学、北京电子管厂混合编队,我们的身份是"工作队"。

公社、大队、小队都有工作队的各级组织,公社还有"专案组",我被分配在龙爪树大队的11小队,工作队员四个人,组长是电子管厂的技术员老郭,下属有我和我们班的男同学林春分,加上一个北工大的同学。

我们每个人都有一本小册子《四清工作队手册》,是"中共北京市委办公厅编印"的,其中有纲领性的文件,也有具体的政策,比如"中共中央关于目前农村工作中若干问题的决定(草案)"、"怎样分析农村阶级"等等。

我们的工作对象是:农村干部。

我们的任务是对于农村干部"四清"：清政治、清经济、清组织、清思想。

我们的工作方法是"三同"：和贫下中农同吃、同住、同劳动。

我们的工作内容就是动员贫下中农揭发干部的"四不清"问题。

我们经常学习文件和政策：有自学，也有听报告。报告的内容多半是传达文件精神、宣传阶级斗争的形势、讲述处理性质不同的四不清干部的具体政策界限……

从1965年的9月到1966年的6月，似乎是有过各种各样的运动阶段：扎根串连、个别谈话、小队开会、大队开会、公社开会、典型发言、背靠背揭发、面对面批判、坦白交代、检讨退赔、洗手洗澡、轻装上阵……

当时，每一个工作队的小队都希望自己负责的地方能够整出一个四不清的大案，所以，每个小队扎根串连的时候，都是竭尽全力、挖空心思地和贫下中农套近乎，希望从他们的嘴里得到四不清干部违法乱纪的线索。可贫下中农也不含糊，有的人干脆说："慢说我不知道，就是知道了我也得好好想想，揭发了干部你们工作队倒是高兴，可是等你们拍拍屁股走了，我们不是还得听干部的吗？要是揭发错了，我们可怎么活呀？"

可是，还是揭发出来不少问题，批判会上，我看着农民的各种表情：咬牙切齿的（平时总是受干部的欺压，这次可是解恨）、痛哭流涕的（干部检查自己的四不清行为）、感激涕零的（受到了宽大处理，感谢党感谢毛主席）、冷眼相看的（工作队总有撤离的时候，走着瞧）都有，然而，漠然置之的还是大多数。

记忆中的一切都很新鲜，尤其是"吃派饭"和"同劳动"。每天都会到不同的贫下中农——"革命动力"的家里去吃饭。干部家不派饭，因为干部是四清的"革命对象"，吃饭的时候要"和贫下中农心连心"，在聊天中了解干部的四不清情况……林春分和北工大的同学一组，我和老郭一组，每次派饭都按天付固定的饭费和粮票。

　　我体会了很多农业劳动的艰辛：挑水是肩膀、腰和脚跟较劲，薅苗时候蹲得膝盖生痛，种黄瓜苗时手泡在大粪汤里一整天，之后的好多天都洗不干净手上的大粪汤味儿。特别是那天中午，我们的派饭是在妇女队长家里吃，我总觉得那天的窝头有大粪味儿，我没敢说，怕被认为是"阶级感情有问题"，老郭也没说，可是他吃得比平时少。

　　老郭是11队工作队的负责人，我跟他一组吃派饭就很省心，我只顾吃饭就行了，在吃饭的时候和贫下中农增进感情、扎根串连、了解情况、动员揭发都是老郭在做了，老郭每次吃饭都不闲着。

　　最"幸运"的是，我在四清的时候"火线入团"。

　　一年的"四清"还没有结束，"文化大革命"就开始了，我的四、五年级就是在"文革"之中度过的……

　　后来，1966—1968年在校的五个年级被称为"红卫兵"——这是个不那么"褒义"的称呼，就像是"文革"时候中学的高中和初中在校生被称为"老三届"一样，因为"文革"中的种种劣迹都和当时的大学中学在校生有着千丝万缕的关联——我们都是"毛主席的红卫兵"。

　　事实上，我在北大正儿八经地只读了两年书……

在北大经历"文革"

1966年6月初,一年的"四清"还没有结束,"文化大革命"就开始了,我们63级在被毛主席称为"第一张马列主义大字报"在中央台广播之后就全体撤回了学校。

记忆中回校之后见到的北大已经失了常态,大饭厅和楼墙上贴了许多大字报,各种颜色的纸上,写满了毛笔字,内容都是响应哲学系党总支书记聂元梓为首的七人(聂元梓、宋一秀、夏剑豸、杨克明、赵正义、高云鹏、李醒尘)大字报,揭发批判北大校长走资派陆平、彭珮云的。

我在大字报之间走来走去,在大字报末尾各系老师和学生的署名中寻找我认识的熟人。看到同班同学署名的大字报就从头到尾地看,所有的大字报都学着七人大字报的样子,在末尾写上:"打倒陆平、彭珮云!""打倒三家村黑店!""打倒一切赫鲁晓夫式的反革命修正主义分子!""消灭一切牛鬼蛇神!""保卫党中央!""保卫毛主席!"这样的触目惊心的口号,好像是党中央和毛主席的对面出现了很多的敌人,陆平、彭珮云和赫鲁晓夫一伙,已经危及党中央和毛主席的安全了……

校长既然已经成了革命对象,学校的各级组织也就跟着瘫痪了,不再上课的学生们在校园里走来走去表情各异:心事重重的有,悠游闲散的也有,在一院到八院之间的花园里还有少数人在读书、念外语……我想:他们真有"定力"。

我毫无目的地走到中文系办公室所在地二院的大门口,看到三五成

"文革"期间的北大西校门。
也当了一回"造反派"。

群的学生们从院子里走出来，他们一改往日到系里就会屏声敛气、文雅小心的习惯，抱着纸笔和浆糊大声地说说笑笑，放肆而快乐得像是在庆祝一个盛大的节日……

我走进楼道，看到各个教研室都很萧条。系里只有办公室里熙熙攘攘，办公室的老崔在那里管事，他的屋子里堆满了一令一令（原张的纸五百张为一令）的彩色大字报纸、一瓶一瓶的墨汁、一盒一盒的毛笔、一桶一桶的浆糊，他在那里主管分发，说得确切点就是"看堆儿"——谁来要就给谁，要多少给多少……

在后来的两年之中，我经历了所有的出现在北大的"文化大革命"，然而，时过境迁已经让当年有因有果的事件在记忆中支离破碎，活在记忆之中的场景，也许对我来说曾经是重要的：

新改组的北京市委派来了"工作组"，负责人是张承先，在工作组的领导下批判校党委……学生们参加运动的热情高涨，整个北大都是热气腾腾的样子。

不知道是怎么回事，北大所有的学生们都成了斗志昂扬的革命者、主宰者；而北大所有的原来的各级领导和老师们都变成了革命对象、阶下囚，只有聂元梓和他的战友们除外……觉得真理在手的学生们一旦横行无阻之后，革命意志受到空前的鼓励，每天斗志昂扬地在学校里寻找革命对象，"批斗"本身就是革命，批斗任何人大家都会跟随着喊口号，不喊口号的人就显得很特别，我就是跟着喊口号的人，而且经常是站在最后面。

学校一级的批斗会开来开去差不多，陆平、彭珮云是主角，两边陪斗的"爪牙"一字排开，西语系的石幼珊、校医院的孙宗鲁都是运动员，他们被叫做"刽子手"，越是耸人听闻就越革命是那个时代的特征。有一天，我看到陆平校长在校园里拔草，学生们都在旁边围观……

我们班在贫下中农出身的团支部的领导下，革命的主动性和创造力空前高涨。

先是发动了"革命政变"：当我被通知开会进入32楼男生宿舍的时候，看到全班同学都到了，就像平时开班会一样，一个宿舍的四张双人床上都坐满了人。贫农出身的团支部书记主持会议，他首先发言，内容是：我们班的团干部里面有国民党反动军官的子弟，这严重违反了党的阶级路线，我们的团支部要由革命干部和贫下中农掌权，我们今天要按照团章的规定，进行民主选举……然后就有不少支持的发言，用语同样的郑重、表情同样的凝重、语气同样的严重，之后是补选提名和举手表决……结果，那个国民党反动军官子弟就被罢免了……

的确，他不是民主选举的，是学生进校之后由中文系团总支根据学生档案记录指定的，他中学时候就是团干部，高考分数第一，他也许是作为"出身不好表现好"的团员被指定担任了团支部组织委员，这是北大当时的通行做法……

每天都在说"革命斗争形势一片大好",而且斗争的激烈和残酷的程度都互相攀比着升级。1966年6月18日,全校和各系里终于全面开花,酿成了斗争老师和校系两级领导的"高潮",每个系都不甘落后,都把总支书记、系主任和"牛鬼蛇神"(也就是出身不好的党员干部和老师)揪出来批斗,北大的院子里到处都是"斗鬼台"……那就是北大"文革"历史上被命名的"6·18事件"……

7月下旬,张承先的工作组撤出北大,据说是犯了"压制群众、阻挠运动"的错误。

工作组撤出之后,北大的运动失去了控制。

记忆中的有一天,我看到中文系的一群学生愤怒地围着党总支书记程贤策质问着什么,程贤策的眼神慌张而且狼狈,完全失去了往日犹如精神领袖一般的风采……这位曾经的地下党员、中文系党总支书记被中文系的"红卫兵"勒令站在一个条凳上低头弯腰接受批斗。他还曾经身上被涂满墨汁和浆糊,粘贴着大字报,戴着纸糊的高帽子,敲着铜锣高声喊:"我是走资派!我是牛鬼蛇神!"这位"革命者"可能从来没有当过"革命对象",后来他自杀了,一个人在香山,用酒和一种叫敌敌畏的农药……

混乱之中的有一天,听到楼下人声鼎沸,我急忙跑下30楼,迎面看到32楼前面用桌子搭起了一个高台,临时揪斗一个"现行反革命"。当我赶到现场的时候,看到中文系语言专业一个瘦瘦的老师弯着腰,被两个学生粗暴地反扭着两臂按着头,批判他的学生指着他大声喝骂,听不清批判的内容是什么。据说是有老师揭发他的反动言论,说他在刘少奇被揪出来之后说"这真是宦海浮沉哪!"我抬头看着他惊惶失措的眼睛,汗珠顺着他的脸流下来,滴答滴答……然而他清癯的面容、洗得发旧的洁净的蓝色中山服和温文尔雅、中规中矩的站姿，都可见他的风度依旧。

又有一天，我们接到通知，说是二院要开副系主任向景洁的批斗会。我们几个女生赶到二院的时候，批斗会刚刚开始。向景洁站在中文系门口的台阶上，正在回答问话，突然，我们班的一个同学从向景洁的身后走过去，把一瓶墨汁从他的头上浇下来，他猝不及防地哽噎了一下，并不敢稍有移动和反抗。墨汁顺着脸颊流下来，他立即变得面目全非。接着，另一个同学拿来了厕所的铁丝编的纸篓，连同肮脏的大便纸一起扣在向景洁的头上……他不再说话了，似乎也没有人想要听他说话……我看着这位主管全系教学和行政的副系主任，这个在中文系兢兢业业的领导，这么轻易地就被"打倒在地"，丧失了一个人起码的尊严，看到"革命群众"居然可以有这样的"创造力"，这样会污辱阶下囚……心里一边觉得不可思议，一边止不住地想要发抖和恶心……

后来就是江青、陈伯达为首的"中央文革小组"不止一次地晚上来北大，在东操场召开群众大会，他们经常说的是"我们是代表毛主席来看望你们的！"当江青说到毛岸青的妻子韶华怎么怎么坏的时候，人群立刻骚动起来，正好站在我前面不远的韶华姐妹很快就从我的视线里消失了……

从8月5日毛主席的"炮打司令部"大字报，矛头指向刘少奇之后，北京高校的造反派学生们就心领神会，立即组织了"揪斗刘少奇火线指挥部"，到中南海门外安营扎寨……

北京的学生们开始把注意力从北大转移到了社会上，参加破坏力最强的破四旧（旧文化、旧传统、旧风俗、旧习惯）和最有席卷力的揪斗牛鬼蛇神……

砸庙宇、砸石碑、砸牌坊、砸石头狮子、砸匾、砸门楼……在北京可是大有可为！星期六回家的路上，我在7路公共汽车上，就在祖家街站看到一群中学的红卫兵蹬着梯子在路边砸一个门楼，他们挥着铁锤，干得很努力，也很吃力。

修改北京街道和胡同有"封、资、修"嫌疑的名字，也是一件大工程，反修路、革命路、卫东路、卫红路、文革路、东方红路……成为一时的人心所向，而原来的武王侯胡同、祖家街、宝禅寺、观音寺、裤子胡同、舍饭寺、文昌胡同……都是"封资修"，赵登禹路、佟麟阁路、张自忠路都是颂扬"国民党反动派"，所以它们也都一一在批判、讨伐声中消失了。

这些革命行动的主力是中学的红卫兵，可是大学生也不落后。北大未名湖边的德斋、才斋、均斋、备斋被改成了红一楼、红二楼、红三楼、红四楼。我曾经住过的27斋的门框上贴着一张纸条，上面写着"不许叫斋"，我看了半天，才弄清楚这四个字的意思是"破四旧"破到了"斋"这个字上了。在清华大学，我曾经正好赶上清华红卫兵砸工字厅大门前面的一对石狮子……那个石狮子的石材真棒，学生们汗流浃背却是进展缓慢，看起来这力气活不太好干……

在改名字成为高潮的时候，有出身不好的人改了姓，以示与家庭断绝关系；有名字不革命的改了名，以示消灭封资修，改名叫做"卫东""卫红"的人成千上万，即使是不想改名改姓的大学生也在苦心孤诣地改造和发掘自己名字中的革命意义。

社会上也开始了揪斗牛鬼蛇神，中学生们根据派出所提供的情况，入门入户批斗地富反坏右，街道上"出身好"的积极分子成了可以整治街坊邻居的革命派，变得忙碌和神气活现，他们主动地监视邻居，向派出所和红卫兵汇报"阶级斗争新动向"，还可以到学校去向红卫兵"求援"，请他们前来帮助"革"院子里出身不好的街坊的"命"……

解放之后的每次运动，出身不好的人都是当然的革命对象，每次运动都会有固定的革命目标，可这一次不一样，走资派和牛鬼蛇神被关在一起，过去整人的和挨整的全成了人民的敌人……也就是"出身不好"的全部和"出身好"的一部分人一锅烩了。

北京的红卫兵"破四旧"一路顺风，在毛主席的主持下，没有人敢于阻挡。红卫兵们从北京杀出去"支援外地革命运动"也个个都是革命的好手，据说，到曲阜参加破四旧大闹"孔家店"的造反派，除了当地的学生和贫下中农以外，从北京和其他省市前去支援的大专院校师生和红卫兵就有一万多人——名副其实的"群众运动"！

大串联是在毛主席的允诺下到社会上去闹革命，全国的"革命小将"都是免费乘坐火车到全国各地去"煽风点火"，改变当地走资派"压制"革命群众，使"文化大革命""冷冷清清"的不正当的形势。第一次我和班上的几个男同学一起去了苏州和广州；第二次我一个人到了成都，在四川大学与北大数力系的一个老师、一个同学一起南下云南东川，在那里整整忙了一个月，"帮助"当地人揪斗东川铜矿的走资派，我们三个人组织了一个"长征战斗队"……

在从北京开往成都的火车上，我看到北京的红卫兵押解着牛鬼蛇神"遣返回乡"，牛鬼蛇神在车厢的过道一路爬过去，又爬回来，嘴里念念有词："我是牛鬼蛇神，我有罪，我有罪。"后面有红卫兵挥舞着鞭子，喝道："大声点！快点爬！"在从成都去云南的路上，一个平时坐6个人的卧铺车厢单元里一共挤着28个革命小将……当时，我们都练就了会从火车车窗上下火车的好身手。

1968年夏秋，"工军宣队"进校作了领导，聂元梓和学生领袖的"校文革"就算是过了气。

记忆中工宣队的总指挥是一个姓魏的口才很好的女工人，她的特点是：在全校大会上指名道姓的批判可以做到肆无忌惮，她的话经常是有后果的,被她点名批判的人会受到更多更人的,不仅"触及灵魂"而且"触及皮肉"(推推搡搡、连踢带踹、拧胳膊、按脑袋……)的批斗,记得她在讲话中说到过:"最高指示:'备战备荒为人民',可是北大到处是花花草草,这就是培养修正主义苗子的温床,我们工人阶级就是要铲除这个温床……"

她的讲话导致了一院至六院之间"静园"那一大片可以称为园林的花园的毁灭,那片园林不仅历史悠久而且是北大的一景,那里有很多不同品种的大树和粗粗细细的葛藤交互缠绕,一条石子铺成的小路曲曲弯弯,有太湖石和石洞,有石羊和石碑(那两座康熙二十四年的石碑应该是很有来历的),有六角的街灯散落在各个角落里,这些曲径通幽的小路、石刻、石头座位交织在一起,是读书和散步的绝好去处,也是赏心悦目的风景,在那里穿过总是可以碰到相识的同学和老师……

魏总指挥讲话之后,这批园林就被夷为平地,原来分散的太湖石、石兽、石碑……被归拢在一起,堆放在静园的东北角……按照她的讲话精神,静园种上了果树。后勤的工人们还把魏总指挥的指示推而广之,清理铲除了北大的各个角落、未名湖周边的花花草草,哲学楼东北角路口中间的一大丛高高大大的白丁香也被杀死了,而五四运动场全被挖开,种上西红柿之类的蔬菜……我一直忘不了她的无知和无畏。

记忆中这一时期北大的自杀者不少,中文系程贤策、历史系翦伯赞夫妇、西语系俞大纲……加起来有二十几个,中文系的学生有四年级的沈达力、三年级的刘平……这些本来还想着有一天运动结束可以平反昭雪、重见天日的人,终于失去了希望……

"新北大公社"成立,毛主席还题了词,加入新北大公社不限制出身,所以我们这些没有希望成为红卫兵的人,都高兴地成了新北大公社的社员,胳膊上也能够佩戴黄字红袖标,那是挺光荣的事情……不久,记不得为了什么,学校里又出了另外一个群众组织"新北大井冈山",然后就旷日持久地打起了"派仗"。

打派仗的时候,有一个同班同学问我愿不愿意到新北大公社的广播台做文字编辑,我想,采访和写稿对我来说都不难,一边参加运动一边还可以练练笔也不错,按理说广播台是喉舌,既然他们没有强调阶级路线当然挺好,只是我总是写不好打派仗的稿子,说理讽刺和尖酸刻薄都不是我的特长,这被叫做"缺乏战斗力"。

有一天,我正在编辑室值班,下面传来急遽的敲门声,我急忙下楼去开门,中途却从直而陡的石阶摔下去崴了脚,我爬到门前抽开了铁门栓,一群人涌进来就冲进了广播室,我坐在地上听到广播,说是:"牛头山"(新北大公社称呼井冈山)的小丑们正在挑起武斗,新北大公社社员们,请你们立即拿起武器,马上到某某楼前集合……那一天发生了两派的武斗。

第二天,母亲骑着自行车来接我,我收拾起自己的洗漱用具、教科书、笔记和日记,然后坐在自行车的后座上,母亲推着自行车把我一直推回西城的兵马司,我们走了三个多小时……幸运的是:我的书和笔记完整无缺,在后来发生的武斗里,它们没有落到对方手里,真应了"祸兮福所倚"的老话。

在我治疗脚伤的时候,我知道了新北大井冈山的红卫兵占领了学生宿舍区,从30楼起始,32、34、35、36楼一直到北大南墙的一大片相连的楼房;新北大公社占领了周围更多的楼房,包围着井冈山。两派学生组织中都有后勤的工人,他们用电焊焊接钢筋,制造了大型的弹弓,用自行车内胎和方砖配套,把互相可以用弹弓够得着的学生宿舍的窗玻璃几乎是全部打碎,井冈山在30楼一直到南墙的各个楼之间都挖(通)了地道,想来是为了躲避弹弓,也便于秘密行动的……

后来我曾经远远地看到 30 楼我的宿舍的窗户上，挂着母亲给我的防潮的毡垫，已经被用以阻挡弹弓射过去的砖头。我很心疼那个毡垫，也心疼我的丢失的相册⋯⋯

两派学生开始是互相辩论，后来就开始相互谩骂、武斗。本来的同学和朋友，一旦成为"两派"就会变得不共戴天。那时候，全国人民都在高呼"誓死保卫党中央！""誓死保卫毛主席！"可奇怪的是：口号虽然一模一样，却弄得同学之间，甚至于夫妻、父子、兄弟姐妹之间，也会因为派别有异而反目成仇⋯⋯

记忆中的盛夏，海淀的居民都坐在路边的马路牙子上，摇着蒲扇，听着两派的高音喇叭互相嘲骂讥讽⋯⋯

当时，毛主席的最新指示都是在晚上 8 点由中央台广播，那是"文化大革命"下一步的"战略部署"，全国人民都是直接接受毛主席的领导。学校里和大街上都架设了高音喇叭，北京市以海淀区的八大学院和北大这一块密度最大，一有最新指示，所有的高音喇叭都会以最大的音量一起开放，所以所有的人都可以在第一时间里同时聆听到最新指示。

工军宣队进校之后，广播台这个校级单位也进驻了工宣队，在工宣队裁去了出身好却不那么听话的编辑的时候，一个出身好的女广播员提出："工宣队为什么不执行'阶级路线'？"我知道她说的是裁人的事，是责问工宣队为什么没有把我这个"出身不好的人"裁掉⋯⋯她的义正辞严和不屑的表情，令我马上心里就开始惶恐起来⋯⋯可工宣队并不买账，回答说："工宣队就是阶级路线。"出身好的女广播员翻着眼睛，却拿毛主席派来的成分好的工宣队没有办法，因为"成分好"比"出身好"还要牛气⋯⋯从此她不再和我讲话，我也尽量躲着她⋯⋯幸而不久 63 级就"回到班上"闹革命了——因为快要"毕业分配"了。

工军宣队主持了两派的"大联合"——不谈是非只谈联合，说是让互相归还宿舍的财产,互相整的"材料"都上缴工军宣队,由工军宣队进行"甄别"和处理……

　　武斗之后的宿舍的财产早已不翼而飞,也没有人再提起和追寻,互相伤害了很久的全班同学重新坐到了一起,大家都没有什么话说,单单是观点不同派别有异是容易化解的,做到"大联合"也不难,可是在"文革"过程中对老师、对同学实施过人格侮辱和政治诬陷的事情却很难被忘记和互相谅解。诸如:毒打过老师,把墨汁浇到系主任的脸上,把装着大便纸的纸篓扣到老师的头上;通过抄看同学的日记和信件义正辞严地说同学是"反革命";把帮助过自己的、出身不好的同学斩钉截铁地说成是"腐蚀拉拢别有用心";在大字报上辱骂谈恋爱的同学是"搞破鞋";在大饭厅门口搧了不同观点的同学的耳光;在武斗中为了证明自己"阶级感情深厚"动手毒打出身不好的同学……这样的事都是"出身好"的人的专利,在漫长的"文革"过程中出现的频率极高——出身不好的人没有胆量、也没有资格这样表现和用这样的方式证明自己,他们只有权利沉默,这"沉默"也显示着没有"谅解"也没有"忘记"……

　　因为中文系的30楼(女生宿舍)和32楼(男生宿舍)都是在井冈山的占领范围之内,所以,新北大公社一派的日记和信件全都落到井冈山人的手里,他们用这些原始材料为新北大公社派的每个人都整了一份"反革命言行",其中我的一份最薄,因为我的日记和信件都带回了家,所以没有实质性的内容(真是上天保佑了我),我们这一派倒不是不想整他们的"材料",只是没有机会得到他们的日记和信件罢了。

　　工宣队把两派学生互相整的"反革命材料"进行了甄别,对犯有"攻击诬蔑中央首长"这类罪行的学生又根据出身、表现进行了区别对待:批判的批判,检讨的检讨,在大拨的学生都分配离校之后,他们有的被发配到青海,有的被送到沙河农场……

1968年由工人、解放军驻北大宣传队发的毕业证书，内容相当丰富、复杂。一共有8页。第一页是毛泽东图像，第二、三页为林彪、毛泽东语录，第四、五页如图，第六、七页是毛泽东的"新北大"题词和林彪语录。

1968那一年，北大的61、62、63级学生在半年之中分配完毕。

那年的分配与北大历年的分配方式都不相同：一是北京、上海、天津以及各省省会都没有名额；二是没有具体的工作单位；三是分配下去首先要"接受再教育"。大家都是先到各省的省会去报到，然后由省里决定分配你到哪里去"接受再教育"，只有少数的"方案"上有具体地点，比如"陕西渭南""浙江某地"，那就是引人注目的好方案了。

分配的程序很简单：先是公布分配方案，工军宣队在32楼贴上一排大红纸，纸上写着：河北（3人）、内蒙古（6人）、山西（7人）、新疆（3人）……然后自报公议，群众讨论、个别谈话，最后工军宣队又贴出一张大红纸，纸上写着：河北（某、某、某）、内蒙古（某、某、某、某、某）、山西（某、某、某、某、某、某）、新疆（某、某、某)……发下了派遣证之后就完事了。

分配的时候,只有出身好的人有权利选择地点、考虑得失,出身不好的人都很自觉地选择一个和自己的出身相匹配的地方(比如边疆、山区、经济落后的地方),工军宣队自然也会把好的地方(比如经济发达、沿海、内地)分配给出身好的人,那叫做"执行党的阶级路线"……

北大毕业生,从"革命动力""革命小将"转而成为了"接受再教育"的对象,对于这种180度的角色转换,没有人提出质疑?!

是啊,经历了"文化大革命",看惯了昨天还是革命干部、革命教师,今天就成了"反革命修正主义分子"这样的事情,对于仍然属于"革命阶级"范围之内的角色转换,还有什么不可理解的呢?全国人民都习惯了"毛主席挥手我前进!"不必使用自己的头脑。

毕业分配至今40年过去了,在正常的老年人开始有时间、有心情、有余钱怀旧的如今,我们班没有人张罗聚会,即使是在北大百年校庆的1998年,也有一部分同学没有到校,到校的人振振有词:"都这把年纪了还这么计较,就不能宽容大度一点?"……然而,我可能更理解当时曾经受到伤害、至今还解不开心结的人——观点分歧容易化解,可以归结给当时的"政治氛围",可是那些跻身于主流社会,曾经乘着"文革"的东风伤害了同学的人、存心要把同班同学整成"反革命"却至今都没有一丝反省的人,有资格说什么"宽容大度"吗?

可实际上偏偏就仍然是他们在振振有词!

入团纪事

在我的少年和青年时代，小学生和初中生几乎都是少先队员，中学生和大学生中的多一半人是共青团员，成年之后，少数的优秀分子才会是共产党员。所以，如果谁要是小时候没有入过队，一定会被认为是不可思议；谁年轻时候没有入过团，一般会被认为是不要求进步的落后分子；而成年之后入不了党就没有关系了，优秀分子毕竟是少数嘛！

当时的潮流和说法是："每一个要求革命的青年"都要"积极要求进步"，争取早日加入"共产党的后备军共青团"。这样的逻辑深入人心：不争取入团，就是不要求进步，不要求进步就是不革命，在"革命"和"不革命"之间，"没有中间的道路可走"——在大学和中学里，校长这样说，班主任这样说，政治课这样说，团支部这样说，学生们也都这样认为，在学校所有的场合，所有的人都循环往复地重复着同样的"至理名言"。

在当时，发展刚刚超过"队龄"的初中学生入团和刚刚进入成年的高中学生入党，都会被看做是一件很隆重的事，和一般傻乎乎的中学生截然不同，这些学生都是比较成熟的会说一些政治语音，会被普通的中学生认为是与众不同和高深莫测。

青年学生按照先天的家庭条件，不言自明地被分成两部分："出身好的"和"出身不好的"，"出身"这个"事实"决定了你的社会地位，"出身"这个"概念"如影随形地时时刻刻跟随着你、提醒着你，决定了你的政治地位和你在别人眼里的分量。

在"党性"大于一切,"个性"成为批判对象的时代,一个人是不是被认为"要求进步"是非常重要的,谁也不想当被人看不起的"落后分子"。当"落后分子"是有后果的:不仅仅是"好事"轮不上,单只是接长不短的点名和不点名的被批评、被批判,就具有足够的警示作用。

"要求进步"和"入团"对于不同出身的人来说,"难度"是不一样的,争取的方式也不相同。"出身好"的人如果没有要求进步的表示,一般会被认为是"暂时的"、"思想幼稚",而"出身不好"的人就一定会被认为是因为受到家庭的影响而"思想落后","出身不好"的人都不想成为这样的"落后分子",也害怕自己被认为是"与家庭划不清界限"。

从初三到高中到大学,"争取入团"对我来说,曾经是一个忧心如焚的过程。

在15岁的1960年,我在北京三十九中上初三,那是我第一次参加共青团的发展会,发展对象就是我们班的班长。

原以为入团和入队差不多:班主任一定是表扬班长学习努力、关心集体、帮助同学、工作负责,让大家向她学习罢了,却没有想到在班主任简短的发言之后,整个会议都是班长痛哭流涕地"控诉"她的"国民党反动军官父亲"的"滔天罪行"。她说,她的母亲是她父亲的"小老婆",本来也是"劳动人民出身",可是在她做了她的父亲的"妾"之后,也是过着"吮吸劳动人民血汗"的、可耻的"寄生虫"生活,她要坚决与父母"划清界限",她要做"劳动人民的"好女儿……

介绍人班主任最后总结发言,大意是说:每个人虽然不能"选择"自己的"出身",可是,都可以"选择"自己要"走什么道路",某某同学能够"彻底揭发"父亲的滔天罪行,就是迈出了"走无产阶级革命道路"的"第一步",每一个"出身不好"的同学,都应该向她学习。讲完后全班同学热烈鼓掌……

直到今天我都很难确切地描述出这个"发展会"当时对于我产生的震撼，只记得回家的路上，我愣愣的脑子发木：心里乱糟糟的全是班长对于她父母缺席声讨时用语的极端和带着仇恨的语调，她的声色俱厉、她的声泪俱下……我没有想到可以这样在人前背后痛骂自己的父母，这一切都太离奇了，有点不像是真的，而且完全超出了我的理解能力和情感所能承受的程度。这一幕怎么想怎么像是表演，可是我又明明看到她涕泗横流，在我的心里，眼泪是不能掺假的……那天我一直在想：她究竟怎样去"划清界限"呢？她这样骂了养育她的父母，今天她可怎么回家去面对她的父母呢？以后又怎样在她的父母的养育下生活呢？怎么样去"划清界限"呢？……想不清楚，也没有和母亲说，朦胧之中，似乎觉得"划清界限"之类，也与我和父母有点关系，因为我也不是劳动人民出身，我的父亲从刚刚成年的三十年代起始就是做股票，这在当时算是"剥削阶级"……

这是我第一次知道了什么是"出身不好表现好"的典型，怎样做才算是"和家庭划清界限"，见识了同龄人中"成熟"的样板，这也是三十九中给我的最最深刻的"政治启蒙"。

15岁还没过完，我就被保送进入了北京师大女附中读高中。当时的师大女附中是一个"贵族女校"，学生大多数来自高干子女学校育才中学，平民出身的学生很少，和三十九中不同的是，学生中的团员是大多数，每个班都有一个团支部，团支部下设团小组，支委们从言辞到工作作风都显示出成人般的权威性和有条不紊。

团支部显然是比班长还要重要的领导。从一开始，每一个"要求进步"的学生就都配了一个团员做"联系人"，"联系人"负责关心和听取"被联系人"的"思想汇报"（一般都要汇报自己出现的错误思想）、作出指示（分析你自己暴露的错误思想的实质），并且及时把"被联系人"的"思想动态"上报到团支部。团支部的中心工作就是"掌握全班非团员的思想动态",所以当团干部、班干部党政合一地围在一起小声议论的时候,大家就都知道他们是在"分析全班同学的思想情况"、"交换对于全班群众的看法",自己应该离她们远一点,不要被别人觉得自己是想要偷听——特别是出身不好的人。团支部负责选择和确定"重点培养对象","成熟一个发展一个"。

到了师大女附中这样的政治环境之中,虽然我仍然是15岁,可是内心却一下子成熟起来:意识到自己"争取入团"的事情已经不能再回避。

记不清是在高二还是在高三,我们班又发展了一个"出身不好表现好"的典型入团,她的父亲也是国民党高级将领(师长?军长?副司令?反正比三十九中班长的父亲还要"反动"得多)。这是个"体育明星"式的女生,高高的个子,齐耳短发,青春健康,她是什刹海业余少年体校排球队的骨干,经常去参加全国性的比赛;她的功课好,数学、物理在班上数一数二;她的排球打得好,比赛的时候满场飞,什么"没救"的球她都能救起来;她的生活内容丰富,说体育、聊电影、谈功课,她都是神采飞扬;她的人缘好,走到哪儿,身边都有好朋友、追随者、仰慕者一大群,按照当时的标准衡量:她可以算是一个"全面发展"的优秀学生,不仅老师喜欢他,就连那些骄傲的、平时与普通同学没有多少共同语言的团干部对她也是另眼看待。

在发展会上,她也是"控诉"父亲的"滔天罪行",也是要和家庭"划清界限""做毛主席和党的好女儿",她也是痛哭流涕、抽噎不止……之后也是团支部和团员们都"严肃"地批判了她的父亲的"反动阶级本质",充分肯定了她的"入团动机比较端正",她对家庭"认识比较深刻",她与家庭的界限"初步划清"……最后举手表决,一致通过她入团,然后也是全体与会者经久不息的热烈鼓掌。

这一次，我没有像两三年前发展会之后那样的"震撼"，使我愕然和联想不已的是："共产党高干"出身的团员们与"国民党高级将领"出身的非团员之间的"角色"转换，在这次发展会上，我看到体育明星收敛了平日的"天之骄子"式的意气风发，眼神里平添了几多"谦逊和感激"，而高干出身和共青团员们则争先恐后地"表现着"她们对于"国民党"的批判权力和拯救义务……

阅历使我逐渐明白了：每一个"出身不好"而又想要加入共产党的后备军——共青团的人，都需要在发展会上履行这一"表白"的程序。表白忠心的具体内容就是：与"反动家庭"划清界限，既然是与父母已经是"势不两立"，那就要痛斥父母曾经对于无产阶级和劳动人民犯下的"滔天罪行"，言辞越是激烈、措词越是严酷、上纲上线越是提高，就越能被认为"背叛"彻底，如果能够揭发一点别人不知道的父母的罪行（比如他们在家里私下说的"反动言论"）就更好了，一般来说，"痛心疾首"都会表现出声色俱厉和声泪俱下……

这样的程序由于卓有成效、受到肯定、广泛被采用而成了一种"经典"，一种为"出身不好"又想"要求进步"的青年学生所出示的"示范"和"导向"。

我常常想：或许第一个这样做的人是发自内心"痛恨剥削阶级"、"感谢党热爱党"而激动地真情流露？可是当同样的方式被不断复制之后，就很难避免"演示"的嫌疑了。

从初中到高中，我感觉年龄越大、面临的"观众"越复杂，"演示"的难度也就越大。演示者或许是"不自觉"？或者是"不得已"？反正这是一道迈不过去的"坎儿"、一个行之有效的"模式"——一个属于与"大跃进"式的"放卫星"（唱高调）和"浮夸"（虚假）行为同一范畴的、必须的生活方式，已经渗入到中学生的生涯之中。

对于自己能不能入团，我逐渐生出了怀疑……一想起这样的程序和模式，就觉得心里紧张。

对于自己的政治前景，我也逐渐生出"自卑"，因为政治上的"优势"和"劣势"都是"与生俱来"的，无法改变也不可力致的，想要"入团"就一定要面临这样的"模式"——虽然我的出身还远远够不上正式的"地、富、反、坏、右"。可是，如果放弃入团，就要承受"出身不好"和"不要求进步"的双重压力，我可以吗？要知道在当时，每一个人的每时每刻都是和政治联系在一起的，你的所有的行为、前景都是与政治结合在一起的啊！

大概是因为没有什么突出的表现，班上虽然入团的同学不少，却总也没有轮上我。

18岁那年，我开始了大学生涯，"出身不好"的印记和必须"要求进步"的负担也寸步不离地跟着我一起进入了北京大学中文系。

和我的中学一样，班上的团员仍然有监督、汇报非团员的权力和义务，书面的和口头的都是在不公开中传达和进行，监督和汇报由于有"团组织"的地位和革命的名义而合理合法、理直气壮，非团员不会知道自己被"汇报"了什么，也没有申辩的机会……这是当时日常状态的"革命"和"被革命"的基本划分。

从中学时代起，党的政策"给出路"、"重在表现"、"出身虽然不能选择，可是走什么道路却可以选择"就被不断地重申。"出身不好"的人无一不是致力于希望"表现好"，"表现好"包括"做好事"和"汇报"；相比之下，做好事（包括帮助他人、给出身好的穷苦人寄钱之类）比较复杂，因为做了好事还应该隐姓埋名，最好是别人发现之后揭示出来……汇报比较省劲，汇报自己和汇报别人都是"靠近组织"的进步表现，所以，几乎是当时的全体学生们都参加过"汇报"：有"资本"（出身好或者是团员）的人有权力、有义务汇报别人，没有资本（出身不好）的人也可以汇报别人，那叫"揭发"，没有资本又不想暗中伤害别人的人多半就只能汇报自己了。

我不想汇报别人，也不想总是咒骂我的父母，所以我选择的"要求进步"的"表现"方式是：跟着团组织的各种号召参加政治活动，参加集体劳动竭尽全力，主动打扫宿舍卫生……我想大家都住在一起，所有的活动几乎都是集体活动，我的努力也都是在集体场合，我觉得别人能看见我的好表现，我当然希望自己的努力不会白干……可是过了不久，我就发现我错了……

在一个非常偶然的过程中，我看到了我的室友上报团支部的汇报材料，那是对我最近一个阶段思想和表现的汇报，其中包括：不关心国家大事，竟然不知道柯庆施（当时的上海市委书记、市长）是谁；嘴上说是要求进步，没有实际行动；不靠近团组织，很少写思想汇报，也很少汇报思想；一到星期六就急着回家，和父母感情密切，不注意和家庭划清界限……

我的问题被分门别类："不关心国家大事"是政治问题；"星期六急着回家"是立场问题；"很少汇报思想"是不想靠拢组织的思想问题……既有上纲上线也有事实描述，连常在水房一边洗衣服一边唱戏也写在里面……总而言之，全是我的劣质表现……

这次偶然的事件让我想了很多：我明白了从中学到大学，大家虽然都变成了成年人，但是团员和出身好的人与非团员和出身不好的人属于两个营垒的事实没有变化，团员们监督、汇报非团员的职责没有变化，他们的行为方式和思维模式没有变化，变化了的只能是观察更细密更贴切，上纲上线和解释得更加富于想象力……我开始明白了被曲解的"事实"是如何变成了另外一个被别人确信的事情，明白了我的那些努力和

"表现"实际上没有被认可或者是全然不对路,我在同班女生中唯一的团员眼里一无是处,不用希望从她那里传达出对于我的公平评价……明白了"表现"好坏的认定,是具有随意性、伸缩性、不具客观标准的,而对于我来说,她的汇报和认定可以让我被误解的行为百口莫辩、让我被歪曲的形象无法更正、让我所有的努力化为乌有……我也明白了自己的"争取入团"已经成了绝望中的虚望,可是这一切都是非常正常的暗箱操作,你永远也没有可能过问和澄清……

我觉得非常无奈。

三年级的1965年,学校安排我们到北京郊区搞四清(正式的说法是参加"农村社会主义教育运动"),一年的四清生活给予我最"幸运"的收获是:火线入团。

"火线入团"的意思就是团组织要发展在运动中有突出表现的人,我没觉得我有过什么突出的表现,我还是我,实际上我是沾了"混合编队"的光。

记忆中混合编队的工作组由北京第二机床厂的技术员和工人、北大和北工大的学生混编组成,团支部书记是北京工业大学的同学,团小组长似乎就是同班的男生林春分。林春分是个从福建莆田农村来的下中农子弟,才不出众貌不惊人,他的眼睛里经常愿意透出小狡猾,可是实际上心地质朴,我所在的11队只有我一个非团员,我自然就成为他的工作对象。

也许是天天在一起工作和生活让这个同班同学对我有了一些了解,他开始告诉我不少在学校时男同学那边了解的我的"劣迹",那些"劣迹"都是我在室友笔记本上看到过的内容。我告诉他:我曾经看到过室友对我的汇报、歪曲和我对入团问题的绝望……不久以后,他代表团支部找我谈话:"老郭(11队的工作组组长)我们都觉得你的表现挺好,我们想抓紧在这里解决你的入团问题,不然一回到学校,你可能就没有希望了。"

他的话让我惊奇万分,也让我觉得有了希望。

不久,北工大的团支部书记就来找我填表,同时跟我谈话。说是我需要写一份对家庭的认识。我趁着回家休息的时候,把父亲的经历了解清楚,然后认真仔细地写了好几页纸的思想汇报,尽可能地上纲上线。我说父亲"做股票就是投机倒把","商人的生涯就是剥削劳动人民",我们家领取"股息"是"剥削行为"(因为父亲解放初买的股票在公私合营之后,国家定股定息十年,十年之中每个月给他10.4元股息),说父亲是"沾染了资产阶级思想",把他在年轻时候参加过"五台山普济佛教会"的一段历史叫做"历史污点",说自己"要从思想上和他划清界限"……

这一份思想汇报通过林春分交到了团支部,应该是被审查合格之后,就让我填写了"入团申请书",不久就决定开我的"发展会"。"发展会"上,我的同班同学都来参加。我的团员室友端着一个密密麻麻的笔记本作了一个长篇发言,大意是:虽然你在四清运动中受到锻炼,有了一些进步,但是,这并不意味着你的缺点就不存在了,你的很多根本性问题还都需要努力克服和改正,即使是今天你能够被通过,也只是达到了入团的最低标准,今后你仍然需要不断地加强思想改造,克服自己身上的阶级烙印,彻底和家庭划清界限,努力争取做一个真正合格的共青团员……

她的发言没有出乎我的预料,却让我铭刻在心……

然而,我还是觉得幸运和兴奋——我不仅没有痛骂父母,而且减免了痛哭流涕的一幕,我的心头豁然开朗……从此以后,"争取入团"的苦战就可以告一段落。从此以后,我就可以不再看人眼色、巴巴结结。

从此以后，我就可以在填表的"政治面貌"一栏里填上"共青团员"——那是我对于"政治生命"的最高企望。

……

从建国开始一直到"文革"结束之前，中国的青少年都是在一种政治环境中长大，他们无可奈何地被出身和成分"定位"，又无可选择地必须要"进入"政治……那种经历对于我这样的人来说，真可以称为是一种"煎熬"。

1976年之后，"平反改正"、"发展经济"代替了"阶级斗争"，属于那个时代的"阶级出身、政治面貌"之类而今已经淡化到几乎被忘却、被晚辈听起来像是"故事"的这些经历，在我，却仍然觉得那是一个不能触碰的"伤疤"。

日记的故事

我从上高二的时候开始写日记，当时，师大女附中文科班的学生大多数都在语文老师"练笔"的号召下天天记日记，内容有一天的所见所闻、心情感受、风景片段等等，目的是为了提高写作水平。

这习惯一直坚持到1963年我到北京大学念书，中止于1968年离开北大以后。

在我上高三的1963年上半年，全国发生的最大的事件就是三月初毛泽东主席题词"向雷锋同志学习"的消息在报纸上发表，《雷锋日记》也同时在书店里发行。学校最先投入了运动。

记得雷锋日记中，最"经典"的部分如"对待同志像春天般的温暖，对待工作像夏天般的火热，对待缺点像秋风扫落叶一样，对待敌人像严冬一样残酷无情"作为格言，被贴在每一个教室的墙壁上，学生们议论报纸上印刷出的毛泽东为雷锋题词的字体是怀素体还是松风格体也很热烈，当然更多的还是在政治老师、班主任、班团干部的带领和引导下学习报纸上的文章，学习《雷锋日记》片段，再深入一步就是对照检查自己了。

雷锋日记的内容和独特的写法使大家都很感动：首先是作为"共产主义战士"的雷锋在日记里关心的事情都是集体、他人和"世界上（除了中国、越南、朝鲜、阿尔巴尼亚之外）三分之二还在水深火热之中"的人民。相比之下，只关心个人的好恶和一己的悲欢就变得十分渺小了。

其次，对比雷锋，自己日记中尽写些个人的生活、心情变化、花花草草的好像不大对劲，即使不算什么严重的问题，至少也是境界太低。

由于雷锋日记光明正大的内容，表现出来的共产主义者的磊落胸襟毫无个人隐私的意味，使学生们逐渐提高了对日记的认识。先进的学生开始对照《雷锋日记》，检查自己与雷锋之间存在的巨大差距，光是"对同志"、"对工作"、"对缺点"和"对敌人"就有演绎不完的话题，于是"学习雷锋做好人好事"、"狠斗私字一闪念"的革命内容就成为写日记的新方式。慢慢地开始有同学定期把自己的日记也上交给团支部，作为"思想汇报"的补充。发还的日记后面会有"组织"的批语，内容多半是对进步认识的鼓励和对勇于暴露思想问题的表扬。过组织生活的时候，团支部对团员和非团员的表扬，有时也会引用日记中记载的只有当事人自己知道的思想过程和做过的"好人好事"。

当然，上交的日记也不是一律的都受到表扬，日记是否被信任、被肯定，主要得看作者的出身和家庭背景是否革命，如果出身不好，得看"组织"是否认为那作者对家庭的"背叛""很彻底"。也有时会听到"某某用日记弄虚作假"、"某某把日记摆在桌子上打开着，故意给人看"的议论。这些议论当事人并不能听到，但他显然已经被认为是用不正当的手段伪装进步了，这样交日记的行动就非但没有预想的效果，反而会使事情变得更糟。

这样，一些人已不再把日记视为个人的隐私和秘密，通行的说法是："有什么话不可以向组织公开呢？"比较要好的同学之间交换日记看的事也有，那被认为是一种互相信任和交流，当然也仍然有人不愿意这样做，其他人也会尊重他的意思，不得到本人的允许去偷看别人日记的行为仍然会受到鄙视。

雷锋日记的政治作用是明显的，它是以榜样的力量、以渗透的方式在塑造一代年轻人的共性，包括了如何思想、如何做人、如何表现……它力图把人性之中最私人、最隐秘的部分纳入一种模式、一种规范，雷锋日记的公开发表，使得日记这一"私人空间"呈现出可以公开进入的性质。但是，这件事做起来并不容易，实际上，大多数当时年轻人的日记都有点"夹生"，规范之中总是夹杂着私密的部分。

1966年6月，"文革"开始，学生们作为"革命小将"跟着主流批斗老师、揭发"反革命修正主义路线"、"大串联"煽风点火、打派仗、大联合、复课闹革命……都经历得阳光灿烂、有声有色。到了1968年，运动由放到收，一切都在毛主席的运筹、掌控之中，全国十几亿人就像棋子，在棋盘上各行其是，没差什么大格。工宣队进校后，开始收拾残局，大联合之后，先是清理两派公认的"反革命小丑"，各年级都有揪斗的对象，多半是出身不好又有"反革命言行"的学生。

我所在的三年级揪斗的是一个身材矮小的残疾女同学，她从小患小儿麻痹症，留下了萎缩的右手和右腿。她平时用左手写字，右手弯着，只能做简单的动作，她右腿比左腿短，穿着有三寸厚底的特制皮鞋还要一拐一拐。她的父亲做过国民党军医。她的被抄没之后整理的日记里除了有"反对中央文革"的言论之外，使我记忆最深的是她被"揭发"的"阴暗心理"——她在日记中写道："社会主义与我有什么关系？我希望的是健康、是漂亮，我希望自己能穿高跟鞋……"按照当时的认识，这种想"漂亮"、想"高跟鞋"的思想，是违背了革命原则、见不得人的"阴暗心理"。

批斗会上，她面对同学站着，穿着一件不知从哪弄来的破蓝布衫，自动把腰弯成90度，两边有两个出身好的红卫兵（她的同学）反剪着她的手臂，按着她的脖子，但那可能也就是做个样子了，她已经快要站不住了……批判发言，喊口号"打倒反革命小丑某某""某某不投降就叫她灭亡",一直到会议结束,她都一直保持着"坐飞机"的姿势……重点发言是她的室友——一个出身城市贫民的女生,她大量地引用"国民党军医的女儿"日记里面的片段,然后进行讽刺挖苦和上纲上线,"资产阶级臭小姐"、"阴暗心理"、"不要脸"、"伪装进步"、"用粮票收买人心"、"小恩小惠"……那天我才发现,日记这样被人分析真是不幸,她也真不该经常把吃不了的粮票送给那位出身城市贫民、总是说自己"饭量大、不够吃"的室友,如今,这些都变成了"别有用心"的"收买"行为——那时候困难时期刚刚过去,粮票在黑市里还是挺值钱的东西呢……

四年级在斗争揪出来的一个男生时,发言中"揭发"了他的"无耻下流"和"狂妄",因为他在追求同年级一位女同学的时候,曾经以马克思和燕妮的爱情作比。这"揭发"的根据也是他的信件和日记。当时,参加会议的"革命群众"都把目光转向了人群中他追求过的那位女同学,她孤零零坐在阶梯教室的一个角落里,右手托着腮低垂着目光……她是个很出众的清雅的女孩子,系学生会的干部,为全系学生所熟悉,也为许多男生所瞩目。

后来,三年级的患小儿麻痹症的女学生和四年级当过学生会干部的女学生都自杀了,一个死在30楼401,一个死在校园西北角荒芜的红湖游泳池南岸,记忆中她们都是喝的来苏水……也许忍受人身污辱比扛着政治罪行还要难吧?我想。

清理完革命小丑,就轮到清理革命群众了。学校里的两派分别向工宣队上报对方成员的"反革命言行",这些材料多半也是来自武斗时抄剿的对方同学的日记和信件。无可争议的罪名第一类是"反对中央文革",其中以"反对革命样板戏"、"反对江青"的居多;第二类是"反对工宣队",在当时也属于"反革命言论";第三类是"资产阶级思想"之类,这类问题在大家心里就不算什么问题了,因为在"旧教育路线"教育下

么书仪（后右一）在新疆奇台解放军农场劳动锻炼，是毛泽东文艺宣传队一员。

的旧北大学生几乎概莫能免。

  记得两派大联合以后，工宣队让归还"革命群众"的日记信件；抄剿者既没有惭愧不安，被抄者也只能自认倒霉，因为从1966年"文革"开始以后，"破四旧"时对"地富反坏右"抄家，没收他们的财产，批判"资产阶级路线"时，学生们跑到"资产阶级反动学术权威"家中去查抄、没收自己老师们的手稿、信件、日记这些行为已经被舆论公认为是"革命造反"的"革命行动"，那么，当这些革命手段被"革命群众"互相使用时，当然也仍然不能否认它的"革命性"。

  根据信件和日记所整理的材料在当时属于最"过硬"的一种，这样的材料不用核实，不用取证，白纸黑字，不容抵赖，一经发现，罪名即可成立。批判的时候，只要在引用之后上纲上线，进行发挥和分析就行了……

  1970年春天，我所在的"接受再教育"的新疆奇台解放军农场传达上级指示：即将在"接受再教育"的学生中清理阶级队伍。我的第一个

2001年偶然发现的66年"文革""串联日记"的一页。

念头就是把两年前我所居住的北大30楼被另一派同学占领之前，侥幸没被抄剿的日记一共六本，交给了一个比我小十来岁的忘年交（她叫杨东远），托她给我烧了。她先是呆呆地看着我掉眼泪，后来就把这一大捆日记装进了军绿色的帆布挎包。后来她告诉我，她烧了，她没有看它们——她懂得尊重别人的秘密。

2001年年初我往蓝旗营搬家时，竟在废纸堆里清理出一本从1966年8月25日到12月21日的"串联日记"，扉页上写着毛主席语录："你们要关心国家大事，要把无产阶级文化大革命进行到底！"一页一页翻过去，有对外地"文化大革命"形势的分析、忧虑，有对自己"私字一闪念"的批判，有豪言壮语，有自我检查，完全是"雷锋日记"式的文字，私密的部分几乎没有……如果不是白纸黑字，我简直就不能相信这样的文字曾经是我的"日记"！

也许这就是它可以存留至今没有被我烧毁的原因吧？

"大 象"

  1971年的暑假,我到南昌鲤鱼洲——当时的北大"五七"干校,去探望已经从老师变成了"男朋友"的洪子诚。

  在南昌下了火车,辗转找到了北大干校驻南昌办事处,晚上躺在黑暗中,北方人的我第一次知道了想要在铺着一张凉席的硬板床上入睡有多难,大概那是需要"童子功"的。

  第二天中午过后,我才坐上了每天一次往返于鲤鱼洲和办事处之间的拖拉机,在一路颠簸中到了鲤鱼洲。

  中文系在北大的代号是07,在干校就是七连了,走近一个大草棚——那是七连的五七战士集体宿舍,草棚下面是许多挂着蚊帐的单人床,蚊帐杆上挂着五颜六色的雨衣,蚊帐上面还捆绑着各色塑料布,想来是挡雨的……色彩各异的雨衣、塑料布和塑料绳构造出一片凌乱,只有床下一双双摆放整齐的雨靴还昭示着主人们的良好生活习惯。

  我被安置在一间客房里等候洪子诚,正在拍蚊子的时候就听到外面有了"稍息"、"立正"的口令声,就知道一定是五七战士们收工了,我出门看了一眼已经解散了的队伍就又退回了屋子。令我惊讶的是:所有的我当年的老师们全都是光着膀子,光着脚,只穿着一条短裤(大多是杂线粗糙的再生布裤)和一双塑料凉鞋……洪子诚走进屋,也是这样的打扮……他要我出去和老师们见面,很平常地说:"没关系,都这样,南昌太热。"我只好走出屋,去和认识的老师打招呼。老师们可能也不习

"大象"

惯这样面对昔日的学生,和我说话的时候全都双手交叉抱在胸前,似乎是这样就可以遮挡住自己没穿衬衫的不雅,几句话过后就借故匆匆地消失了。

三年前"文革"时候的"黑帮、走资派、陆平的爪牙",六年前我上大一大二时的系主任向景洁,已经变成了"北大五七干校"七连的副连长(正连长是图书馆学系的书记阎光华)。看见他的时候,我的内心马上泛起了惶愧不安,我想起了在二院批斗他的时候,自己也是站在远处高呼过"打倒向景洁"的啊。可是向主任的表情却已恢复了"文革"前的开朗和儒雅,对我也比上学时候多了几分亲近。

当时,老师们叫他"大象(向)"——离开了学校,住在同一座草棚下,都光着膀子……老师们也变得无拘束起来,向主任因为身躯肥胖,变成了"大象";三位年纪比较大的女老师被合称为"蓬皮杜",其中就有彭兰先生和留办的老师杜荣,她是林焘先生的夫人;一位好口才喜辩难的老师被叫做"雄辩胜于事实"("事实胜于雄辩"是"文革"中的常用语),这外号因为太拗口不那么流行……阶级斗争相对松弛、以劳动为主的干校生活让老师们像是回到了学生时代。

9月1号晚上,在我打算回北京的时候,大向带领着金申熊先生、顾国瑞先生敲开了我的门,他们穿得衬衫长裤、衣冠楚楚,却都是一手拿着擦汗的毛巾,一手拿着蒲扇来找我谈话。三个人显然是经过准备的,谈话大意是:你和子诚相隔两地,此次回到新疆,再见面就要来年了,你们都到了婚嫁的年龄,子诚今年已经32岁,你也已经26,我们都是子诚多年的同事,都了解他的人品,子诚是个老实人,不会花言巧语,我们可以向你保证……那一场谈话使我至今记忆犹新,因为那促成了第二天我们的结婚——那时候"老实"和"努力"几乎是所有人的衡量尺度,而系主任和我的老师们的"保证"让我深信不疑……

139

1971年夏造访江西鲤鱼洲北大"五七干校"。后面是"五七战士"居住的大草棚。

第二天,大向给了洪子诚一天假,我们就从南昌领回了结婚证、买回了水果糖。

回到我的客房门口,看到门框上已经贴上了一副喜庆的对联,隔壁卫生室住着北大校医院的院长孙宗鲁,他掀开门帘笑着说:"大向命令我给你们写一副对联,我的毛笔字不好看,也不敢违抗他的命令,献丑!献丑!"这时候我才仔细地去看那副对联的字,中规中矩的字体并不输给中文系的教师,这位上海医学院的高材生显然是训练有素。

吃过了晚饭,大向就开始张罗我们的结婚仪式:先让我给工军宣队送去了水果糖,请他们过来参加,然后,中文系当时在鲤鱼洲的教师都集中到宿舍前的空地上,围坐成一圈。那天,老师们都穿上了背心或者圆领衫,正式的长裤或短裤,腰里扎着皮带,俨然又变回了原来的师长……

大向宣布为了庆祝婚礼,由大家表演节目,按照毕业年限以长幼为序,唱歌可、唱戏可、快板可、山东快书可、说笑话可……只记得最后一个节目是最年幼的70届毕业生马大京(他因为"文革"中有"反动言论"被推迟分配,跟随着老师到北大干校劳动锻炼)的小提琴独奏曲,似乎是"梁祝",而我表演了京剧样板戏《海港》清唱……

仪式很快就结束了,因为明天早上他们都要下地……

第二天我醒来的时候,洪子诚已经走了。我在屋子里听着七连副连长大向集合队伍上工的例行的一套:"立正!毛主席教导我们说:抓革命促生产促工作促战备。齐步走……"

花开花落、春去秋来……那个曾经是那么有能力、有魄力、有担待、有人情味的系主任,那个曾经给了我真实的、朋友式的劝告、促成了我们这段婚姻的系主任终于也走到了生命的尽头……

其实他的心是年轻的,与时俱进的性格让他的生活质量没有降低,记得前年(2006)的秋天,我还看见他驾驶着一个电动摩托在蓝旗营的院子里飞驰而过……

我也知道,他在七八十岁的时候接受了电脑,迷上了上网,他写信、传送图文,他有同学网友,互相鼓励着度过退休之后疾病来临生命却还没有离去的日子……

2007年6月10日(星期日),他的一则短文留在电脑里:

我亲爱的亲人们,朋友们和同学们:

 我多年重病在身,最近又甚感身体不适,为此,我想对我的后事表明我的意见。

 1. 后事绝对从简:除教务部领导和我的亲人外,不通知任何人,也绝对不搞任何祭奠形式,不写悼词。

 2. 不保留骨灰,全由我的家人处理。

3. 待一切后事处理完毕后，再通知我多年的朋友、同事和同学们。

请务必尊重我的意见，不要改动。

赤条条来，静悄悄去，不落葬，不立碑，一缕青烟化尽尘世烦恼，灰扬四方了却一世人生喜和忧。

莫悲伤，不需悲伤：我只不过去了人生旅途必然要到达的地方。

解脱，真正的解脱：没有了病痛，没有了日夜的揪心和操劳。我们彼此如释重负！这岂不是真正的解脱？

相会，再相会：我们定然能在人生最后的驿站重逢，到那时让我们再叙亲情。

别了，我亲爱的亲人们，朋友们和同学们！

……

这应该是他和人世的告别。

也应该是个遗嘱。

也许在这个时候，他已经了无生趣，不再留恋人世人生？他的灵魂已经飘然而去了？

然而，他是在9个月之后的2008年3月9日去世的——也许这9个月并不是他的选择。

在他的身后，讣告、治丧小组、告别仪式、悼词、花圈……一切都是遵从着他这样级别的革命干部的丧葬规格进行——那也并不是他的选择……

——其实人可以选择的东西真的是很少很少。

结婚证的麻烦

1971年的9月2日清晨,我和洪子诚带着两人的单位介绍信,坐在北大干校的拖拉机运货的拖斗里,从鲤鱼洲出发到南昌城里去登记结婚、领结婚证。按照当时的规定,这结婚证应该由北大干校驻南昌的办事处所在地所属的街道办事处办理发放。

从北大干校驻南昌的办事处开始,经过了很多次的询问打听,才在一个曲里拐弯的巷子里找到了所属的街道办事处。办事处的负责人是个话不多的老头,他拿过介绍信进了屋,我们就在院子里的树阴下候着,等候良久,老头才从屋子里走出来,递给我们一式两份填写完毕还墨迹未干的卡片:大红色、对折、大约20公分长15公分宽、表面印着结婚证三个字,字的下面有一小撮红花绿叶的牡丹图案,打开以后里面有一段毛主席语录,下面写着我们的名字和登记结婚的年月日。

领完了结婚证,就到南昌的街上去寻找水果糖,准备晚上结婚时招待中文系洪子诚的同事用。记忆中的南昌城热得像火炉,卖水果糖的地方也不好找,满大街上的行人都集中在卖冰镇红豆汤的地方,那是南昌城里唯一的降温饮品,一毛钱一杯,我一路上总想喝冰镇红豆汤不想吃饭。等到买完了水果糖吃了一碗面条,洪子诚告诉我,拖拉机每天有固定的时间往返,而当时已经超过了拖拉机的开车钟点,我们得自己想办法回去了。

坐了一段公共汽车到了天子庙,洪子诚把糖装在两个挎包里搭在肩上,给我买了一顶草帽,他自己没买,他说他们天天下田干活,习惯了头顶烈日,我们一路无言地走了十几里路,才到了鲤鱼洲……当晚,我们就算是结了婚。

寒来暑往二十年之后的 1992 年 10 月,洪子诚由教委公派出国到东京大学教养学部任教两年,他走后我就可以办理"家属随行"。

按照规定的第一步是拿着结婚证、户口本去海淀的公证处作公证,证明我和洪子诚是"夫妻关系"。那一天,公证处的一个小伙子和我的对话让我至今记忆忧新:

"办不了,你的结婚证上没有盖戳子。"

"什么戳子?"

"办结婚证单位的公章。"

"从来没有人告诉我们结婚证上应该盖公章啊!"

"没有公章的《结婚证》无效,办不了公证。"

"可是我们已经结婚二十多年了,你看户口本……"

"那也不成。"

"那怎么办啊?"

"到发证单位去加盖公章……"

"就是说这个结婚证不合法?"

"对!从法律上说你们是'非法同居'……"

我心怀诧异、心乱如麻地回到家里,倒不是为了"非法同居",而是因为办不了公证就不能办护照和签证,没有护照就不能去日本。当时,洪子诚在东京,身体十分不好,需要有人照顾,况且,当时出国也还是被视为难得的机会。

于是,我开始为了结婚证"没戳子"东奔西跑。所有的地方都告诉我,丢失了结婚证就要办"夫妻关系证明书"(我的结婚证没戳子就等同于丢失了结婚证），而这个"夫妻关系证明书"只能在你原来办结婚证的地方办理，就和那位公证员让我"到发证单位去加盖公章"是一样的意思……

北京的街道不管，让去南昌！可是，经过了二十年的物是人非，到哪里去找那个早已忘记了地点的街道办事处的老头啊？还有人会为这件事负责吗？在撞了无数的钉子之后，一个在海淀街道办事处工作的好心的熟人帮助了我：她从专管办理结婚事宜的同事那里"偷"出两本盖了钢印的"夫妻关系证明书"，给我填写了："根据婚姻登记档案记载，么书仪和洪子诚已于1971年9月2日在海淀区海淀街道办事处依法登记结婚（结婚证京海字第32号）。因原《结婚证》丢失，特出具此证。本证明书与原《结婚证》具有同等法律效力。"

然后，我就一路顺风地办理了"夫妻关系公证书"、护照、签证……然后背着20剂中药到日本，到横滨的唐人街找到了砂锅（为了给洪子诚熬中药），帮助夫君度过了两年开源节流的日子……

这件事的前前后后，留在我的记忆中涂抹不掉，总是觉得滑稽异常。

在指定的地方领了合理合法的结婚证，在单位领导的主持下举行了仪式，一切都是在秩序的规定之中。可二十年后，我们从法律上变成了"非法同居"，一个偷来的"夫妻关系证明书"，伪造了"婚姻登记档案记载"，才使我们的婚姻重新成为合理合法……这一切都让我心中生出的荒谬感觉挥之不去。

不过，现代人就是这样，他们的"自我"是不真实的，只能由文件、符号、卡片、档案来证明自己的身份和存在。

家住未名湖

我们在北大的宿舍，第三处就是未名湖边的健斋。

从 1972 年起始，结婚之后最初的日子是在 19 楼 304 度过的，当时，19 楼是中文系教员的集体宿舍，两地生活的时候，探亲、女儿出生，都是发生在 19 楼。

19 楼是筒子楼，从刚刚留校的年轻教师，直到两地问题尚未解决的单身教员都住在一起。资格最老的比如：古代汉语教研室的吉常宏家在山东，大家已经习惯了他一年一度的探亲生涯，他是年龄最大的"牛郎"。已到中年的如：研究楚辞的金申熊（金开诚）和教写作课的胡双宝同住一室，他们有共同的爱好——京剧，偶尔到他们的屋子里去，还看到过胡双宝先生收藏的戏票和节目单。金申熊先生的妻女都在江南，也是长期的分居两地。同样有京剧爱好的还有裘锡圭先生，休息的时候，常常从他的屋子里传出字正腔圆的老生唱腔，裘锡圭先生的母亲是上海人，老太太一副名门闺秀的模样，在楼道里遇到我，说的悄悄话经常是："小么，给我们锡圭介绍一个女朋友吧，我真发愁，唉……"看到我们家的饭菜简陋，老太太有时候还会送过来一小碟精美可口的小菜。

当时，盛年而尚未婚配的男子，还不叫做"单身贵族"，那好像是一种人生的欠缺，大家都觉得要给他们帮帮忙。同样盛年而且未婚，或者结婚了却分居两地住在 19 楼的，还有倪其心、赵祖谟、侯学超、刘烜、王福堂、徐通锵……

听说，倪其心先生的女朋友在上海，婚嫁的事情尚在两可，倪其心1957年被划为"右派"，那时候许多"右派"虽然已经"摘帽"，但是"改正"却是若干年以后才有的事情。戴上"右派"的帽子之后，女友离他而去，经过了很多年，在伤疤逐渐愈合之后，他才开始新的恋爱。他抽烟、熬夜、拉二胡，《江河水》的幽咽声，有时会从他的门缝里挤出来，在19楼的楼道里飘荡着没有着落……大家都习惯了他的二胡兴起而始兴尽而终，曲子几乎没有一支拉得完整。常见他在海淀镇上老虎洞的小酒馆里独自一人喝酒，二两老白干，一碟花生豆，消磨大半天。我读中文系时学生们人手一册的《先秦文学史参考资料》、《两汉文学史参考资料》、《魏晋南北朝文学史参考资料》主要的资料收集和注释，很多都是他在做"右派"时候的"笨工夫"，这三部书贻泽后学至今无可代替，今后大概也不会再有人做这样的"傻事"了。

侯学超先生教现代汉语，擅长语法研究，他生性开朗，一米八的个子，50年代他做学生的时候，曾经是校田径队的骨干，创造了男子400米的学校新纪录，他的纪录保持了二十多年，直到80年代初才被打破。

那时候，教古典文学的周强先生结婚的故事还很具有传奇的味道。据说：某一天晚上，大家正各自在房间里看书备课，周强先生忽然在楼道里大声宣布："我今天结婚，大家快来吃西瓜！"19楼安静的楼道，马上乱作一团，大家纷纷从自己的屋子里跑出来，涌进302周强先生的屋子，看到"新娘子"白舒荣先生笑眯眯地站在满是切开的西瓜的屋子里……

大概是1974年，我已经调到北大附中教语文。记得那个星期六是一个美术展览的最后一天，我上完两节课骑上自行车出发，想要进城去美术馆看美展。那时候，从中关村到白石桥这条路分为两段，北边一段叫海淀路，人民大学南边一段叫白石桥路，而且，快行道在西边，走汽车，慢行道在东边，走自行车和行人，土路上自行车和人都很少。骑到魏公村附近，后边追上来一个小伙子，先是在我的左边与我并排前进，车把挨得很近，后来看看四下无人，忽然右手搂住了我的脖子，只用左手扶着车把继续骑车前行，受到了突然的袭击、没有任何杂技技术训练的我，一下子车把失控，连车带人一起跌进了路边的沟里……爬起来之后，头上起了一个血包，自行车前辊辘变型，那个小子已经自如地骑出了一百多米，还在回头看，周围一个人也没有……我定定神爬起来，把自行车半推半扛送到了马路对面魏公村的一个修车铺，然后，坐汽车回到了19楼，走到家门口才发现，我的一串钥匙，包括门钥匙，全都留在了魏公村的修车铺，当时便一屁股坐在楼梯上大哭起来……似乎当时出来好多人，似乎当时我断断续续说了事情的始末，似乎我说是我进不去家，因为钥匙还在魏公村修车铺。记得清楚的是：后来我坐在倪其心先生屋子里喝水，王春茂先生去魏公村修车铺去取我的门钥匙，忘记了当时洪子诚去了哪里。

在19楼的日子，多半是吃食堂，也买了一个烧蜂窝煤的炉子放在门口。那是一个直径也就25厘米左右，身高顶多40厘米的秀气的小炉子，热饭、炒菜，乃至于我坐月子的时候煮汤、烤尿布都是靠着它。记得每天晚上封火的时候，洪子诚都是蹲在炉子跟前，低下头把眼睛凑近炉子下面的炉门，插上那个做炉门的小铁片，让进风口只有半公分宽的一条小缝，这样可以让一块蜂窝煤正好烧一夜……他后来细心而且经验老到，竟然达到每天用3块蜂窝煤就可以支撑着这个炉子经久不"熄"。

记忆中19楼的生活安宁而平静，平时楼道里几乎听不到什么声响，没有事情也很少互相串门、闲话，如果发生了什么事情，大家都会出力帮忙。唯独到了有运动会或者球赛的时候，放着一台14寸（?）黑白电视机的公用房间就会热闹起来，总有十几乃至二十个左右的教师聚集一室,兴奋地看球、热烈地议论、大声地欢呼,直至深夜赛事结束才会各自散去。

听洪子诚说,19楼不看电视的先生,一个是研究汉语方言的王福堂,一个是裘锡圭——怪不得他们的学问做得那么好。但是也有例外的时候,"文革"时,电视台罕见地转播英国BBC乐团在北京民族宫礼堂的演出,王福堂先生站在最后,一直看到转播结束,当时的曲目有贝多芬的小提琴协奏曲。

70年代之初大学开始复课,按照《全国教育工作会议纪要》的精神招收工农兵学员,学员们身负着"上、管、改"的重任,一边上大学,一边批判旧的教育制度,用毛泽东思想改造大学"占领上层建筑"。当时的"方向"是"开门办学"(学工、学农、学军),中文系派了一批年轻而且出身过硬的教师(主要是69、70届由"工军宣队"掌权留校的中文系毕业生)出任班主任。"开门办学"的时候班主任就是独当一面的全权统帅了,他们从上课学习、政治活动一直管到吃饭、睡觉、矛盾纠纷。班主任之外,还会配备几名不那么"过硬"的教师,给学员讲课和辅导,洪子诚就是这样的角色。董学文、方锡德、胡敬署他们都做过班主任,当然也都是洪子诚的"领导"。洪子诚参加开门办学去过的地方很多:去河北保定63军"学军",去东方红炼油厂"学工",1975年去门头沟煤矿和1976年地震之后去唐山给我的记忆至深,因为这两个地方他去的时间最长,也最让我担心。

1974年或者1975年,我从隆化县存瑞中学调入北大附中,女儿洪越方才两岁。洪子诚开门办学的时候,我最苦恼的是孩子。白天上班时,孩了送到在校医院北边一个四合院里的北大幼儿园,晚上下班之后,接回孩子开始做饭、吃饭、备课、判作业,她在床上玩,她被训练得在大人做事的时候不哭、不闹也不说话。等到应该睡觉的时候,却常常发

在北大附中教书的时候。

现她两腮紫红,惊惶之中一试表,常常已经是摄氏42度开外。我每次都是跑去敲倪其心先生的门,倪先生二话不说,马上就跑过来扛起孩子,我们一前一后一路小跑直奔校医院,女儿在倪先生的肩膀上开始大声哭着叫喊:"我不要倪叔叔,我要妈妈……"倪先生一边跑一边喘着气教育洪越:"妈妈抱不动,咱们得赶快去医院,你在发烧……"到了医院照例是注射四环素,带回一包抗生素,第二天一早,只能又把孩子送到了幼儿园,我还得去上课呢。

记得倪其心先生曾经去找过中文系的领导,对他们说:"你们总把洪子诚派出去,小么的日子怎么过啊?"

大概是1975(或者1976)年,我们结束了筒子楼的生活。从19楼搬出来,房产科分配给我们的第一个"家"就在中关村科学院25楼的一层(中关村科学院的宿舍楼群中,有几幢属于北大),那是一间有16平方米的屋子,与另一家合用窄小的厨房和厕所。25楼的屋子临街(就是现在的北四环),窗外汽车不断(特别是到五道口火车站运货的载重卡车),直至深夜我们两个人都经常是静静地听着小汽车、卡车、公共汽车由远而近,然后由近而远,窗玻璃和挨着铁床的暖气片随着汽车的轰鸣而颤动……汽车掠过窗前的时候,可以看到墙上的钟:一点、两点、三点……终日为了睡不好觉而苦恼,我们想了又想,觉得还是得住到校园里比较安静。

调换房子的事,学校的房产科不管,但是你可以自己寻找调房的对象。我开始到条件不如科学院 25 楼的集体宿舍去贴条,洪子诚虽然觉得这种做法不高级不规范,可是他也没有什么好办法。两个月下来没有结果,最后还是多亏了我的北大附中同事杨贺松的介绍,我们才与人调换了房子,住到了未名湖边,这次我们又搬回了筒子楼,12 平方米,地点在未名湖北岸的健斋 304 号。

健斋的住房都是在阳面,阴面的楼道算是大家的厨房,房间不大,可是有一面墙的木格玻璃窗,推开窗户就是未名湖,湖边小路上种了银杏树,湖心岛和石舫,对岸的花神庙和水塔(那时候还没有"博雅塔"

1978 年冬日,和女儿在健斋前面。

这个雅号）尽收眼底，就像是住进了一个公园里，晚上常常是在蛙鸣和蝉鸣声中进入梦乡……不知不觉中，我们在这里住了六年……

记得从科学院25楼往健斋搬家是借了两辆平板三轮车，董学文先生和洪子诚每人蹬着一辆，就拉完了我们的全部家当：学校卖给的一个书架和一个两屉桌，自己买的一个铁架双人床，一个折叠圆桌，两把折叠椅，一个铺盖卷，一个我的纸衣箱，一个洪子诚从老家带到北大的旧皮箱，几捆书，两辆自行车。

健斋的居民多半是年轻教师的一家人——夫妇二人加上一个孩子，也有年龄较大、资历较深的单身老教员，或者家在城里、距离北大路途遥远的老教员，平时住在健斋，星期日才回家。记得曾经为邻的二楼、三楼居民有过：体育教研室的书记李怀玉、体育教员侯文达、法律系教员肖蔚云、政治系教员潘国华、黄宗良、方连庆、肖超然、图书馆副馆长（不记得他的名字）、哲学系教员陈启伟、物理系教员杨老师、历史系教员王永兴、东语系教员赵玉兰、图书馆学系教员关懿娴、地球物理系教员王树仁、西语系教员余芷倩……

其中比较特别的人有：资深教员关懿娴，她没有结过婚，当孩子们第一次叫她"关奶奶"的时候，她总是纠正他们，让他们叫她"关大姨"。图书馆副馆长是一个和气的老头，不做饭吃食堂。杨老师已经是副教授，他是老单身，不爱说话，1972年的时候从鲤鱼洲回校以后，曾经和洪子诚一起烧过一个冬天的锅炉，他在健斋时，娶了一个带着孩子的老伴；王永兴老师年事已高、平易近人，孩子们叫他"王爷爷"，后来过了很久才知道他是陈寅恪的学生、中国古代史学家。住在隔壁的肖蔚云应该是家在城里，常常只是中午在这里休息，他走路目不斜视从不跟周围的人打招呼，八九十年代才知道他是法律系的名教授，香港、澳门特区基本法的主要起草人之一。政治系的方连庆先生有一阵很相信"特异功能"，有一次很认真地把健斋的孩子们招集到他家,测验"耳朵听字",好像是没有什么结果,可他仍然是坚信不疑。

健斋的南边紧挨着体斋(那是一座四方形的大屋顶两层小楼),西边是德斋、才斋、均斋、备斋,北边隔着一条小马路,与全斋相望。这些楼取"德才均备体健全"的意思,多半是老燕京的学生宿舍。

那时候,大家对于居住在狭窄而且拥挤的筒子楼里都很习惯。平时,楼道里很安静,少有人聊天和串门,到了做饭的时候,楼道里就会热闹起来:炒菜声、聊天声、孩子跑来跑去的欢呼声响成一片……那时候,大家吃饭都比较简单,可以到镜春园开水房去打开水,主食馒头、花卷、肉卷都是从均斋那边的食堂买,花两毛钱买二两肉末,炒个菜、做个汤,就可以开饭;或者肉末炸酱,煮面条喝面汤,都是大家共同的日常饭谱;来了客人,也就是炸个花生米、剥两个松花蛋,到海淀镇上买点熟肉就算是够"隆重"的了,所以,差不多半个小时以后,楼道就又恢复了安静。

西边平房的小店(就在现在的"赛克勒博物馆"东边)卖猪肉、肉末、鸡蛋、酱油、醋、青菜什么的,那位张经理有时候还会想出办法促销那些鸭蛋。有一次,商店的门上贴了通知,说是"加工松花蛋":他和了一桶黄泥,里面不知道放了什么化学原料,你买他们的鸭蛋,然后付一点手工费,他就给你一个个包上黄泥,说是两个星期以后就可以做成松花蛋。买菜的人都很高兴,我也兴冲冲地加工了一大袋,回到家里,买了一个瓦罐,把包了泥的鸭蛋封在里面。两个星期以后打开一看,我们真的看见那些鸭蛋变成了松花蛋,鸭蛋蛋清已经变成了透明的棕黑色,里面还镶着像是柏树树叶一样的花纹。记不清是当时购买松花蛋不是很容易?还是松花蛋的价钱比较贵?要不然为什么这件事会深深地留在我的记忆中呢?现在想起来好生后怕:那位张经理的黄泥里面,会不会是放了"工业原料"呢?那时候没有人这样考虑问题。

健斋的扶梯上，和女儿。

　　健斋的水房和厕所都是公用的，二楼西头靠北是公用的自来水水房，水管下面有一个巨大的、像是一个半截水缸大小的水池子，座在水泥台子中间，可以保证洗菜、洗衣的时候，脏水都不会泼了一地；二楼的西头靠南是公用的男厕所，东头是女厕所。用不着号召和提醒大家注意公共卫生，没有人胡作非为；每家打扫卫生一个星期，大家轮流值日，也没有人偷懒和马虎。那厕所设计得很人性、很卫生，一边是两扇大窗户，一边是门，门边就是通往楼外的楼梯，而楼梯的门是开着的，就是住在厕所旁边的人家都不会感觉异味难闻。

　　当然，不愉快的事情也偶有发生：有一次，轮到我值日，晚上，我正在厕所里打扫卫生的时候，发现二楼一位姓余的老师，是用脚来拧冲水的螺旋开关，那开关就在身边，大家都是起身之前用手拧开开关，冲完水之后再起身离去,当时,我对年长的她说:"别人都是用手,您用脚,不是把开关踩脏了吗?"她用上海腔不屑地说:"大家都学会用脚,不是很好吗?"我被噎得无话可说,只好告诉我的相知的邻居们:以后不要用手去拧厕所的开关了,太脏了,大家都用脚吧!她还真是让大家学会了一手。

那时候,中文系的陈贻焮先生和校医院的妇产科李庆粤大夫住在全斋西边的镜春园82号(这个号码是我最近去确认的),那是一个小的简化四合院。一个院子北房、西房和东房住着3家,他家住东房,西房和北房都住着后勤的师傅。记得西房的师傅姓"来",女儿叫"来仪",那是陈贻焮先生给取的名字,"有凤来仪",很是清雅。这西晒的位置,是院子里最不好的一面,可是,陈先生和李大夫很有办法,也很有情调,他们的孩子从校园里挖来竹根,种到北窗前,西窗下种着竹竿搭架的爬

陈贻焮、李庆粤先生贺1980年新春赠送的相片。

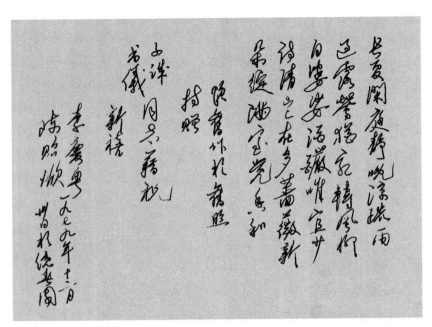

照片后面陈先生题诗云：长夏闲庭静，晚凉疏雨过，露莺犹乱转，风柳自婆娑。酒酽唯宜少，诗清岂在多，蔷薇新朵绽，满室觉香和。

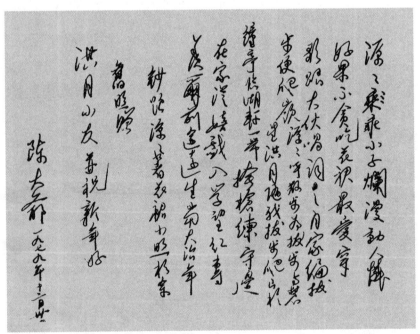

童心童趣的陈贻焮先生送给女儿"洪月（越）小友"的贺年照片。后面题有旧作：源源乖小子，烂漫动人怜，好果不贪吃，花裙最爱穿。歌跟大伙唱，词是自家编。拔步便爬岭，挎枪练守边。在家从嬉戏，入学望红专，美尔前途远，生当大治年。（"源源"是陈先生邻居小孩。）

藤植物，是不是藤萝我记不清了，只记得那西晒的屋子，即便是夏天的下午，也是门窗外竹影摇曳，屋子里绿影婆娑。统共三间房，住着四口人，陈先生夫妇住在北边一间，小宝和小妹住在南边一间，中间居然还留出一间小客厅。

那时候，电视机还是稀罕物，而陈贻焮先生家里就有一个9寸黑白电视机，有时候，我们一家三口，吃过晚饭到陈先生家去看电视，他们总是热情欢迎，在小小的，也就是不到10平方米大小的做"客厅"的房间里，我们三个人坐了最好的位置，女儿坐在中间的一把椅子上专心致志……不过，我们不是经常去，因为觉得太搅扰他们的生活。

陈先生和李大夫喜欢我们的女儿洪越，记得有一次陈先生和李大夫把洪越带出去玩，回来的时候，女儿的脸上戴着一个孙悟空的面具，手提金箍棒，很是神气。陈先生告状说："已经买了猪八戒，半路上又反悔，只好回去换孙悟空。"李大夫笑得弯了腰，说是："路上让我们两个人排队，她在旁边当队长，喊着一二一，总是批评我们走得不整齐。"看起来洪越和他们在一起的时候，比在我们面前"狂"多了。

陈先生每天晚上吃过晚饭，就会到湖边散步，经常在楼下大叫："洪子诚下来！"不愿下楼的洪子诚，也只好下去聊一会了，两个人坐在湖边柳荫下的石头上东拉西扯。

未名湖的冬天最好，湖面上结了冰，大学生们在冰上上体育课学习滑冰，放了学的孩子们在周围划着小冰车。我和别人一样，也找了一块木板，也就是50厘米长，30厘米宽，下面钉上三角铁，一个冰车就完成了。再用两个小的柱形木桩和两支一头是尖形的铁棍做成撑子，孩子跪在冰车上，用两个撑子向后划冰，冰车就会飞快地向前跑。孩子们都划得很好，在滑冰的大人之间窜来窜去，两只手用力稍有不同，冰车就可以灵活地拐弯。滑冰车是洪越和健斋的孩子们冬天最迷恋的活动，天天弄得

那时冬天未名湖上孩子常玩的自制冰车。

傍晚不想回家吃饭,最后经常是大人提着冰车,后面跟着撅着嘴的孩子上楼回家吃饭。

那时候,猪八戒、孙悟空的面具、划冰车、跳皮筋都是让孩子们开心的日常游戏。那时候,每个星期我给女儿一毛钱零花,奶油冰棍五分钱一根、红果冰棍三分钱一根、大米花五分钱一包、玉米花三分钱一包、水果糖一分钱一块……一毛钱分成六天花,还得省着点,我看见过女儿放学之后,在北大东门对面的小店里,脑门紧贴着商店的玻璃柜台,大概是还没想好买什么……

想起来世事的变化真也是不可思议,那时候我们两个人的工资是110元(当时的工资是:大学教师56元、中学教师54元),我们俩每人每月都给家里10元,储蓄5元,剩下的85元是三个人的生活费。当时的孩子们没有游戏机、电脑、激光手枪……可是,他们的健康和快乐也不比现在的孩子们少,可见,"幸福感"与钱的多少,并不是恰成正比。

记得是1976或者1977年,"四人帮"打倒不久,也许是生存环境开

未名湖北岸的健斋。

始比较宽松起来，民间兴起自己打家具的热潮，打沙发、打写字台、打小柜。父亲送给我们一副木料，请人打成了一头沉的写字台，手工十块钱，洪子诚从中文系借了平板三轮车，从交道口拉回健斋。这个写字台用了20年，一直到1996年方才淘汰。

当时北京很少家具店，购买大立柜、圆桌都是凭票的，要在单位轮到领取"大立柜票""圆桌票"才能够凭票购买。有木工手艺的方锡德就和洪子诚商量着搭伙做家具，好像是方锡德家要打沙发，而我们家想有一个可以装锅碗瓢勺的小柜子。

方锡德爱好木工：他那里锤、刨、斧、锯一应俱全。方锡德也很内秀：算得尺寸、出得样子、刨得平、锯得直，干什么像什么。洪子诚一脸真诚、信誓旦旦，决心当好下手和小工，两个人很快就在方锡德当时居住的燕东园平房开工了，他们一到星期六、星期日就聚在一起……

有一天，我有事骑车经过燕东园，就想去看看小柜子做得怎么样了。

老远就听到方锡德愤怒的声音，似乎是在发火，我紧蹬几下就到了方锡德的家，方锡德果然是在发火，发火的对象就是洪子诚。方锡德大吼着："你有没有脑子啊？这种胶现在没地方买，现在怎么办？"洪子诚一声不吭，手里端着一个搪瓷盆……方锡德看到我，立即停了嘴，洪子诚也说是要去买胶，走了。我问："是怎么回事？"方锡德笑笑说："没事，小柜子快要完工了，等粘好了，刷上漆就行了。"我看到小柜子的柜门、柜面已经粘好，很漂亮，后壁、隔板，还摆成一堆一堆，也已经刮得平整、洁净……

回到家里，我才弄清楚了事情的原委：那天方锡德说是要粘接木板，事先就让洪子诚从家里带一个装胶的盆去，洪子诚觉得反正装完胶就扔了，就把家里一个破了一个小洞的搪瓷盆拿去装胶，算是废物利用，临走还把小洞贴上了一块橡皮膏。方锡德化了胶，就倒在搪瓷盆里，为了不让胶凝结，方锡德就烧了一桶开水，把装了胶的搪瓷盆"坐在"开水桶里，并没有看到橡皮膏。木板粘到一半，方锡德发现胶没了，心中疑惑，提起搪瓷盆才发现了那个小洞，搪瓷盆里面的胶已经顺着那个小洞，全都滑到水桶里去了，水桶里还漂着一截橡皮膏，于是就发起火来……的确，洪子诚平时一副"不食人间烟火"的样子，也难怪方锡德骂他"没有脑子"。

多年来，我已经看惯了学生辈的方锡德对老师辈的洪子诚没大没小、口无遮拦。究竟是因为"开门办学"时代他总是洪子诚的"领导"？还是因为"打家具"的时候他是"大工"，洪子诚是"小工"？是因为他的性格就是这样？还是因为这是一种亲密无间的特殊表达方式？不知道！只是他们的"交情"清淡而且长远：平时很少往来，说话却可以"不隔心"，方锡德生活能力极强，说话具有可操作性，有什么事和他商量，总能想出办法。现在，那个当年仪表堂堂、身体健康的小伙子，已经是血管里放了"支架"、床边放着"氧气瓶"的"危险人物"了，可是"带博士"、"做学问"的方式依旧不允许马虎从事,人的本性真是很难改的。

那个小柜子打好以后,刷上了清漆,立在健斋公共楼道的304门前:小柜子上面放着菜板,里面装着碗、筷、锅、铲和粮食,受到邻居们的夸奖和羡慕。这个小柜子跟随了我们20年,直到1996年我们迁往燕北园为止。

而今,健斋已经油漆粉刷一新,四个门都上了锁。楼前面有石碑,上面写着:

大卫·帕卡德国际访问学者公寓

　　值此北京大学百年华诞,大卫及鲁西尔·帕卡德基金会董事会仅表祝贺。

　　为彪炳北京大学巨大发展中这一重要里程碑,并表达大卫·帕卡德先生对北京大学的景仰之心,基金会捐资修缮体斋、健斋,大卫·帕卡德国际访问学者公寓乃成,谨志之。

1998年5月4日

1981年,洪子诚第一次有资格参加分配单元房。我们都很兴奋。先是在房产科门口贴出参加分配的人名单,按照资历先后排好队(资历相同的按照年龄大小排列),再贴出参加分配的房子,然后按照排队的顺序挑选房子。洪子诚因为上学早,所以在同样资历的教员之中年龄最小,轮到他的时候,我们已经没有什么可以选择的了,我们得到了蔚秀园27楼五层313号,那是两间向阳的眼镜房,没有对流,尽管如此,我们还是非常高兴。

那一年,洪子诚得了肝炎,我的研究生学业将要毕业,洪越正在北大附小上三年级。

蔚秀园的房子是住了多年的旧房,那时候也没有什么装修队,房产科发给我们的装修材料是一大块大白粉和一小包土豆粉,好让我们把墙壁刷白。

正在北大分校读书的三妹帮助我,先是用铲子铲除厨房地面的油垢,再是用菜刀铲除房顶和墙面的旧墙皮,然后从学校的木工厂拉回来两麻袋锯末,铺在水泥地上(那是为了防止刷墙的白浆粘在水泥地上不好收拾),我们预备了两个大澡盆,买了几把排笔一样的刷子,还在屋子里搭上了一个脚手架,请来了赵祖谟先生、我的同学王永宽、北师大的杨聚臣先生,大家都戴着纸叠的船形帽子,在屋子里干了一天,浑身都挂满了大白粉,然后他们就各自回家去吃饭了……

这一幕让我记忆至深,可能不仅仅是因为实际上身为总管却粉刷外行的赵祖谟先生,把土豆粉熬成了一锅"疙瘩汤"(那土豆粉原本是充当黏合剂的,应该煮成稀稀的像是胶水一样的稀汤,搅在稀释了的大白粉里),也不仅仅是因为那大白粉刷到墙上总是挂不住,最后还是心细而且内秀的王永宽想出了一个先刷一层大白粉,然后再刷一层乳胶的办法,那大白粉才算是挂住了……而是因为在那个时代人与人的单纯而且真诚的关系,那关系由于并不与"金钱"和"利害"太多挂钩而使人长久地怀念。

《晚清戏曲的变革》后序

从1981年开始,算到五个月以后的2006年1月(那是我"退休"的日子),我在中国社会科学院文学研究所古代室的研究生涯就已经有了25年的历史。

25年来,几乎每年都会有人"退休",可是,直到今年,我才理解到:"退休"这个词,对于别人来说,是一个丝毫没有可能引起任何感觉的"自然规律"。可是对于作为"当事人的我"来说,它所包含的内容就不仅仅如此,它还会意味着:退下来休息,领取退休金,生命已经进入"余年",我的大半生从事的所谓"事业",已经可以是到了一个"终结"。我必须很努力地调整自己,才能把这件事处理得不那么"在意"、不那么弄得带有悲伤的色彩,才可以尽力使自己把它想成是一个"自然规律"。

20世纪80年代,是一个充满"希望"和"憧憬"的时期。学术界之中,传统的学术规范和严谨的学术成就占据主流,并且受到尊重;受到中规中矩的学术训练,崇尚严格的学术修养的年轻接班人,开始进入大学和研究院。我们就是在这样的时候进入了文学所。

那时候,头上有着光环的前驱:钱锺书、吴世昌、蒋和森、吴晓铃、胡念贻、范宁、曹道衡、沈玉成还都健在,他们曾经都是我们的同事和榜样,今天就应当说是"偶像"了。

进所不久,我和一部分同学就被告知两件大事:一件是参加撰写《大百科全书》"中国文学卷";一件是参加撰写《中国文学通史》"元代卷"。

我们的"参加",其实具体任务主要是"接受训练"和"协助工作"。我们参加所有的讨论,因此也逐渐明白了在文学史和大百科的写作中,它的"程序"、"方式"、"取舍"和"协调"原则。我们也承担了所有的"后勤"和"打杂",诸如:借书还书、修改稿件、抄录誊写、联络通勤……

1986年,《大百科全书》"中国文学卷"上、下册出版,我撰写了"元代词""《元曲选》""沈璟""临川派"之类的23个条目,那多半是"小条目",或者是很难派出的条目。我们的名字都排在"中国大百科全书·中国文学卷,各分支编写组成员"的最后面。

1987年,《中国文学通史》"元代卷"完成,1991年出版。我撰写了"关汉卿"、"王实甫"、"白朴"、"元代前期其他杂剧作家(一)、(二)"和"无名氏杂剧"六章,算是进入了主要章节的写作。

在很长的时间里,我都从来没有对于能够参加这样的"大项目"的荣幸发生过怀疑。可是,当我的同学有著作开始出版的时候,我才有一种恍然大悟的感觉。我开始计算出:这两件大事整整花了我7年的时间,从36岁到43岁,我已经不再年轻。翻检7年的所得,除去上述的两件大事之外,还曾经与师姐吕薇芬一起完成过《古本戏曲丛刊第五集》,那是一件增长见识的事情,此外,就是共计发表了大大小小的论文21篇,大约二十万字,它们是:

元杂剧中的神仙道化戏	(《文学遗产》1980)
山川满目泪沾衣	(《戏曲研究》6辑,1982)
《白朴年谱》补正	(《文史》17辑,1983)
谈元杂剧的大团圆结局	(《文学遗产》1983)
谈红娘形象的复杂性	(《戏曲艺术》1983)
关汉卿	(《百代英杰》北京出版社,1984)

元剧四题	（《戏曲艺术》1984）
明人批评《两厢记》述评	（《中国古典文学论丛》1辑，人民文学出版社，1984）
元词试论	（《天津社会科学》1985）
白朴的词	（《中国文学史研究集》上海古籍出版社，1985）
关于传奇八种	（《文学遗产》1985）
《全金元词》中一些问题的商榷	（《古籍整理与研究》1986）
也谈《墙头马上》中的李千金形象	（《古典文学知识》1986）
《录鬼簿》中贾仲明吊词三释	（《中华文史论丛》1986）
关于《析津志》和其中关一斋小传的作者	（《文史》27辑，1986）
元代曲家胜谈	（《戏曲研究》18辑，1986）
关汉卿思想和创作的二重性	（《中国古典文学论丛》4辑，人民文学出版社，1986）
曲海探珠	（《中国古代戏曲论集》中国展望出版社，1986）
纪君祥的《赵氏孤儿》	（与人合作）（《中华戏曲》2辑，1986）
从元代的吏员出职制度看元人杂剧中"吏"的形象	（《文学遗产》1986）
元剧四题（之二）	（《百家论坛》1987）

当时，出版学术著作还相当困难，出版社的书号也很少，要么你是"名人"，出版社觉得出版你的书会给出版社带来"光荣"，要么你的书是"畅销书"，你的书会给出版社带来"效益"，年轻的研究者？学术著作？论文集？基本上"免谈"，不必痴心妄想。

我这一辈子都感谢当时在文化艺术出版社社长任上的黄克先生，他想到了我们这一群在文学所已经历练了七八年的、社会科学院研究生院

1987年秋在校园塞万提斯纪念像前。那时唐·吉诃德手中的长剑已经被折断了。

的第一届毕业生。

记得他把我们邀到他的出版社,向我们"约稿",请我们吃饭。那次会议的真诚和兴奋,那顿饭的简单和热烈,都让我终生难忘,黄克先生给了我们这样的信息:我们已经有能力独立完成课题,而且我们已经是受到关注的研究者。

1989年年初,我交出了《元代文人心态》的稿子,那是我的第一部自己选题、从始至终都对它保持着浓厚兴趣的学术著作。之后,由于文化艺术出版社很长时间处于"非常"时期,这部书直到1993年年底方才出版。那年我48岁,已经青春不再。

所幸这本书出版之后还有不少人看:出版社曾经重印,北大中文系至今还有学生谈起这本书;2001年,文化艺术出版社的新社长还把它纳入了"20世纪艺术文库·研究编";也有幸这部书被学者肯定:徐朔方先生曾经来信称道,宁宗一先生写过一篇可以算是"书评"的、很长的文章——《探寻心灵的辩证法》(发表在《山西大学学报》1997年第3期)。写了书有人看,还有人能够看得明白,甚至于宁宗一先生看到的,比我想到的还要多,这就够了。

1997年,我的元杂剧的有关论文结集出版,却分为"上下编"作成为"专著"的模样,我的元杂剧研究兴趣也就到达了终点。那年我52岁,早已开始了旷日持久的更年期。

事实上,对于元杂剧的研究,我始终停留在"拾遗补缺"的状态,原因是我没有理论能力开拓新的阐释。我深知自己的短处,所以在研究方法上尽量靠近历史学和社会学,在研究问题上竭力标新立异,但是即使如此,我的元杂剧研究,也还是不能够尽如人意——没有理论的支撑,仍然达不到开拓、厚重和锐利。

刚刚进入文学所的时候,古代室一共有10个文学系毕业的同学,开始还是书生意气,后来去世一个、走了一个,其他的8个人,也逐渐出现了关系上的疏密有致。在很长的时间里,都使人不明所以。时间长了、阅历渐多,慢慢明白了:"是非"与"分合"似乎都与"利益"相关,同学之间,所有的升迁与利益分配,都形成"二桃三士"的格局。于是,超前酝酿和出奇制胜也就时时出现。事实上,文学所虽然资源有限,可是可以竞争的东西也不算少:出仕、出国、职称、房子、推迟退休、津贴、评奖、项目级别、出版补贴,一直到一年一度的"优秀奖"——一个月的工资……都需要"智慧"、"恒久"和"经营"到位,有一搭、没一搭,就会事事苦恼和时时不平,屡经波折,经常受到"出局"的打击……这些虽然与研究能力不相干,却也是另一种"学问"。静下心来仔细想想,失之东隅收之桑榆,上帝是公平的。

对于晚清戏曲的关注，始于我对明清"男旦"的研究。关于"男旦"这个中国戏曲的特殊存在，解放前的鲁迅，解放后有关国家领导人都曾经有过明确的、否定性的发言。可是，在中国戏曲史上，它却有过几百年无法抹煞的历史，出现过无可争辩的辉煌，它的发生、发展，相关着社会史、文化史的兴旺发达。而且，整个清朝，特别是晚清以降，中国戏曲在整个社会文化之中，完全是处于时尚和领袖的位置，戏曲本身和与它相关的文化现象的方方面面的变易与社会政体的变革互相呼应、相互彰显……值得关注和研究的问题真是太多了。特别是，与"戏曲"相关的种种在晚清研究中，还算是一个相对来说比较冷僻的角落。

开始考虑把这个项目"结项"，是在2004年春天。年年的春天都是我比较难过的季节，因为"风心病"会有感觉，这一年有点不同，先是"胸闷"、"憋气"的感觉太多、太强烈，然后是眼底"黄斑出血和水肿"，右眼视力迅速降到了0.3，我不得不考虑舍弃一些章节，诸如："旗人与戏曲"、"晚清的票房"、"晚清剧场"、"京派和海派"、"成功的标准"等等，草草收场。推测原因，应该是与我的过分的"投入"，近于病态的"认真"，对于这个项目的不可理喻的"热情"，以及一种"封笔"的"紧迫"的念头有关，也与老年时候方才接受电脑有关。

这个题目的开始是在我53岁的时候，那年是1998年，这个题目的完成，是在2004年，我59岁。这六年的时间，是从进入清代的基本历史和戏曲文化情况，阅读基本的史料书籍以及研究材料开始的。

最先给予我帮助的是中国艺术研究院的付晓航先生，他送给我珍贵的《中国近代戏曲论著总目》，这部书始终指引我收集资料的方向——大海捞针的工作，他在1994年就已经做过了。

之后给予我诸多帮助，让我永志不忘的是，退休于东京大学、当时正在早稻田大学执教的平山久雄先生给我邮寄过台湾的刘绍唐、沈苇窗所辑的《平剧史料丛刊》的有关资料复印件,还有关于梅兰芳访问日本的书籍复印件,并专门跑到东丰书店(在代代木车站附近一栋古老洋楼的三楼)购买了《齐如老与梅兰芳》送给我,为了帮助我寻找周志辅的《枕流答问》,他询问过田仲一成先生,还托付一个要回台湾休假的留学生去台湾寻找……直到2002年他已经历了一场大病之后,我为了去看《顺天时报》和复印材料专门去东京的时候,先生依然一如既往地帮助我:小事如更换旅馆,大事如查书。在早稻田图书馆,我和他每人守着一台复印机,为的是复印速度可以快一点……由于我在中国只要发生了收集资料的困难,最先就会想到去求助于平山先生,因为不遗余力、想尽办法地帮助人是平山先生道德品性的一部分。为此,洪子诚一再警告

1994年在西校门内。

我：不要再去麻烦平山先生，他已经是七十多岁的老人了，你不可以这样做。但是，我还是麻烦了他很多很多。

同样退休于东京大学，当时正在广播大学任课的传田章先生送给我一部辻听花的《中国戏曲》，那本书非常珍贵：不仅仅因为它是日本人写的中国的第一部"中国戏曲史"，也不仅仅因为是民国十四年出版，发行地是"北京化石桥顺天时报社"，而且，它是作者辻听花给朋友船津辰一郎的赠书，而船津辰一郎在辻听花此书第一次印行的民国八年，就给这部书写过序。书上还有辻听花的墨宝"船津先生惠存，丙寅春月辻听花持赠"和听花的印章。

还应该感谢的是田仲一成先生，2002年，我去"东洋文库"查阅"顺天时报"，以及20世纪之初日本的中国戏曲爱好者介入中国戏曲研究的有关材料的时候，正在"东洋文库图书部部长"任上的田仲一成先生，给了我很多帮助，特别是从缩微胶卷复制的几页"顺天时报"，一直被我视为珍品。

冯伟民是这本书的初审。一个多月之后，当这本书稿回到我手里的时候，书上贴的无数的条子提出了从阐述的分寸，直到体例的划一，特别是指出材料的重复使用问题，让我汗颜。可以狡辩的理由是：按照文学所的规定，在写这本书的六年中，我必须对每年年终的"述职"和"发表文章字数"都有呈报，所以这本书的各章节几乎都作为单篇文章发表过，材料的重复使用也就难免。在我按他的条子改过一通之后，自己都觉得书稿已面目一新。冯伟民是遵循着人民文学出版社优良传统的、老派的、为人做嫁的编辑，也是我的朋友。

复审周绚隆在细心的审读中提出了不少值得考虑的概念性问题诸如"秦腔"、"西琴腔"之类，与我在电话中商议处理的方式，并且又一次做了体例、文字的划一，这是我遇到一个学者型编辑的幸运。

《晚清戏曲的变革》后序

北大中文系博士生孙柏，帮我完成了最后的校读。他是戴锦华老师的高足，正在写毕业论文，并不轻松。他愿意帮助我是因为我眼睛不好。他内行而且细心，修正了文中的许多讹误，他尊称我"么老师"，使我感到类乎"师生之谊"的情感。

这本原本很"糙"的书，能成为现在的样子，包含了他们三位很多的劳动，这是我不应该忘记的。

事实上，我的学术生涯是从36岁开始的，从23至33岁（1968—1978），我种了一年半的地，教了八年半的中学：在新疆的"八钢子女中学"、在隆化的"存瑞中学"、在北京的"北大附中"，共计十年，一个人的有效生命其实没有几个"十年"。如果我的研究是从23岁，或者26岁开始，也许我会做得好一些，不会留下这么多的缺憾。

2005年9月于蓝旗营

（《晚清戏曲的变革》，北京：人民文学出版社2006年版）

东京记忆

"艰难的起飞"

这是出版于80年代初的有名的长篇小说的名字,拿它来描述我去日本的经过,大概也是合用的。

现在出国,自然是比较容易了。不过,即使是在80年代末和90年代初,普通中国人出国,也还不是件容易的事。我任职的学校,常有教师出国讲学访问,参加学术会议。他们对此体会颇深。一句常被转述、重复的话是:等到你手续办齐可以成行时,你都不再想走了。当然,走还是走了的,这不过是形容办成这件事的烦难。

1990年9月,我接到从国家教委转来的,到东京大学教养学部当"外国人教师"的通知。和其他人一样,便按部就班进入办理手续的烦琐、冗长的过程。填各种表格,检查身体,政审,准备各种材料;从学校人事处,到外事处,到教委……当这一切还在进行的时候,1991年春,突然病倒了,无法坚持日常的工作。这时,距离东大规定的报到日期(3月底),只有一个多月时间。我估计我的身体,没有三四个月时间不可能恢复,没有办法,只好请系主任给那边打长途,告知这一情况。这下便打乱了对方的教学安排。在无计可施的情况下,教养学部的中国语教研室只好让已准备离任的另一位中国教师(他是上海外国语大学的)再延长半年。而此时,那位教师需从海路运回的行李,已由日本的日通运输公司发走。好在行李还未装船,便由东大租用港口仓库,暂时寄存起来。

到了5月份,身体渐渐转好,便又开始办手续。经学校人事部门向教委询问,被告知以前做的都不算数,需重新开始。于是,让东大重新发来邀请信,又一次查体,政审,准备各种材料,填各种表格;再一次从这个部门,到那个部门,从这一机关,到另一机关。一次次看到或友善,或冷漠,或傲慢的各种面孔……到了8月中旬,终于拿到了护照。这时,最要紧的一项,便是签证了。因为是3个月以上的"长期滞在",签证便比较麻烦。同事建议说,如果在中国办,费时费力,最好是请东大教师,直接到东京入境管理局去办,将"资格认定书"寄过来,再到日本驻华机构签证,这叫"反签"。

"认定书"到了9月下旬的一天才收到。显然,按规定日期(9月30日)报到已不可能。当天下午,便立刻赶往学校外事处,请他们送教委,因为"因公"出国,不能由个人去使领馆办。外事处说,这星期已去过教委,不会再去了;如果你着急,你自己送去。第二天,便跑到教委办理护照、签证的办公室,却被告知,我们只接待"单位",不对个人。无论怎么说也没有用,要我回学校把材料交外事处,再转给他们。最后,终于有教委亚非处的同志讲明开学在即,希望能通融、照顾一下,这才算把材料留下,说是等星期一送到日本领事馆去。

但星期一是9月30日,第二天就是国庆节。打电话一问,教委只上半天班,护照处往各使领馆送签证材料的例行工作,也取消了。这件事等过了国庆再说。这期间,东大教养学部与我联系的教师,三番五次来电话询问手续办理情况,说无论如何,一定要在正式上课之前赶到,否则会影响几个班的教学,并说,如果经济舱的机票实在订不到,头等舱的也可以。但因为签证办妥日期无法确定,也不敢贸然订票。

国庆节后,教委亚非处在电话中说,材料已送去,请放心;12日肯定可以去,就订12日的机票好了,这样不至影响14日的上课。但是,等到去订票时，发现各航空公司飞往东京的各航班，10月18日以前的票均已售罄。当然，按照一般理解，所谓"售罄"，其实并非就没有票；而按照一般的做法，便是看看有没有"后门"，好从与当时处于垄断地位的"民航"有关系的人中想想办法。虽然花了许多力气，却毫无所获。一位刚毕业不久在民航宣传部门工作的学生得知这一情况，最后帮我从日航那里，订到一张机票。

本来说签证10日肯定能办妥。但到了那个时间，则说已不可能；不过12日肯定可以拿到。但是，飞机却是下午3点一刻起飞，这可怎么办？对于我的"一筹莫展"，还是教委亚非处的那位小姐给我"开导"，解决这个难题：你12日上班前到我们这里来，坐护照处的使领馆办签证的车，一拿到签证，就可以马上走。我想，这个主意真是不坏。

于是，我便把行李打点完毕。因为要在异乡生活两年，东西自然不会少。我对家里人说，12日那天，签证一拿到，我打电话，你们就带着行李赶往机场，我们在机场见面，我就不回家了。

那天，起早赶往西单教委，跟在那位板着脸孔也不讲一句话的办事员身后，他走到哪儿，我就跟到哪儿。在坐上他的车后，他在前座冷冷地甩过来一句话："临上轿现扎耳朵眼。"这当然是说给我的。我也忍不住了："事情能怪我吗？我的护照在你们这里就办了两个月！"这回，他似乎无话可说，大家便保持开始时的沉默。

车先上外交部。在拐上长安街时，就遇上堵车。到外交部时，已经9点多，然后再到亮马河畔的签证大楼。在河边等了一阵时间，那位办事员从大楼出来了，说，签证他们正在做，大概要中午才能做好；我们（指他和司机）还有别的事要办，你在这里等，我们11点半过来。我一想，糟了，今天肯定走不了了。机票的事只好等一会儿再说，首先得赶紧通知家里，让他们不要去机场。

但是，在那个年头，北京街头找一部公用电话，尤其不是在商业街，真是难上加难。大街上各机关、公寓门房的电话自然是"概不外借"，绕了许多街道、小巷之后，终于在一位好心人的指引下，在一爿卖杂货的小店里，如获至宝地找到公用电话。

中午快1点时，已签证的护照终于拿到手里。教委的那位办事员忽然有了同情心，问我上哪儿。我说到建国门外的长富宫退机票。"捎你一段吧！"他们要上美国领事馆。到了日航办事处，已经快2点了。按当时规定，距飞机起飞只有一个多钟头，办理退票或改签都是不可能的事。但是，日航的办事员听完我的陈述，脸上虽露出不快的神色，还是同意我提出的改签的要求。不过，13日的机票没有了，只有14日的。14日就14日吧，有什么办法？

回到家里，家里人安慰我：这样也好。他们信奉这样的说法：匆促勉强的旅行，不是让人放心的旅行。

一切烦人的事终于有了终结。14日下午1点多，告别送行的家人、学生，通过边防检查之后，多月以来的劳累，由于神经松弛而释放。在候机室，昏昏沉沉半睡半醒等着登机。但是，快到3点了，却不见动静。周围的乘客流露出烦躁不安的神色。有的人便走出走进打听消息。不久，便有两位服务于日航的中国青年，用手持扩音机呜噜呜噜说着什么——乘这架飞机的，大多是日本人，且是有组织的旅行团，因此他们讲的是日语。说完日语，不见有用汉语再说一遍的打算。我们这些不明白其中底细的中国人，便围上去询问。于是被告知，飞机出了一些故障，起飞时间要推迟。问推迟多久，说是说不好，大概5点吧。过了几分钟，显示牌上便出现一行红字，飞往东京的航班推迟到4点50分起飞。

快到4点半的时候，那两位青年人又出现了，又呜噜呜噜讲了一番。看看显示屏，起飞时间改为6点半。这回我们也不用过去问，便坐下来等待那"6点半"。在快要6点时,周围又发出一阵喧哗的声响。随着大家的视线,隔着候机厅的玻璃窗望出去,当初好好地停泊在那里的那架日航波音飞机,这时缓缓滑行,转向,消失在看不见的地方。接着就又一次宣布,很对不起了,飞机的故障今天没有办法解决,为了旅客的安全,起飞时间改在明天上午,敬请诸位原谅,我们会妥善安排诸位的食宿——这些,当然也都是用日语说的,由于讲话声调、语气颇为谦恭,充满歉意,我便想当然地使用了"对不起"、"敬请"之类的词语。待到我们说汉语的过去问时,就没有那样的好声气了,听到的回答是:今天飞不了了!明天再说!会安排住的!

这时,办事人员便把那些日本人领出候机厅。我想,不必再去一一打听,跟在后面准没错。便提着行李,尾随其后。于是(这是这篇文章最后使用"于是"这个词),便出"关",注销若干钟头前出境的签注,领回"出境证"(当时出国要办理"出境证"),然后,乘坐日航租用的大巴,住进了离机场不算远的新万寿饭店。

吃过晚饭,在房间里给家人拨通了电话。女儿在那边高兴地问:"一路平安吧?对东京有什么印象?"我回答说,平安倒是平安,就是人还没出北京。听完我的解释,愕然的那边便爆发出一阵大笑。这确实是件快乐的事。想想,能遇上这样颇有戏剧性的事情,这辈子也就不算白过了。

当飞机第二天中午在成田机场降落时,我这时才敢肯定,这趟旅行算是真正实现了。东京正下着瓢泼大雨。在候客厅里,见到来接我的两位东大的先生。他们说昨天已来过一次。想到他们中的一位家住东京西面的多摩市,驾车到成田机场往返需4个钟头,心中便涌起一阵歉意。只好连声对他们说:"对不起,真对不起了!"

经受"规范"

初到一个地方,印象最深刻的,往往是和我们早先生活中的烦恼相关的东西。比如,长期居住于城市,对于空气的污浊、生活节奏的紧张深有体验的人,到了人迹罕至的地方,会陶醉于那里的幽静、安宁、空旷。在90年代中期以前,我住在一套狭小的公寓里,没有浴室。洗澡成为生活中一件颇费周折的事情,特别是在寒冷的冬日。后来,搬到稍为宽敞的新居,我最感满意的是有了浴室,你想什么时候洗澡都可以——在当时我会夸张地觉得,这是实现了"幸福"这个词的二分之一的含义了。

因此,初到东京的一段时间,我印象最深的不是别的,是这个城市的"秩序",它的条理和无所不至的"规范"的存在。从60年代以来,我生活在一个破坏"秩序"的年代里,也参与到破坏种种必要的或不必要的秩序、规范的运动中去——如果用一个政治性的庄严词语来代替,便是"革命"。"革命"既为这个社会争取到好的成果,也使即使个人,陷于再过几十年都难以消亡的痛苦后果之中。大的事情先不去说(一时也说不清楚),就拿日常生活小事,如乘坐公共汽车来说:开始还排着队等候,车一进站便蜂拥而上;后来则连队也不排了。大概是80年代的一年暑假,我们一些教员到北戴河去,为在那里举办的"文学夏令营"讲课,但无论如何都买不到火车票。没有办法,只好"走后门"求助于在铁道部办公厅工作的一位60年代毕业生。他写了一张条子,要我们到北京站购票。同行的诸位先生,岁数都比我大,排队买票自然落到我头上。在那个嘈杂、气闷的大厅里，凭各种"条子"购票的在窗口已排了三四十人。我想，队虽长，但也不会等候太长时间的。然而，我排了三个钟头之后，前边队里的人数仍是三四十人甚至更多。队伍的不断"加塞"，使你几乎仍在原地。我觉得快要支持不住了，旁边的好心人大概看我神色不对头，建议我先到外边休息，喝点水，他们给我看着我的"位置"。

所以，到了东京，我印象最深的，并不是那里的车水马龙，不是商店里琳琅满目的货品，或者东京大学教养学部那显得与这个经济大国颇不相称的、相当破败的教室和学生宿舍。最使我宽慰的是，你的行动，办什么事，都有"章"可循；而人与人的关系，也维持着一种必要的规则，存在着即使是表面上的（从最坏处设想）礼貌和尊重。一些成文不成文的规则，被大多数人所遵守着，使生活中省却了许多的摩擦、烦恼。

抵达成田机场来接我的两位先生说，他们先问问学校，看是直接到学校办报到手续，还是先送我回住所休息。我当时想，按中国人的办事习惯，旅途劳顿，当然是先安排住处休息再说。但他们打电话"请示"的结果是，先到学校来。于是，在驶过"冗长"的通往市区的高速路后，汽车带着我和我的行李，直接开到学校的"经理部"（类似于我们的行政、后勤部门）。在日文、英文的几份合同书上签字之后，便说明已经开始履行合同中规定的双方必需履行的条款了。办完这总共不到半分钟的手续之后，天已经昏黑，而大雨仍下个不停。这时，主人建议先去吃饭。我和到机场接我的两位先生，和另一位等在教研室的和我年龄相仿的教授，驱车来到一家饭馆。主人要了三份有生鱼片、天麸罗（一种油炸食品）、生菜、酱汤等的份饭，每份约2500日元，而那位教授则另要一大碗500日元的面条。我有些不解，脱口问道：先生不吃生鱼片吗？这个问题当时得到的，只是一两声含含糊糊，听不清究竟的回答。后来我才明白，这是规矩；到机场接我的两位先生因为是"公务"，他们和我吃饭的费用，可以在教研室的"基金"中报销，而后来担任教研室主任的那位教授当时并未承担"公务"，晚饭需自付——虽然我们都围坐在同一张桌子上。

当晚九时多住进公寓。东大的先生说要介绍我和房东见面，下楼敲开屋门后，说话伶俐、行动敏捷的女主人便对我说了一番话。我猜想，大概是初次见面"欢迎"之类的寒暄了。经过翻译，却出乎我的意料，说的是，这里扔垃圾，有指定地点；每星期一、三、五可以扔可燃垃圾，星期六是不可燃垃圾（易拉罐、玻璃瓶等）；具体时间是当天天黑之后到第二天清晨的8点以前。我听完，忙不迭地回答，记住了，记住了。

第二天，由教研室助教带领，办理一连串手续：开银行账户，办理水、电、煤气、电话费的自动划拨，办理健康保险，而最重要的是长期居住的"外国人登录证"（身份证）。在"区役所"，向办事人员提交了护照、照片、学校任职证明等一系列文件之后，有一项手续，便是"按手印"。陪同的助教有些不好意思地解释说，没办法，这是规定。我当时倒是来不及有更多的想法，只是想，在这个现代化的国家，为何还保留这种颇为落后的方式？不是可以签名、盖图章吗？这时，"外国人登录系"的笑容可掬、讲话细声细气的小姐，拿过来一张白色卡片和一个小盒子，通过助教，教给我方法，并面带歉意地把我领到旁边用一人多高的木板隔开的，仅能容一两个人的"小屋子"里。我进入"小屋子"后，帘子便被拉上。手印的材料并非黑墨，也不是红色的印油，而是白色的类似粉饼的东西。印在卡片上后，凭肉眼难以看出。我掀开帘子走出那个"小屋子"，等在旁边的小姐脸上的歉意仍未消失，并赶忙递给我擦手纸——但我的手其实并没有弄脏。过了半个月，世田谷区给我寄来"登录证"的小卡片，除了照片等之外，右下角黑色的指纹印清晰地赫然在目。不过，套在卡片外面的透明封套，有一枚日本国国徽图案，在"登录证"装入封套后，又正好盖住指纹。这种掩盖的周到和精致令人惊叹，但也是很有必要的。后来，我得知一些外国侨民，特别是朝鲜人、韩国人，一直为这种歧视、污辱性的行动进行抗议，因为对于日本人自己，他们并无这样的按手印的规定。当看到我的"登录证"上的指纹时，便有一种已经被当成有可能触犯法律的"犯罪嫌疑人"的感觉了。

第三天，便开始到学校上课。东京人的公共交通，绝大多数是乘坐轻轨铁路的列车（包括地铁），只有不多的人才搭乘公共汽车。乘坐东京的这种交通车，使我当时产生一种非常"舒服"的感受。"舒服"倒不是"舒适"，而是体现了一种大多数人已能自觉遵守的秩序。排队上下车，自不待言；在极为拥挤的情况下，人们也都忍受着这难堪。我每星期两天第一节（上午9时）有课，而8点到9点，是交通车最为拥挤的时候。说是"水泄不通"，一点都不夸张，每个人都是前胸挨着后背，连转身的空隙都没有。有几次，在井之头线，不知什么原因，列车突然紧急减速，车厢里的人都往前面倒，压到前面人的身上，肯定也会有踩到别人的脚，拉住别人的手或衣服的事情发生。令我惊讶的是，车里仍是一片安静，人们都依然默不作声地忍受着这一切，只有我这个中国人，在开始的一两次，下意识低声喊出"哎哟"的声音，来表达对这异常情况的反应——不过，过了一段时候，我也学会了这种脸上毫无表情的默不作声的"规范"。

"礼貌"，应该说是东京（其实也是日本）人的十分惹人注目的行为规范。在车里，在街头，在商店，你会发现很少有人高谈阔论、旁若无人高声说笑，这大概是表示着对其他人的尊重。东京的马路，没有自行车专用道，但仍有一些人骑自行车，主要是他们的住处离车站较远，或为了到超市购物的方便。这样，自行车便只好在人行道上行驶。你走在路上，有时会听到身后一两声低低而短促的铃声。你靠边让路，驾车人从你身旁经过,会侧过脸来点点头,或说声"谢谢"。有一次上班,走在一条近百米长的小巷里。我走路常"目不斜视",更不用说"回头",但后面沙沙的响声总不消失。扭过身子一看,原来是辆小汽车缓缓地跟在我后面,大概是不好意思鸣笛要我靠边让路。我赶紧走到路边,车主便从窗里微笑点头表示谢意。在学校的办公楼、教学楼上,尽管楼道宽敞得可容四五个人并排走,但后面或对面有教师从你身边经过时,也总要侧着身子点头示意,大概是表示给你添了麻烦。在东京住了一些时日之后,这些有形无形的"规范",也都或自然、或勉强地成为了我生活的一部分。我也学会了低声说话,说话时不手舞足蹈;学会在乘车、走路时不东张西望;在车上不盯住什么人看,而凝视半空,或闭目养神,或装作读车厢里各种杂志要目的广告;学会说"对不起"、"请"、"谢谢"这些每天都要说上几十次的短语;学会下雨进车厢时,收好雨伞,甩干雨水,抱在身前,以免沾湿别人;学会弯腰鞠躬,只是姿势总不到家……当然,由于"积习难改",有时暗地里,也会做些违反"规则"的事情,不过写出来有损于自己的形象,这里就不去细说了。我的这种"入乡随俗"的进入"规范"的修炼,总的来说是很有成效的。一个朋友到东京来,在看了我的举止神情后,说我"真的很像日本人了"。我仔细琢磨这句话的意思,不知道是在表扬,还是在讽刺我。但想到我过去就是举止"规范",表情冷漠的模样,"很像日本人"的评语顿时使我惊恐:我是不是已变得十足的呆滞了?

一年半之后的寒假,我教的一些学生,忽然兴致勃勃地结伴要去中国旅行。这大概也出于他们想试试刚学到的中国语的诱惑吧。我也给他们出主意,告诉他们哪些地方最好玩,最有特点,到中国要注意些什么。寒假结束后的第一堂课,去过中国的学生自然会谈起他们的经历和新鲜的见闻。我提出的第一个问题是:你们到中国最开心、最快活的事是什么？下面是其中的三个回答：

一个女生说：到北京最高兴的是可以穿大红的衣服，我买了件红羽绒衣，天天穿着它游公园，在街上走……

另一个女生说：在北京最快活的是可以大声说笑。刚到时，我们觉得北京人说话都像在吵架；等到快回日本时，我们也学会像吵架那样说话了……

两个坐火车到南方的男生说：中国人真豪爽（难为他学会了这个词），在火车上，大家的东西一起吃，自己的、家里的事，什么话都跟我们说，这真开心……

这些"印象"让我深思：我们为经受、纳入我们所向往的"规范"，究竟付出了什么样的代价？

我还能说话吗？

我的一个同事到丹麦的一家大学任教，在那里生活了两年。听说他在异国他乡，因为寂寞孤独而多次流泪哭泣。我先是不敢相信，接着便哑然失笑。他有1米80的个子，在我们系里，以生性开朗著称。50年代，是校田径队的骨干，创造了男子400米跑的学校新纪录（这个纪录，保持了有20多年，直到80年代初才被打破）。我真想象不出这样的"大汉"潸然泪下究竟是什么样子，也想象不出独处异国他乡何以会给人造成这样的难题。我想，我们经年累月杂务缠身，为生计劳碌，一生里难得有一段清静的日子；如今，有了这样的机会，为什么反而不知珍惜？

1991年秋天，我到了日本，在东京大学教养学部任"外国人教师"，时间也是两年。到东京时，学校已经开学，第二天便开始上课。于是，头一个多月，日子就在备课、熟悉环境、办理入境登录、医疗保险、建立银行账户等各种手续中不知不觉地过去了。很快，生活便逐渐走上正轨，新鲜感逐渐减少。我已经知道，从住处出来向右拐走六分钟，是通往新宿的京王线的车站，向左拐走十二分钟，是往涩谷的井之头线车站。我知道上早上9点或下午2点的课，应该几点几分出门。我知道该上什么地方采办一日三餐所需的物品，知道超市与附近小店的菜蔬在质量、价格上的区别。东京的一些有名的地方，如上野公园、新宿、浅草寺、明治神宫、秋叶原等，随着一位在日本大学进修的中国朋友，已走马观花走了一遭。我对住地附近的情况也已了如指掌。我知道房东夫妇开着我还能说话吗？

一家专营油漆等建筑材料的"株式会社"，他们的楼上有四套公寓供出租。我知道这条窄小的、百米多长的商店街上，有两家理发馆，两家专卖"定食"（份饭）的小饭铺，两家出售酒和日用杂货的"酒屋"，一家洗染店，一家齿科诊所，一个只有两名职员的小邮局，一个摆放五六台洗衣机的自助洗衣房，一家兼卖煤油、木炭的"宅急便"小铺，一家专做"榻榻米"的作坊，甚至还有一家似乎终日小门紧闭的"麻雀（麻将）馆"……每天清晨四点多钟，我会被一阵噼啪的响声吵醒，我知道这是斜对门的《读卖新闻》的派送点正在分拣当天的报纸。接着，是一阵狗叫声，我知道这是附近裁缝店那条黄狗的例行"早课"；每次在它面前走过，它总是被绳子拴着，趴在窝里脏兮兮的棉毯上，神情黯然地看着我，我也总会投过去同情的一瞥。……

1991 年 10 月到 1993 年 9 月，在这里工作了两年。喜欢这个有点破败，但简单、朴素的校门。

187

与东大学生在1992年"新年会"上。

终于,一种寂寞的感觉不请自来地进入了我的生活。这种情况的产生,很大原因在于我是一个外来者,很难融入这个社会之中。更具体地说,则是由于语言不通。在来日本之前,我的全部的日语能力是会讲"再见",这是因为我读过那首名为《沙扬娜拉》——任何稍稍了解中国新诗的人都会读过——的短诗。这样,每周我三天去学校上课,余下的四天,如果没有和能说汉语的人在一起,便几乎没有开口说话的机会。外出乘车,我拿着交通图,按车站的各种标志的指引,最后总能顺利到达。散步时几次迷路,便找到路边的街区示意图,弄清自己所在位置,也总能回到住处。到邮局,我会递过去写了"切手80元10枚"的纸条,双方都不必开口。到商店买东西,我会事先计算总共的价钱;如果出现问题(我常忘了加上消费税),我会赶忙掏出钱包,把纸币和硬币都摊开,让售货员自取。……在来日本之前,我有时会构想一种"不必开口"的生活,并把它当做理想的生活形态。现在,我可以说相当程度地进入了这种状况。没有想到的是,最初的惬意很快消失。原来,"不必开口"的日子也不见得那么诗意。在日复一日地看着窗外一大片红屋顶在阳光和雨雪下色泽的变幻之后，心中不禁掠过不安的情绪。有时，便像《金牧场》的主人公那样，焦灼地盼望着会有讲汉语的电话打来。一天，从节目表上看到朝日电视台有中国电影的预告，便兴冲冲打开电视：真见鬼，清朝皇太后也是满口日语！

我隔壁住着一位日本老太太，年纪在六七十之间。我常常在楼梯遇见她。楼梯窄狭，两人相遇，必须都侧身才能通过。逢到这种情形，她总是退到楼梯拐角处让道。即使她在我的前面，也要站到一旁来让我。她年长于我，且又是女性，我自然不能没有礼貌，就打手势让她先行。但她执意不肯，口里念念有词，对着我再三再四地鞠躬。我想，她会一个钟头两个钟头地这样坚持下去，而我又急着去上课。最后是我也连连鞠躬，带着歉意地先走。而她并不立刻离开，还是不停地说着什么，流露出想要和我说话的神情。遇到我不是急着要赶车的时候，就会停下来听她的"倾诉"。我面带微笑、专心地听着，还不时地发出"嗨！嗨！"的声音，心中却暗暗留意着脱身的时机。后来我发现，脱身变得愈来愈难，我便连比带划，汉语、英语、日语单词并用地想让她明白，我一点都不懂日语，听不懂她讲的话。但是，我的表示毫无效果，她遇到我依然滔滔不绝地诉说着。

在我也多少体会了孤寂的滋味之后，我的纳闷为一种新的解释所化解。我想，她其实也许并不在意我能不能听懂，能在一个神情专注（我做出的正是这种姿态）的人跟前讲出她闷在心中的话，就已足够了。想到这里，我暗暗责备自己表里不一。以后，在我没事的时候，我会耐心地听着她讲。这时的感受，有些类乎小时看的无声电影（"默片"）：语言的确切意思似乎已不重要，而人的想象力却因此得到发挥。她也许对我讲述她的曲折的生活经历，也许说着对亲人的思念，也许是昨晚失眠的苦恼，但也许是在关切着我这个异乡人的生活。有一次，我发现整整两天她屋里没有一点响声,也见不到饭铺给她送饭(她常打电话订饭)。我开始有些担心,接着就害怕起来,便故意在楼梯上弄出很大响声。一会,她拉开一条门缝,探出脑袋,我不禁一块石头落地似的松了一口气。

到了这一年的岁末,就是一年一度的教养学部的"驹场祭"(学部地址在东京目黑区的驹场)。这是学生的节日,他们要举办许多活动。学校从星期四开始停课,一直要到下星期二才上课。星期四上午,我请教研室的先生陪我到千代田的东京都入境管理局,办理我妻子来日本的手续。本来我们还想去神保町的书店转转,但从管理局大楼出来,感到十分疲倦。匆匆赶回住处,一量体温,发烧已接近39℃。虽然教研室的先生们一再对我说,有什么事需要帮忙,请一定不要客气,随时给他们打电话,但我想,他们都住得很远,有的在多摩市,有的在神奈川,有的在琦玉县,到我这里得坐一两个钟头的车,便不想为这点小事麻烦他们。于是便吃从中国带来的药,蒙着被子睡觉。第二天,烧没有退,但觉得一点东西都不吃也不行,便煮了点米汤。可冰箱里空空如也,只好上了一趟超市,提着豆腐、牛奶、果汁、咸菜,深一步浅一步地回到住处。一直到了星期一,烧才开始退下来,人也比较清醒了。第二天清晨醒过来时,我想到,我已经有四天多没有开口说过一句话了,心中骤然出现一个念头:我还能说话吗?这个念头在刹那间令我惊慌。我急忙拉开窗户,对着那片殷红的屋顶,直着喉咙大声地"啊——"了一声。

不久之后,在香港出版的一份杂志上,我看到我国一位知名学者写他在瑞典讲学的文章。其中谈到,他所在的那所大学的宿舍区,每到周末深夜12点,学生们都会同时拉开窗子,向着夜空高声喊叫,以证明孤独的人的存在,并以此作为建立交流的方式。读到这里,我会心一笑:原来,人的感觉、念头,有时会是这样的相似。

"奢侈"的音乐

80年代末90年代初,在北京,激光唱片(CD)还不很普及,因此,当我在东京各处的唱片商店看到数量和品种那么多的CD时,真是又吃惊,又兴奋。这种商店到处都有,规模或大或小。就是东大教养学部的学生用品商店,也有数量可观的唱片出售。

有一次,我走进秋叶原电气街的一家规模较大的唱片专卖店。它共七层,一、二楼是流行音乐,三楼是日本音乐("邦乐"),而第四层便全部是西方古典音乐的唱片。在近一百平方米的店堂里,像书店一样,唱片采用插架的方式安放。分类的办法也颇为特别,并不是按国别或按作曲家,而首先是按乐曲的类型。如交响乐、小提琴协奏曲、歌剧、管风琴曲、合唱曲等等,在每种乐曲类型之下,再按作曲家分别排列。这样,你如果想了解这里有贝多芬的什么唱片,便需要走遍几乎全部的架子。在这里,以日本百货商店的标准衡量,灯光远够不上"辉煌"。如果要看的是放在架子的高层或底下几层的唱片,对我这个近视眼来说,就颇为吃力:必须踮起脚尖,或蹲下来凑近它们,才能勉强看清唱片盒脊上的那些小字。不过,面对如此丰富的陈列,你会忘记了抱怨。每一曲目所汇集的不同乐团、不同指挥、不同演奏家、不同时期录音的各种版本,让你兴奋不已。虽然是休息日,但顾客并不很多,且都专注、安静。你可以从容浏览,而不必顾虑在这种时候你最担心的那种嘈杂和拥挤。店里音质极好的音箱里,正轻轻地播放着肖邦的前奏曲。这里是朴素的,安宁的，也是亲切的。在这里逗留，时间会过得很快。这使我想起50年代"逛"旧书店的种种情景：虽说这些现代工业的"制品"，已无法靠你的感官立即"读出"。

但是，当我看到这些唱片的定价时，脑子里便浮现出这样的说法——"奢侈的音乐"。这个词组，是在北京的一次关于诗的座谈会上听到的。一位诗评家谈到似乎与诗无关，但也有关的话题。她说，当她走过立交桥的通道，看到那些为着基本的生活保障而焦虑、而劳碌的民工，便觉得听莫扎特真是一种"奢侈"。如今，在秋叶原的这家商店里，我想应该把"奢侈"改为"昂贵"。在东京这个现代都市中，精神的"消费"也是需要一定的经济实力的。经过反复考虑、犹豫，我终于放下了两张一套的贝多芬的弦乐四重奏全集。最后，带走的是舒伯特的《冬之旅》和卡拉扬指挥的莫扎特《安魂曲》。它们自然也是我很想得到的，但是，每张两千多一点的相对便宜的价格，也是考虑的因素之一。

"奢侈"的感觉，后来更加得到证实。我到东京不久，阿巴多指挥的柏林爱乐乐团去东京演出，曲目是勃拉姆斯的小提琴协奏曲和第二交响曲。打听一下，不但入场券几个月前便预订一空，而且，票价也总要一两万日元。因此，我在东京两年，音乐厅也就只去过两次，一次是听柏林八重奏团（莫扎特的弦乐小夜曲和舒伯特的"鳟鱼"），一次是日本广播协会交响乐团在新年前夕演出贝多芬的第九交响曲。后面的一次是在代代木的NHK礼堂。这个乐团在日本，应该说是有代表性的了，指挥若杉宏，在日本也很有名望。不过，从我这个外行人看来，这个大厅并不是演奏音乐的理想场所。声音的反射、回响太大，在第四乐章的合唱部分，明显地觉得宏伟浑厚有余，而层次、清晰不足。在每年岁末的12月，日本的惯例是各乐团都要上演贝多芬的这部交响曲。我翻了翻当时的广告宣传材料，在东京都圈内，包括横滨，有五六个乐团同时上演这个曲子，还不算一些民间的业余乐团。这种习惯不知始自何年；在这种情况下，上音乐厅这件事，也许作为新年节目之一的意味更为突出，而音乐本身倒在其次了。

后来，在日本的和中国的朋友的"指导"下，我找到了能获得"不那么昂贵"的音乐的地方。在新宿的一些小店里，在有的大学的"生协"（学生消费协会）办的商店里，都有廉价的唱片出售。当然，品种并不多，且优劣混杂，需要你仔细辨识。据我后来的"考据"，这类片子，大致是两种情况。

一类是日本有的公司购买了版权，并对曲子作了重新的编排组合。这种常标以"精选名盘"、"经典荟萃"的"套装"唱片，每套总有七八十种到百种之多。入选的曲目都是音乐爱好者较为熟悉的。其中的一套，银灰色的封面，曲目是五六十年代的录音，如卡拉扬指挥柏林爱乐乐团的"安魂曲"（莫扎特），是1961年的录音，与我在秋叶原购得的1975年的不同。这也是它们价格较为便宜的原因。我知道，当地有资格的音乐爱好者，对这类唱片是不屑一顾的。不过，我却从中得到一些至今仍十分珍惜的"珍品"。如鲁宾斯坦演奏的肖邦夜曲，巴克豪斯的贝多芬钢琴奏鸣曲，斯特拉文斯基指挥自己的《春之祭》，伯恩斯坦指挥纽约交响乐团的肖斯塔科维奇第五交响曲，等等。这套唱片，后来当我想再多得到一些时，却已售罄，且不见再版。这使我十分惋惜。

另一类我想是盗版了。它们的质量并不差，但装帧则粗糙简陋，没有说明书，也没有出版公司的名字，没有录音日期、地点的记载。也在一些小商店里出售，但更多的是在临时摆设的小摊上。新宿驿的JR线、地铁和京王线连通的大厅里，在一个时期，每到傍晚五六点钟，就有一个小伙子靠着大柱子摆起小摊，卖起录音带和CD来。在大多数的情况下，他总是坐着安静地看他的书，直到你招呼他，才抬起头。他的摊上，流行音乐居多,古典音乐让我感兴趣的是所谓卡拉扬"全集"。这"全集"当然是盗版者的"创造"——把不同唱片公司所出版的唱片凑到一起,几乎囊括这位指挥家已录音的全部交响曲。其中贝多芬的交响曲,我不知道是卡拉扬60年代、70年代抑或80年代的版本。卡拉扬自然是享誉世界的权威,但日本有的音乐爱好者对他的评价并不很高,我不止一次听到对他的不很尊重的谈论。在贝多芬的交响曲上,似乎他们更推崇诸如福尔特万格勒、格莱巴、伯姆。但对我这个音乐尚未入门的人来说,考究这一切是绝对的"奢侈"。于是,便有些如获至宝般地从他那里买了若干。当时,我虽说知道这是盗版货,但那里的"工商执法"机构好像也不干预,加上我对"偷书不算偷"这一观点的推广运用,因此,并不觉得买了盗版唱片有什么不对,而始终没有特别的惭愧和不安。

过了不久,我又找到了获得"资源"的另一途径:东京各区的图书馆,都有唱片供出借。我住的世田谷区,区立的图书馆有12所。离我较近的梅丘图书馆,激光唱片约有四五千张,其中,古典音乐占到三分之二。我担心它不对外国人开放,又担心办借书证手续的繁杂。请教研室的日本先生打电话询问,说是欢迎欢迎。到了那里,凭"登录证"(外国人身份证),填了一张表格,只用了两分钟的时间就领到借书证,而且这借书证在区里的任何一家图书馆都可以使用。这样,每次在梅丘便可以借10本书,4张CD。

这个馆的唱片采购员大概是个歌剧迷,莫扎特、罗西尼、威尔第以及瓦格纳的歌剧,相当齐备。也许《蝴蝶夫人》女主角是他们的同胞,故事又发生在这个岛国的长崎,因此,这部歌剧的唱片版本也比较多,且很难在架上停留。弗兰妮和帕瓦罗蒂主演的版本,登记在图书馆的目录上,但从未在架子上出现过。我后来终于借到的是斯柯托和多明哥的那个录音。另外,北欧的一些作曲家的曲目,以及舒伯特、理查·斯

"奢侈"的音乐

在东京两年听得比较多的几张唱片。据说,费丽亚尔在录制马勒《大地之歌》时,已经知道她自己患了癌症;第六乐章"告别"里的悲哀确是来自心底。

特劳斯、马勒的作品,也显然受到特别的钟爱,而有较多的收藏。我几乎每个星期都要去一两次。当我拿着梦寐以求的唱片,心中便有一种充实的期待。觉得这些银白色、冰冷的塑胶片,有了生命。我一路走着,一路想象着它们将要"流出"的旋律,将要展开的情景。这时,我经过羽根木公园的梅树林、棒球场,这个住宅区的整洁安静的小街,两旁的小楼和那些像鸽子笼般的简陋公寓——所有我一直感到十分陌生的东西,也便产生了值得亲近和了解的感情。

看来,音乐不一定都很"昂贵"和"奢侈"。就这样,我用一台十分普通的带 CD 唱机的收录机,在一间隔音很差、与左邻右舍距离又靠得过近(音量从不敢调到稍大一点)的房子里,听莫扎特,听贝多芬,听舒伯特,听马勒,听肖斯塔科维奇……条件的简陋,有关资料的欠缺,对我接近这些乐曲产生很大的妨碍。但是,却也使我以一种较为平易的、放松的态度,来建立与这些伟大心灵之间的关系。因而,一些乐曲给我留下的深刻印象,在心中产生的类乎震撼的体验,却是另外的时间不可能重现的。

当校园里高大银杏树的金黄叶片飘落的时候，我在那里已经快一年半了。新年前的最后一堂课上，读日本文学专业的根岸君交给我一盒他转录的磁带，是送我的新年礼物。还附有一封短信，写着：

……这录音是西洋音乐，可是也许能向您提供理解现在日本文化的参考。Mahler是我最喜欢的作曲家。他的音乐，是从19世纪后期浪漫派到20世纪现代音乐的过渡。他活着的时候，没有得到很高的评价。60年代以后，欧美和日本对他的评价非常高。

《大地之歌》借古代中国诗歌所描写的风景世界，来表现他的悲哀。这里有无法用语言表达的美，美丽的风景，在大自然中的悲哀的人的风景。第六乐章，最长的乐章，特别悲哀，寂寞，美丽。人生如梦，而自然，永远不变。

关于马勒，在当时的北京也已经为一些人所喜爱。他的情况，我也已有所了解；《大地之歌》也听过。这盒磁带，是伯恩斯坦指挥维也纳爱乐乐团1961年的录音，由J.金和迪斯考演唱。（后来，我又得到瓦尔特指挥，费丽亚尔演唱的另一版本。）在这一年的除夕，《大地之歌》便陪伴我度过这个夜晚。是的，这特别悲哀，然而美丽的"风景"，使我们对于自己浮华不实的欲求有了反省的愿望，使我们体味到我们生命的悲剧性质，也加强了我们对思想行动的高贵性的向往。

东京大学的学生节

东大的学生每年有两次自己的节日，一次是"驹场祭"，一次是"五月祭"。驹场祭在位于目黑区驹场的教养学部举行，时间是年末。五月祭则在五月初，地点是文京区本乡的东京大学。东大的学生节是从1923年的"大游园会"演变而来的。大游园会原本是皇室带着未婚的女儿专门到东京帝国大学（东大的前身）来挑选才貌双全的女婿而举办的集会，后来才变成纯属学生自己的节日。从20年代到90年代，算起来也已有七十多年的历史。

这两个节日各为期三天。筹办各种活动的主力军是一、二年级的学生。东大的一、二年级学生，都在驹场的教养学部上前期课程，三年级之后，才到各自所属的学部（工学部、医学部、文学部、法学部、教养学部等等）学习。因此，学生节的准备，主要在驹场进行。事实上，比起高年级来，一、二年级的学生也更有时间、精力和兴致。驹场祭固然是他们来主办，五月祭时学生也赶到本乡去参加。

筹办这两次节日的，除了各个班级之外，最积极的是学生中的社团和俱乐部。这个学校学生社团数量名目之多，真令我吃惊。在每年新学年新生报到的三四月间（日本的学年从春季开始），教养学部校门外，校门到一号馆的空地，校内的路旁，一个接着一个地竖立着招募新团员的大幅宣传板。比如，音乐方面，就有东大管弦乐团、室内乐团、古典音乐鉴赏会、民族音乐鉴赏会、钢琴会、古典吉他爱好会。在声乐方面，合唱团有中世纪文艺复兴无伴奏混声合唱团、绿会合唱团、柏叶会合唱团、东大合唱团、白蔷薇合唱团。话剧社团也不止一个。此外，能、狂言研究会，演习日本的传统戏曲表演。弓术部练习射箭。秘传中国占卜集团，主要是练习看手相。表千家茶道部和里千家茶道同好会，当然是专习茶道的人。少林寺拳法部、合气道部、空手部，则是武术爱好者的天地。落语研究会，是研究类乎中国的单口相声的组织。其他还有摄影文化会、吟诗研究会、世界风俗研究会、书道研究会、踏朱（绘画）会、美食俱乐部、电影研究会等。有一个"奇术研究会"，我始终不知道他们究竟研究什么"奇术"，是飞檐走壁、穿墙破户，还是奇门遁甲？许多社团，其实人数不多，如相扑部，我在东大的时候，只有8个人，但也有一个简单的相扑室，供他们练习、比赛用。也有一些比较专门的、学术性较强的团体。如历史学研究会、癌研究会、行政机构研究会、电动机研究会、经济学同志会、东大尺八部、禅研究会、战史研究会、国际政治研究会等等。各种各样、形形色色的团体，足有近百个。这些社团，平日各行其是。下午到学校时，有时在上课前，会见到一号馆（教室楼）前面的台阶上，有合唱队队员在那里练习无伴奏混声合唱，各声部的配合相当和谐，颇有点专业水准。

社团的成果，要有一定的场合发表。除了平时各自组织报告会、演出会外，最重要的公开亮相，便是在每年两次的学生节上。

1992年秋天驹场祭的前一两个星期，各社团便纷纷在广告牌上预告他们将要举办的活动的内容、时间、地点，包括聘请各界的知名人士、学者的报告会。留给我印象最深的是奥姆真理教教主麻原彰晃演讲的大幅广告——因为它矗立在一进校门的显要地方，且又画着形状颇为怪异的长头发的头像。当然，我那时对这个人，对奥姆真理教一无所知。

驹场祭最后一天的下午，我来到教养学部。刚进校门，就看到一号馆前面临时搭起的舞台上，摇滚乐队正在表演，巨大的音箱里发出震耳欲聋的声响。离这不远的大礼堂中，东大管弦乐团正在演出。转过去的院子里，反对地球掠夺和污染的"爱地球"协会的会员们，正在边歌边舞。他们穿着用稻草扎成的裙子。男学生赤裸上身，女学生则穿棉毛衣裤，就像夏威夷的土著一样。舞蹈的动作简单而质朴，大概是在表达回归自然、崇尚淳朴的愿望吧。由于他们的穿着和构思颇为奇特，吸引了不少人观看。

最为显眼，但也最被学校的有些先生看不起的，是路边的各式各样的"模拟店"。学了汉语的学生管它们叫"个体户"，而在我看来，则有点像是孩子在"过家家"。这种"模拟店"很多，在学校的路边一字排开。几个学生合作，从超市买来半成品的面条和各种调料，买来洋白菜、胡萝卜、西红柿、鸡蛋、面粉、奶油……用课桌、柱子、篷布等搭成卖货的小摊位，然后就一起争论着炒面条时，应该是先放面条，还是先放蔬菜和调料。

东大是日本的著名学府，学生入学的取分非常高，特别是医学、政法、经济等一些热门专业。据学校的教师说，在五六十年代，还有靠刻苦学习而考取的普通人家的孩子，而现在的在校生则大多是出身比较富裕的家庭了。当然，这是就一般情况而言。我教的一个班上，就有家庭经济不很宽裕的学生。有一次，在我的早上九点开始的第一节课上，一个男生迟到半小时。课后他抱歉地解释说，昨晚打工睡得太晚，他家里每月只能给他三四万日元，其余的要靠自己去挣。在东京这个生活费高昂的城市，这点钱也就够维持很节省的饭费而已。东大的先生说，现在若想考上东大，从小就要加强各科的课外辅导，进专门的补习学校，有的还延请家庭教师。这些，在一般的家庭是很困难的。因此，这些来自富裕家庭、缺乏劳动经验的大孩子们，在驹场祭和五月祭时，体验做饭菜、开小店的滋味，一定是觉得挺新鲜、挺刺激的。那天，"祭典"尚未正式开始，有的小卖店的"店主"已经在那儿大口吃着他们的"商品"了，写在他们脸上的好胃口、好心情，真让我羡慕不已。有的小摊卖拉面，有的卖饺子，有的卖馄饨，还有炒面、烤鸡肉串、汉堡包、豆馅烤饼、香蕉蘸巧克力酱等等，花样繁多。我也尝了几样，味道还不错。价格当然比外面的便宜。他们大概不在乎赔赚，为争得对他们烹调技艺的赞赏，分量足，也不惜调料。当你一边品尝，一边说着"好吃好吃"时，他们便露出快活的笑容。尽管东大的先生们认为他们应当做与自己专业相关的研讨，但是，喜欢当"个体户"的人却越来越多，尤其是教养学部的学生。我想，我要是年轻三四十岁，也一定会去摆个小摊。我要卖的是北京的豆腐脑，或者潮州的米粉汤。

　　当然，关心学术和政治的学生也还是大有人在，特别是高年级的学生。东大的毕业生中有一部分人是要进入政府机构的。他们对世界和日本的政治文化的现状和前景很关切。1993年第66期五月祭的常任委员会委员长在开幕式致辞中就说道："现在，学校出现学费上涨而研究条件却不断恶化的危机。要解决这个问题，需要对社会整体进行改革。对此，我们应该作出解答。五月祭是表示我们的看法的绝好机会。"在这一年的五月祭，东大安田大讲堂中，就安排了"思考大学危机"的专题研讨会。一些著名学者和政治家，都应邀讲演，如东大教授竹内信夫，众议院议员、当时社会党的秋叶忠利，众议院议员、日共的金子满广，前文部大臣鸠山邦夫等。他们的发言涉及教育危机原因、国家政府有何责任、教育改革的主要问题、大学本身应作何种努力。这样的专题讨论，引起了大家的关注，成为当年五月祭的一个重要节目。另外的一些研讨题目，也与日本的社会问题有关。比如医学部组织的讨论会，是"护士问题"以及日本的医疗问题。医院的护士，是个辛苦的职业，但社会地

东京大学的学生节

东京大学学生节（五月祭）的"南美小乐队"。

位不高，近年愿意做这个工作的人越来越少，医院已感到恐慌，街上也常能看到招募"看护妇"的广告。参加讨论会的有东大医学教授、医学部附属医院和其他医院院长、日本护士协会负责人等。由于这些研讨会常邀请这一问题上的权威人士出席，因而大大提高了学生对这些活动的兴趣。除了研讨会之外，还举办了各种专题报告。我在这一次五月祭的秩序册上，看到专家、教授、各种机构负责人的专题报告有：生命的尊严；和艾滋共存；现代日本的政治改革；东亚经济的成长和发展；欧洲的民族和宗教等。

5月22日那天，天下着蒙蒙细雨。一早，我坐京王线电铁到新宿，改换地铁丸之内线，特意到东大去看那里的五月祭。到了东大的赤门前，还不到九点。一路上，看到教养学部这边的东大学生正扛着"道具"——帐篷、乐器等大包小包，有说有笑地走进校园。时间还早，未到正式开始的时间，但性急的已经动作了起来。有的"模拟店"已开始营业。化装成南美小乐队的学生，正用吉他、笛子来演奏具有墨西哥风味的乐曲。他们的前面摆着数把椅子，听众却只几个人，其中有一位老太太，但这并没有减弱他们的专注和投入。当我端起照相机时，他们高兴地调整好姿势，靠拢在一起，眼睛注视着我的镜头。摇滚歌手则在树下等候观众的到来，他们需要呼应的热烈气氛。大讲堂和教室的讲座场所，学生们手拿宣传材料，站在门边迎候听讲者。路边供应开水的茶炉滋滋地冒着热气。三四郎池边台阶上的落叶已扫得干干净净……

其实倒不在于他们做了些什么。单是这种真诚和认真，便具有一种感人的力量。

到原宿看"新潮"

刚到东京不久,东京大学的教员就正儿八经地对我们说,原宿的"新潮"舞蹈,不可不看。后来陆陆续续知道了,每周星期日的下午,代代木公园大道所在的原宿,是东京狂飙少年的天下,那里是东京作为世界大都会、"新潮"和"尖端流行"的所在,几乎所有逗留东京的外国游客,都不会错过这最具现代化特色的景观。

那天中午午饭过后,搭乘山手线电铁,很快就到了原宿车站。车门打开以后,发现车厢中拥挤的乘客,百分之九十的人都在这一站涌下了车门。从脚下的车站月台开始,原宿的热烈火爆,就已经进入了你的感觉。

宽阔的代代木公园,曾经是日本最早的飞机场,如今成了名闻世界的街头表演场所。每逢周日的上午,大道的两头就由警察安放了禁止车辆通行的标志,负责维持秩序的警察也比平日多出了几倍。

一个个表演团体似乎刚刚准备就绪。最多的,也最惹眼的是摇滚乐队:五彩缤纷的小货车拉来的拼装舞台、音箱、喇叭,都已安装妥当,摇滚乐的鼓手已经坐在他那一大堆架子鼓旁边,电吉他正在调音。歌手们的打扮,吸引着游客的注意力,他们一个个脸上涂满油彩,画了灰蓝色或者浅粉色的眼影、眼圈,头发剃光或剪成奇形怪状,染成五颜六色。缀饰亮片的紧身皮夹克,皮裤皮靴,绘着报纸底纹的戴墨镜人头像的宽松长布衫,或者身披仅能叫做布条、实在不能叫做衣服的奇异装扮,与平日在东京街头所见那些身穿西装，梳着整齐发式的日本的规矩青年，完全是南辕北辙……年轻人对"怪"和"帅"的理解和欣赏，吸引了观众的注意，哪里"怪"得出奇、"帅"得出众，哪里聚集的看客就越多。

正在我们探奇访怪的时候，近处的庞大音箱忽然传出尖锐的重金属音乐乐声，这音乐霎时划破了周围的空气，喧嚣于扩音器所及的范围，与心跳发生了共鸣。观众立即争先恐后地涌向了这最先宣布开幕的集团。

歌手的表演非常尽兴，扩音器里传出的摇滚歌曲也很专业，披着一头棕红、棕黄相间的长发，脖子上挂着银项链的小伙子，手持着话筒，在一排立式麦克风面前跳来跳去，嘶哑的嗓音，自有一种诱人的力量。一群背了书包的中学生模样的小女孩，围在台下，随着音乐和歌声的节奏扭摆着身体，仰头望着台上的帅哥明星，还时常做出相应的舞蹈动作。当表演者做出一个漂亮的动作时，她们就尖声叫好，鼓掌助势，一脸的崇拜和投入，每当我翻看当时拍下的照片时，那热烈的场面，就会马上从我的记忆中涌现出来。

原宿的现代舞，更多地表现了它的粗野和强烈，时下的说法应当是：它有一种生命的力量。三个上身赤裸，下身穿黑色紧身皮裤和皮靴的小伙子的无伴奏舞蹈，吸引住一大圈的观众。演员一律用发胶或者别的什么东西，把头发在头顶上固定成一个鸡冠形，至少一米八的身材，时而舒展、时而扭曲的形体动作，洋溢着一种青春的活力。他们的动作并不一样，节奏却是一律的。他们都专注于自己的自选动作，并不与四周的观众进行交流。这时，我才发现，他们赤裸的身体、健康的肌肉动作，竟成为非常富有表情的部分，与他们脸上那时而困惑、时而痛苦的表情，以及皮裤、皮靴上的金属挂件发出的铿锵声，产生了一种奇异的协调。

三个身穿比基尼泳装式舞蹈服的女孩在表演一种类似健美操的舞蹈，她们热烈的、充满期待的目光，一直像是在与观众进行对话。动作优美而潇洒，举手投足间显出的功夫，可能也不是一天两天能练出来的。她们舞台边的小黑板上写着，她们的表演半小时一场，在表演十五分钟后，休息十五分钟，可能她们的运动量太大，不能连续地跳。

在这三个女孩休息的当儿，不远处突然升起的日本传统歌曲《拉网小调》苍老的声音吸引了我们，因为我们对这首歌太熟悉了。跑过去一看，一片绿茵上，一个老者在唱卡拉OK。看起来，他至少也有七十开外，身穿着一身旧军服，胸前挂着一枚奖章，以一张方凳作舞台，凳子旁边放着卡拉OK机和音箱。他虽然没作任何化装，但他满脸的年轮，他的年龄、穿着，简陋的道具和古老的、几乎日本人人皆知的《拉网小调》，就竟然构成了一种与周围的年轻人精心构撰的怪异迥然不同的另一种风景。他的稀稀拉拉的观众，都用一种善意的、宽容的目光注视着他，直到他把一曲唱终，大家才礼貌地散去。

站在公园的过街天桥下望，代代木大道宽阔的街上，以各种表演团体为中心，挤着围成一圈圈的人群十分壮观，震耳欲聋的音响此起彼伏。无论观众是多是少，人山人海也好，门可罗雀也好，表演者的热情都很高涨。他们一直是那样热情地弹唱，认真地表演，他们的表情似乎告诉你，他们是在为自己表演，观众的欣赏与否并不重要。

兴起于20世纪50年代中期的美国摇滚乐，很快成为世界性的流行音乐。风格简单、节奏强烈是它的基本特点，而衣装怪异和拥有一群群发出尖叫的歌迷则成为表演明星的必要标志。大约在70年代末，流行的摇滚乐开始风靡日本。大约十多年前，那群被称为"竹笋族"的少男少女打扮怪异，用模仿金发碧眼展示他们"脱亚入欧"的急切心理，当他们开始在周日下午占领代代木公园大道，弹唱歌舞，发泄他们青春的热情时，原宿就已经不再是过去那保守的、仅有一点商业色彩的原宿了，而逐渐成为了"新潮"和"流行"的同义语。

穿过代代木公园大道表演场,再挤过专卖流行衣饰的竹下通小街,"现代舞"、"流行乐"、"新潮"、"尖端"这些原本在我们心里含义暧昧的词汇,从此变得丰富而且可感起来。

回家的路上,我一直在想:日本政府真有他"高明"的地方,把这块地方让出来,限定时间,派警察帮助维持秩序,真比出一个告示或定一个什么"法"来禁止要圆满得多。

上野的樱花节

从3月份樱花刚刚长出花苞的时候,日本的电视节目里就开始出现关于樱花的消息,一天数次,像新闻节目一样。电视的屏幕上会出现一帧日本地图,上面标示着对全日本樱花开放时间的预测,从纬度低的九州南端到纬度高的北海道,开花的时间先后不一。在画面上开始出现樱花和蜜蜂、蝴蝶的特写镜头,播音员开始渲染九州樱花初开的时候,东京人的心就开始躁动起来。

传媒的力量真是不可思议,它似乎是贴着大众的心思在告诉一件大家都关心的事情,又像是在领导着普通百姓的关注点和爱好。从九州南端出现花苞到北海道的樱花红消香断,樱花的花开花落要闹腾一个多月。在这一个多月里,东京大学的日本同事几次问我们:"去看樱花了吗?"言辞之中颇有点如果不去就错过了什么机会的味道。

上野公园是东京最大的公园。它不仅为东京人所钟爱,也为外国人所熟知,外国旅行团到东京,常常会在上野公园度过日程中仅有的一天"自由活动"时间。在那里,可以参观各式各样的美术馆、博物馆,还有动物园,也可以随意地在宽阔的绿茵上、荷花池边、喷水池间徜徉,看飞舞的群鸽和化不开的林荫。上野公园一年四季都令你常去常新,到了樱花盛开的日子,它就更是在东京出尽了风头,因为那里是东京樱花树最集中的地方。

两排樱花树中间的宽阔马路是上野公园的主干道,这条主干道有几

东京上野公园雨中盛开的樱花。

百米长，两边的樱花树在头顶上空枝叶相接，将浓浓的阴影投到地上。平时，树下有成片的鸽子飞落，接受游人，特别是孩子们馈赠的食品，树梢上有成群的乌鸦掠过天空，"呀呀"的叫声不绝于耳。园中的地面和垃圾桶都很洁净，木长椅冬天透着暖意，夏天显出凉爽，喷水池边总坐着母亲和孩子。公园的四面有许多出口，不收费，可以随意穿行，当然美术馆、博物馆和动物园除外。在偏僻的角落，有时会看到许多小摊，有伊朗人卖首饰，也有中国人在那里卖湖笔和徽墨。在熙熙攘攘的东京，那里是行人驻足、歇息的好地方。

1992年4月初，在电视台宣告东京的樱花"满开"，已经到了樱花季节的几乎是最后的日子，我一早就赶到了上野公园。

电铁在上野公园专门有一个出口，一出车站便已是寸步难行了。一步步挪到通往公园的高台阶，满眼已是人山人海。万头攒动的人流流向樱花大道，沿途有无数小卖摊像是雨后突然冒出来的蘑菇，生意兴隆。大道边有用黑色塑料口袋撑起的，汽油桶大小的方形临时垃圾袋，用铁架固定着，四个连在一起，隔不远就有一组，不断有清洁工把装满了易拉罐、饮料桶、食品盒、包装袋、硬纸箱的垃圾袋从铁架上卸下来拖走，再换上新的空袋——东京人制造垃圾的速度真快。大道中段辟出了一块空地，地上画了白线，空地上支起了两座帐篷，是临时的防火指挥部和救护所。防火指挥部中有六七个全身武装，手边放着联络用的手机之类的工作人员肃然端坐，一丝不苟地盯着人群，不聊天、不嬉笑，一脸正在值勤的样子。看了他们的表情，你会相信，哪里一有事故发生，他们会立即赶到现场，把事情处理妥当。救护所里也有穿白大褂的医务人员静静地坐在桌子旁边，桌上有医药用品……一层帐幕把喧闹的享乐和严肃的工作隔成了两种截然不同的状态。

　　樱花树下已经聚集了许多人，一圈圈地坐在树下自娱：跪坐在塑料布上的垫子上喝酒、吃食物、谈笑、唱歌。年轻人放肆地狂笑、起哄、追逐、打闹，年轻的女孩子夸张地尖叫，年纪大些的人稍微拘束些。还有的团体拉去了庞大的音响系统，圈出一块场地表演歌舞，唱卡拉OK和跳舞的人都很认真，也很专业，有人报幕，很正式，也有人还在对镜化妆……所有的人都兴致勃勃，与我平日所见到的表情冷漠的日本人都迥然相异。

　　最奇怪的是这些为了樱花而来的人，似乎全把樱花忘到了脑后，没有人哪怕是抬头注目枝上的樱花，一阵风过去，树上的花瓣纷纷飞落，落在人的头上、身上，他们也浑然不觉。我原以为他们会三五成群地在树下流连往返、细细观看，做出陶醉的姿态，或者在樱花下轻歌曼舞，却怎么也没想到他们的赏花是以成群结伙的自娱方式出现，好像只有这样尽兴痛饮、尽兴歌舞才对得起满树灿烂的樱花。

　　中午过后，树下的人开始减少，清洁工加紧地清理离去的人留下的

到上野公园看日本人赏樱花，是比看樱花更有意思的事情。

垃圾。又有新来的年轻人重新铺下大块的塑料布，用成箱的啤酒、食品盒压住塑料布的四角作为地界。这是为晚上赏樱花打前战的先头部队，因为晚上才是赏樱花的高潮。

四五点钟，上野公园的人又稠密起来，和上午以学生和中老年人为主不同，下午开来的以青壮年男子为主的大队人马，看起来像是各公司、企业的员工。他们带着大批的啤酒、清酒和各种下酒菜，每个集团中间，都摆放着可以卡拉OK的收录机。他们坐好之后，就开始比赛般地喝酒，大声地喧嚣笑闹。几杯下肚之后，都脸色泛红，在真的或假的微醺之后，互相劝酒更加起劲，彼此的攀谈也更热烈。收录机里传出各色各样的歌声——民族唱法、通俗唱法、学歌星很到家的和跑调的，都得到喝彩，优美的舞蹈和笨拙的舞姿，也都招来阵阵热烈善意的掌声和哄笑，气氛比上午还要热烈。

不久，大道上成百上千的红白相间的纸灯笼亮了，照在狂欢者表情丰富的脸上，晚风中樱花瓣在灯光照耀下飘落到觥筹交错的席间……有电视台的记者四处采访，到处都受到热烈的欢迎，被采访的人神采飞扬地乐意回答记者的提问，有人还向着摄像机镜头做鬼脸，那样子还带着几分天真的孩子气，这是我在日本见到过的最壮观的群众聚会场面。

在一条叉道上，我看到一个显然不胜酒力的汉子躺在树干旁边，眼皮下的眼球还在转动。在一个卖清酒的摊上，一个独坐饮酒的中年人，用多情的目光把一路独行的我迎到他的眼前，等我走过去回头看时，见他还在用眼睛追随着我，我从来没见过任何一个日本人的眼睛里会有那么多的情感，大概是酒摘下了他们平日习以为常的面具。

那几天，我不止一次地从很远的住处么上野。到公园去看日本人赏樱花，常常是比看樱花更有意思的事情。

京都的鸭川

第二次从东京去京都,坐的不是新干线,而是普通车。坐车的疲劳是随着时间一点一点增加的,可心情却在一点点轻松起来。去个新的地方有一点兴奋,更多的是感到一种与东京不同的舒适气氛。这种感觉,慢慢变得强烈起来,尽管我一直坐在车中。

东京的电铁好像一截截试管。车呼啸地来了,红的车,橘黄的车,绿的车,很鲜明,这是从外面看。进了车厢,一切便没有什么不同了:车上挂着新出版的各种刊物目录的广告,雪亮的日光灯照得肤色本来就白的东京人更没有血色。在地铁里,也没有阳光可能留下的发黑发红。车厢里一尘不染,东京人身上也一尘不染。认识的不认识的,在车厢里很少讲话,只听见车轮和铁轨的碰撞声。

车一站一站离东京渐远,每一站都有上车下车的人。不知不觉中,人就换了几茬。衣服开始不太讲究了,干净依然干净。坐的、站的姿势也慢慢"放肆"起来。车上开始乱哄哄的,有许多人在聊天。说到兴头上,也居然指手画脚。听不懂在说什么,但知道他们很高兴。陌生的东京人不是这样的。本以为日本人都整齐划一呢,其实也不是。

和东京相比,京都多了些古意。在京都,你见不到东京站、新宿站的拥挤和急迫。在东京,你想在匆匆赶路的人流中停下来,也不可能。同是现代化,东京是一丝不苟的。记得去浅草寺时,不远处便是隅田川。那是日本的文人们常写到的很富诗意的地方。看过去,河很宽,两边是坚固的水泥堤岸。岸边是马路、铁道和高楼。河上有大桥,有川流的汽车驰过。在河边的有几十年历史的老店长寿店,品尝了樱花饼,好像也没有获得那种特别的感觉。看来,文人墨客笔下的隅田川,只有回到书中去凭吊了。

这京都本名平安京,是桓武天皇时代的京城,建立于公元794年,那正是日本倾心于大唐文化的时代。桓武天皇要他的臣民完全仿照洛阳城的格局,建立了平安京。平安京也有内城和外城之分,内城便是皇城了。皇城的大门叫朱雀门,外城有东西向十条横街和南北向九条竖街把城市分割成许多方块,和洛阳一样,街道也叫××坊。城内的许多设施如:谷仓院、弘文院、东西鸿胪馆、东西寺,也是从当年的洛阳搬过来的,这鸭川就相当于洛阳穿城而过的洛水了。

可看到京都的鸭川,第一眼便使我想起南京的秦淮河。那天下午,我们在京都祇园歌舞练场,参观日本的传统艺术,有茶道、花道、琴、雅乐、文乐、狂言、京舞七种表演。傍晚,从祇园的小巷出来,过一条马路,便见到一条河,一问,是鸭川。鸭川人概在名气上不如东京的隅田川,至少在文学作品上很少见到它的名字。走到河边,太阳看不见了,可天还亮着。河水并不清澈,可也不浑、不腻。堤岸不是石块和混凝土的,缓缓漫上来的土坡,长着蔓延的碎草。土坡平缓处,用碎石铺了沿河的步道,可以供游人散步。河上有一座一座的桥,连接两岸的街道。离我们最近的大桥,是四条大桥,不知为什么,上边并没有奔驰轰响的车辆,它在那里静静地立着。

我们走到堤岸间的人行步道,沿着河边向南走去。夹带着水汽的微风迎面吹拂,这一天的困顿疲累,顿时减去不少。在东京,我一直想寻得这样的地方而终不可得。那里,除了公园,除了在休息日限制汽车行驶的街道,我没听说过有专门的"人行步道"。可在京都,却有许多这样的宁静的去处。最著名的步行路线，是经过银阁寺，然后沿着古老的运河，走上"哲学小道"，再到永观堂和南禅寺——这条路线，专门记载在旅游手册上。我们因此也专去造访，走完这条弯弯曲曲，河边有许多樱树的幽静小道；不过那时樱花还未开放。鸭川河边的步行道，并不是专门标出的旅游路线，虽说是我们的"发现"，却别有一番风味。

　　穿过河上的四条大桥，天色渐渐昏暗。从四条大桥到五条大桥这一公里长的河川，是鸭川最有色彩的一段。四条通（大街）是京都最繁华的商业区。因此，靠着四条通的鸭川西岸，便也是灯红酒绿。一座座的饭铺、酒馆，沿着河边一字排开：宇田原、松华楼、六乃家、平安庄、久乃家、千富实……店铺都是典型的日式木头建筑，一律的棕黑古旧颜色。面向河边的是木格子的门窗，上面糊着白纸，从河这边望去，已经开始泛出淡黄的温暖的灯光。酒楼都有宽阔的木板平台伸向水面，平台三面围着齐腰的栏杆。有一家的栏杆上，还挂着成串的红色纸灯笼。酒楼的灯光，红灯笼的亮光，和映在水里的倒影连成一片，在河的一面铺开连绵的光的织锦。平台栏杆是为防备人的落水，可也让人能凭栏眺望。果然，近处酒楼的平台上，看得见有酒客的绰绰身影。想一想，喝上些清酒，倚着栏杆，听着顺河水飘过来的细细的管弦声，身下流着的是闪烁亮光的河水，是随着流水摇荡的灯笼的倒影，这时的酒客该是有些迷离的。

　　天完全黑下来了，树木和房屋的轮廓消隐在夜色之中。温暖的灯光从木窗格子上糊的白纸里透出来。刚才在身旁飞舞的成团的小飞虫也看不到了。喧闹像被河水隔开，河边游人的身影，凝住了似的一动不动。河那边的繁华，就像夜空中变幻着的霓虹灯，显得那么飘忽，遥远。

"居酒屋"

　　中国人好像对烟比对酒宽容。一般认为抽烟不算什么大毛病——只要别抽大烟，而嗜酒就是大缺点了。近年来开展禁烟的宣传，并在公共场所禁止抽烟，北京城里情况有了一些变化。要是前些年，在公共场所抽烟的人理直气壮，谁也无权干涉。看戏、听音乐时，会看到四周烟头上火星明灭，一缕缕烟雾袅袅上升。旅行出差时，在卧铺车厢，特别是冬天或者夜里，车窗全部关闭的时候，几乎所有的男人都举着烟枪，不抽烟的人只能"忍"着。即使是在贴有禁烟标志的车厢中，也仍然一样，因为并没有严格配备不禁烟席。嗜酒则不相同，会有酒后失言之虑，会有酒后误事之虞。如果一个女孩子嫁给了一个嗜酒的男人，连同事也会觉得她有点儿倒霉。

　　日本好像就不同了。那里对吸烟的限制比中国实行得早，许多公共场合都有禁止吸烟的规定，电铁、地铁车厢中没人抽烟，商店、咖啡店和大饭馆也没人抽烟。新干线也许因为运行的时间较长，绝对禁烟对烟民太"残酷"，因此，专门辟有"吸烟席"，使抽烟的人和不抽烟的人可以互不妨碍。有的地方虽然没有明确的禁烟规定，但只要是多人相处，吸烟的人会很克制。在东京的街头，在一些电铁的露天小站，在商店的门口，你有时会看见有人匆匆地点上一根烟，大口大口地吸，再匆匆地把烟蒂扔进垃圾桶，登上列车或是走进商店。在全国禁烟日里，抽烟的人就更没地方去过瘾了，他们总像是有点儿理亏。

但是，对于酒的态度就不同了。在我的印象里，好像日本的男人个个都有酒兴。男人不爱喝酒，倒会使人觉得诧异。甚至在松荫神社、明治神宫的供品中也有大瓶的清酒，不知道是吉田松荫和明治天皇生前好酒，还是以酒飨神的人自己是酒徒。

陈寿《三国志》的《魏志·倭人传》上，有关于日本人"人性嗜酒"的记载。鱼豢《魏略》上也记载着"男子无大小，皆黥面而文身，闻其旧语，自谓泰伯之后"。看来，记载中的日本人在当时还被看成是土著，而且以"泰伯"后裔作为一种骄傲。有这样的一则传说：日本的第十五代天皇应神天皇在位时（大约公元250年前后），大量引进和吸取中国的典章文物制度，造酒术也是其中之一。中国的造酒术经由朝鲜传到日本，应神天皇特地从朝鲜请来工匠造出佳酿。天皇喝得酩酊大醉，作诗曰："美酒对舌尖，醉得我好苦。"

在日本，据说男人一般不喜欢在家里独斟自酌，喜欢到酒馆里去一醉方休。而最富特色也最富情调的，是遍布各地的小酒馆，这种小酒馆叫"居酒屋"。

东京的居酒屋多得数不清，白天静悄悄的，帘幕低垂。一到晚上便热闹起来，从毛玻璃里透出诱人的灯光和人声。居酒屋受到日本男人欢迎的原因，一是价格便宜，二是气氛温馨。居酒屋是日本最大众化的酒店，酒和酒菜都不贵：啤酒和在商店买的一样，一瓶350—400日元，清酒一壶250—300日元，烧酒350—400日元，酒菜大约200—500日元一种。大一些的酒馆，酒菜可多到近百种。自斟自饮，约二千日元可买一醉，但若呼朋引类、越喝越凶，花费就没准儿了。居酒屋的主人，多半是温静而善解人意的女老板，她们对于喝酒的人永远持一种"理解"和"真诚"的态度，静静地听着醉眼蒙眬的人倾诉心中的苦恼，而这种"态度"，有时候在家里是没有的。

"居酒屋"

　　日本人之间关系比较冷漠。即使同一个楼的邻居住到十年，也经常还是点头之交、淡淡如水。电铁上的日本人表情单调，从不热烈交谈，对于在公共场所大声喧哗的外国人，特别是对习惯这样的黄皮肤的中国人，常会侧目而视。上班时，对于上司和下属，也多是使用公式化的语言办理公事，紧张严肃。但是酒友之间，互相却很亲热。如果你晚上去一个小酒店待上一会儿，就会看到日本人也会热烈地交谈，表情也丰富多彩起来。和中国人一样，也是交情越喝越厚。

　　日本酒徒在工休的日子里喝酒讲究"爬楼梯"，喝完第一家散一批人，剩下的又去第二家。从第二家出来还未尽兴的人，再结伙去第三家、第四家。有时候一直"爬"到电铁停车之前的午夜时分，才跟跟跄跄地奔回家去。

　　有一次，我在报上读到这样一篇文章，作者讲述他在札幌居酒屋里亲眼所见，颇为温馨的一幕：一个中年男子，靠着长长的柜台，向女老板倾诉，年纪在四十上下的女老板也以真诚、亲切的态度聆听。中年男子说：三年前我们那里发生了这样一件事，一对夫妻带着儿子去采蘑菇，正在他们要回家时，熊出现了，那丈夫丢下妻儿狂奔起来，那人被熊追上以后，咬断了脖子，当场惨死。中年男子问女老板："你认为那个男人为什么要丢下妻儿狂奔？"女老板十分认真、诚恳地回答："那个男人知道熊有追赶奔跑的人的习性，故意狂奔来牺牲自己，保护妻儿，这样的男人真让人佩服啊！"中年男子听后，感动得眼泪差点流下来，喃喃地说道："温厚可爱的妈妈桑！可是当时有很多人痛骂这个男人自私卑鄙，说他竟抛弃妻儿不顾，自己想先逃命！就连那做妻子的也是非不明，对自己的丈夫都不理解，也跟着别人一起骂他。唉！男人真命苦喔！"女老板温柔和悦地安慰他，递过毛巾给他擦脸，温酒给他喝。这时，酒馆里正播放着八代亚纪演唱的《船屋》——一首写居酒屋的歌曲：

店里还是没有装饰的好

可以从窗口看到港口

歌曲没有也无所谓

因为时常有雾笛声响起

灯光点得幽幽暗暗

衷心深切喝起酒

细想起来只有回忆

……

酒要温的才好

鱿鱼要烤的才好

女人要静默的才好

……

　　读了这篇短文，我也被感动了。我想，那个述说故事的中年男子肯定也是体验到了"男人真命苦"——有他的不被理解的委屈，却又无处可以诉说，善解人意的女老板，为他提供了倾诉的机会。我不仅理解这个男人的"命苦"，而且也理解了"命苦"男人爱上居酒屋的缘由。

　　很凑巧，这期间大概是东京的朝日电视台吧，播放了一个有关日本人与酒的专题片。其中讲到，许多日本人都有自己熟悉、固定的酒馆，他们或者是喜欢酒店主人，或者是喜欢那里的下酒菜。当天喝不完的酒可以寄存在店里，等到下次再喝。有一个"酒徒"，几十年来一直是一家居酒屋的老主顾，他每周总在固定的时间光临，从傍晚一直喝到深夜打烊。在顾客散尽、酒店老板也要回家休息的时候，他便打开自己存放在酒店里的铺盖，自斟自酌的兴尽之后，舒服地进入梦乡。次日清晨，他反客为主，把店铺打扫得干干净净，迎接店主人到来后，再回自己的家。

就这样，居酒屋留给我一种很富人情味的印象，我也萌生了去体验一下的兴致。但是，多次在这些小酒馆门前打量，最终都没有勇气走进去。这是因为我日语不好，酒量又有限，虽说"文革"后期在新疆奇台的解放军农场劳动时，曾能一次喝三四两老白干，但今非昔比。况且，最重要的，我是"女流之辈"，到里面肯定只会造成尴尬的场面。我曾与东京大学的一位老教授商量找个机会一起到居酒屋里坐坐，他瞪大了眼睛吃惊地看着我，不明白我为什么会有这样的怪念头。

当然，比居酒屋更热闹的喝法是集团饮酒，也就是寻个名目，与同事、朋友一起饮酒：祝生日、庆结婚、贺升职、送退任，都是集体开到酒馆大喝一通的机会。其他如赏花、祭神、岁末的"忘年会"、年初的"新年会"、大学的同好会、俱乐部的例会、学校的读书会，最后总会是与喝酒有关。最为奇怪的是吊唁也要喝酒——按照日本人的习惯，死者在走上西方正路之前，要与家人和朋友度过最后一个团圆日。所以，日本人即使死在医院里，在去火葬场之前，也要拉回家来停灵一天，亲戚和朋友都聚集在一处，默默地饮酒，大多是通宵达旦。

除了吊唁以外，一般去居酒屋的集团饮酒都热闹非凡，男人大多数都想成为富于男子汉气概的"酒豪"，几杯下肚，就开始"放浪形骸"，嘈杂之声也此起彼伏。有的酒馆还备有卡拉OK，脸红耳热之际，大家都争着去表演，有歌才的展示才能，可以博得掌声，唱得难听的，也博得掌声，还有善意的哄笑，歌助酒兴，酒助歌兴，有的客人想静一下也不可得。也有人赌酒，一口气喝干一杯，旁边还起哄"一气！一气！"要他一口喝光。这种喝法，往往一杯在手，身不由己，最后总要弄得不胜酒力。有人烂醉如泥了，就打电话给他的家人，妻子会开车来，把不省人事的丈夫弄回家去。

平心而论，日本人的"嗜酒"，主要是一个"嗜"字，大多数人酒量并不大。一般人喝的是啤酒，度数当然有限，"酒徒"喝的清酒，也只有15—16度，远远比不上中国的老白干。依我看，更多的人是愿意在或真或假的酒醉之后，能自由地唱歌跳舞、互相劝酒、热烈攀谈、语无伦次、觥筹交错、杯盘狼藉，暂时取下脸上的面具——日本男人的规范表情实在太累人。

"风俗产业"

到东京后不久,就在半夜接到日本人的电话。我因为日语听力不行,因此对日语电话一律回答:"我是外国人,错了吧!"当做对方是拨错了号码。听到我生硬的日语,一般对方都会说:"对不起!"然后便挂断电话。这夜半电话总在你刚刚入睡时就把你惊醒,之后就怎么也睡不着了,弄得很恼火。偶然诉说给在日本居久了的朋友,才知道这是兜揽生意的日本色情电话。这时我才明白何以电话必在深夜,何以有时说完"喂!"然后就出现了甜腻腻的男人的声音。明白就里以后,对于这电话就失去了耐心。有一夜又来了温柔的男低音,我暴躁地、没好气地说:"错了!"就摔了电话机。这下可好了,还没回过身来,电话机就又响了,听听,还是那个声音,再挂断,又铃声大作……原来,这电话也是得罪不起的。我只好躺下来,耐心地听着铃声,直到它许久之后消失为止。

后来就见怪不怪了。信箱中常会出现一些小纸片。拿回来仔细看,都是各色各样的宣传品,各色各样的性服务无微不至:电话倾诉可,通讯交流可,窃听秘密可,做爱可,变态爱好者也可得到各种满足。具体的报酬和服务的时间、地点,都可通过电话商讨。方式也有多种选择:男性、女性一应齐备,去旅馆还是在自宅都可由顾客随意。有时,纸片上还有若干妙龄女郎的复印照片,写明哪位是高中生,哪位是职员,表明这是业余爱好者的玩儿票,并非职业妓女卖春。

日本对于"性"方面,比较开放。男人在家庭之外,去找异性交往,甚至去一下色情场所，寻问一下花柳，都不被看做是了不起的道德缺陷，有时甚至会受到原谅。旧式日本女人认为这不是丈夫的什么大毛病，新式日本女人觉得彼此都可以自由一点，又何必互相管束呢？所以，在日本，色情交易是彻底商业化了，日本人是把它当做一本正经的产业来进行经营的。这种与色情有关的特种行业被叫做"风俗产业"或"性产业"。"性产业"意思明确，"风俗产业"就不明白是带有"奇风异俗"，还是包含"伤风败俗"的意思了。

日本的"风俗产业"花样繁多，并不仅仅是侍夜。最公开的是脱衣舞、裸体秀。这种色情服务起于1947年，15到20年前在日本最盛，全日本的秀场，超过1500家。目前，盛况不复当年，也还有510家在进行公开表演。表演时间通常是80—100分钟，入场费3500—4000日元，看客多半是台湾地区、韩国来的观光客。其次是温泉的土耳其浴，豪华的土耳其浴场索价可至7万日元，是一般日本人都消费不起的高级色情场所。最普通的是粉红沙龙、色情俱乐部。服务项目很是周全，从倾听顾客心事、陪酒到其他，价格因服务内容不同而有异。当然还是爱情旅馆最多，据统计，日本现有各种爱情旅馆一万家左右。这种旅馆不仅在城市中有，有时在公路旁忽然发现一座漂亮的房子，门边树立一个大大的"P"字，那就是爱情旅馆了。计时收费，不问来历。

日本的色情录像带出租店也很活跃，宣传材料有时也悄悄地塞进你的信箱里，只要"电话一本"，出租店就可以把带子免费悄悄地送到你的府上。价钱也是各式各样，多租就降低单价，鼓励你多看。（"悄悄地"主要是为了照顾顾客的面子，倒不是因为违法。）成人电影院和成人玩具店都是18岁以下的人禁止入内的地方，但这也只是一纸空文，并没有人真正去检查光顾者的年龄。对于这种东西，80年代以后，日本的检查尺度极宽，据统计，目前日本每年出品的色情录像带大约在三千部左右，总销量达到一百万卷。演员有时是名角，有时是女学生和女职员业余客串，都在介绍中说明。成人玩具店更是性爱用品和色情录像带应有尽有。据统计，日本大约有二千五百家这类商店，购销两旺；日本的风俗产业有高达 10 兆日元的市场规模。日本被称为"色情王国"实在也是当之无愧的。

　　日本对风俗产业的魅力是深信不疑的。1945 年 8 月 15 日日本投降（在日本叫做"休战"），8 月 17 日新内阁成立，主要政务是要安排进驻的美军。8 月 18 日，日本的内务省警保局拍发了一通秘密电报给日本全国的警察局局长，其中的内容有"对性安慰设施，饮食设施及其他咖啡厅、舞厅等营业场所，积极提供行政指导，尽速使其设备完善，人员充足"，为进驻的美国兵服务。之后，日本政府就公开成立了 RAA "特殊慰安设施协会"，招募广告中说："敬告新日本的妇女同胞，处理战后事宜的国家紧急设施 RAA，恳求新日本女性的协助，参加占领军慰安的大事业。凡年龄 18 至 25 岁之女性，均可加入工作行列。RAA 将供应宿舍、被服、食粮等。"RAA 是日本政府出面开的公娼馆的代称，可是招募广告中话说得中听。在战后粮食困难、百业萧条的时候，这份可以供应宿舍、被服、食粮的"工作"，还是具有相当的吸引力的，又何况是"国家""恳求""协助"的"大事业"呢？日本战后的第一号通告竟是从风俗产业入手振兴百业，也可以说是一招怪棋。

　　1946 年，还是联军总司令部下令取消了人身买卖制度，废止日本的公娼制度，关闭 RAA，因为认为公娼馆不人道。这一纸命令的结果是使大批公娼失业，化为私娼。同年 12 月，日本内务省又批准在特定划出的红线区成立"特殊饮食店"，默许私娼存在，这件事才算了结。

　　1958 年，日本政府为了进一步管理风俗产业，实施"卖春防止法"，对这一产业进行管理和规范。随着风俗产业的发展和不断地花样翻新，土耳其浴、应召女郎、下空契茶店、爱人银行等不断出现。1985年，日本又推出"风俗营业法"，加以更细密的规范管理，如对营业时间、营业场所的隔间、照明等都进行了严格的限制。

1986年，"电话俱乐部"诞生，风俗产业又推出新的服务。可以电话述情，也可以提出窃听，账单和每日的电话费一同结算，神鬼不知，很照顾顾客的心理。

1988年，又出现"熟女俱乐部"。女方通常是30—50岁的家庭主妇，男方则多是60—80岁的单身老人，营业场所多半在男方家里。至此，日本的性产业已普及高龄社会。

1989年2月，东京警视厅破获了一个应召站。应召站的电脑中有1300名女会员和2900名以上男会员的个人资料。包括姓名、地址、三围、嗜好、相貌、职业、语言能力、收入等等。男性从23岁到67岁，职业遍及医师、高级主管、银行家、证券商及寺庙住持，等等。女性会员中有学生、护士、推销员、美容师、模特儿、家庭主妇，五花八门。这个应召站在一年半的时间里，从中赚得6亿日元。

战后，日本政府一手扶植了"风俗产业"，之后又采取加强管理和不禁止的态度，因此，日本的风俗产业基本上是呈现兴旺发达和还算有所规范的状态。现在，日本的风俗产业在观念上也有了与以前的卖淫、嫖妓不同的变化，或许许多人已把这种婚外的性生活，看作了生活的调剂和补充，因而越来越走向普及和公开。

事实上，对这种"风俗产业"采取公开化的态度也许更好。可以加强管理，按规定收税，定期对从业者进行健康检查，也许这都是可取的经验。

生活中的味之素

日本人一方面很重视"本土化",但另一方面又很讲究"国际化"。"国际化"的含义其实就是西化。所以,日本人的衣食住行,风俗人情,常呈现"本土化"和"西化"并存的状态。

日本人的衣服分"洋服"和"着物"两种,"洋服"就是西服,男子穿西装,打领带、领结,女子穿西式短裙和西服外套。这是上班族的正式服装。"着物"就是和服,也叫"吴服",是奈良时代从中国南方吴地传入的服装式样,宽袖右衽,中间系一条宽腰带。六七十岁的老年妇女当做过节、上街时的正式服装,年轻人则只在极特殊的场合,如成人式、毕业式、结婚式上才会穿这种程式复杂的和服。

日本人的食物也分"洋食"和"和食"两种。"洋食"便是西式饭菜,咖啡、西点、汉堡包、麦当劳、法国大菜、美国料理,等等。"和食"则是日本寿司、渍物、酱汤、烧烤、生鱼片,等等。

日本人的语言里兼收并蓄了英文、德文、法文,再加上日本的假名以及躲不开的汉字,商店的招牌便十分热闹。比如,东京最大的百货公司之一叫"高岛屋",按日本的读音写成假名便是"タカシマヤ",把这音再译为拉丁文成为"Takashimaya"。该店的购物袋上是一个粉红色的玫瑰花环,中间一个汉文"高"字,旁边一行拉丁文"Takashimaya"。从造型上看,比起光是汉字和也是由横竖撇捺点组成的日本假名来,是显得"西洋"多了。

东京羽根木公园里一年一度的梅花祭。人们观看并等待着吃捣好的年糕。

日本人虽然喜欢求新，崇拜西方，比如每年都把个"圣诞节"过得沸沸腾腾，但他们从骨子里对本土的传统又是非常珍重的。特别是在风俗、习惯上，从不数典忘祖。日本的"祭祀"、"祭典"和各种节日特别多，在繁忙的工作中，他们从不会忘记四时花祭、盂兰盆节、山祭、海祭、星祭、季节祭。有名的日本三大祭是青森县的睡猪祭、埼玉县的秩父祭、京都府的祇园祭。有名的江户（现东京）三大祭是：神田祭、三社祭和山王祭。再加上各地区、各神社不同的祭，诸如青森的巨灯祭、仙台的七夕祭、秋田的竿灯祭、山形的花笠祭、札幌的雪祭，以及没有神的音乐祭、文化祭、温泉祭、感谢祭……真是难以算清日本一年四季究竟有多少"祭"了。

祭典时，大多要抬着神舆游行。参加者要上供、鞠躬、唱歌、跳舞之类，与神同乐。日本人认为祭祀是他们"心中的故乡"，是日本民族精神生活的起源，对"祭"都怀有很深切的感情。一到祭祀时，主持和直接参与的人无论大人小孩都要穿上民族服装，观看者也常有换上和服的。据说，青森县的"睡猪祭"每次都会有三百万人出动参加，年复一年，年年如此。

　　日本人家庭中传统的礼俗也不少。从孩子出生到长大成人，代代相传的庆典一个按一个，不仅使孩子逐渐加深对人生的认识，而且也使生活平添了许多乐趣。

　　和中国人一样，日本人也是把生看做喜，把死看做悲的，婴儿尚在腹中，庆典便已开始了。怀孕第五个月时的戊日，要举行围腹带的仪式，祈求安产。这腹带叫"岩田带"，旧俗要由娘家赠送：两条红白双色的绸子和一条白色的棉布，再加上寿钱和酒菜钱同时送到女儿家。"祝带"的正式仪式，应该由一个年长的妇女把带围在孕妇的肚子上。现代人不再恪守陈规，常常从市场上买了现成的腹带，选个好日子送到医院，请护士辅导围法，回家后自行庆祝，又科学，又省钱。

　　孩子降生后，产妇出院时，要送礼给医生和护士，即使孩子不幸夭亡，这份礼也是不能免的。

　　第七天过后，多要举行"祝贺之礼"。旧俗产妇的娘家要送一套婴儿服，亲朋好友也会略有表示。在"第七夜"，孩子的祖父要给婴儿命名，名字写在"奉书纸"或"美浓纸"上，叫做"命名书"。这"命名书"要供在神龛或佛坛上，晓谕神佛，供一段时间后，就把这"命名书"和脐带作为婴儿档案一起保留下来，现代人也有请有学问或者有地位的人给命名的，做祖父的就没有了这份专利。

　　孩子满月时，按古老的习俗，要由祖母抱着，母亲陪着一块去参拜神社，交上3000至5000日元的"初穗料"，接受神官的驱邪。男孩30天算满月，而女孩要31天才算满月。与此同时，还要送礼给亲友，礼物外面写上"内祝"，下面附上孩子的名字。这礼物一般是来参加"祝贺之礼"的亲友送来礼物价钱的三分之一到一半，有点回赠的意思。现代人比较洒脱不拘了，倒不一定非要在第30天或第31天去神社，选个天气清爽、母子精神都好的日子去的人也很多，母亲也不一定非要穿复杂而不方便的和服，西式衣裙也可面神。

孩子四个月左右时，一要行"初食"礼，"初食"也叫"初著"或"固齿"，原来的礼仪是用漆碗（男孩用红漆碗，女孩用内红外黑的漆碗）准备一小碗豆饭，一条有头有尾的煎鱼，一碗汤，再加一块小石头，祝贺孩子第一次吃饭，并祝他牙齿坚固。这些东西其实不过是做做样子，临了，孩子只喝一点粥汤了事。现代人多半在这一天邀请祖父母、外祖父母等近亲来家相聚，大家围着孩子说些吉利的话。

女孩出生后的第一个三月三，是她的第一个节日。三月三在日本叫"桃花节"，也叫做"女儿节"。男孩儿的节日则在五月五日，这天叫"端午节"，也叫"男童节"。按照日本旧俗，孩子的外祖父母要给女孩子送一种专门供女儿节拜祭用的娃娃，日本叫"雏人形"。男孩则会收到武士娃娃、铠甲、头盔等装饰性武器。这种习俗是日本历史上漫长的武士时代的流芳遗韵。孩子的第一个节日，父母要用蛤汤、寿司、白酒、菱饼、樱饼招待或馈赠亲朋。现代人更趋向实际，在许多地方，价格昂贵又不实用的人形娃娃，往往被改成了衣物和现金。

旧时的日本人并不是年年过生日，但对于孩子的第一个周岁生日却非常重视。在这一天要与亲朋一起，大办生日宴会。主人和客人都穿上和服表示郑重，要做"力饼"让小孩背着走，故意让他摔倒，意思是不愿他长大之后离开家。现代人也已把这"初诞生"西洋化，自家人拍照、录像，记下身高、体重，作为纪念，安安静静地庆祝。

日本旧俗，孩子长到三岁时，要举行留发仪式，叫"发置"。男孩五岁时要庆祝穿裤子，叫"袴着"。女孩七岁时有"换带"仪式，将过去所穿的系细带子的和服换成窄袖便服，开始扎宽带子。这也是现代"七、五、三"节日的起源和本义。"七、五、三"节在每年的十一月十五日，这一天，三岁的男女孩,五岁的男孩和七岁的女孩都随父母去神社参拜,接受神官的祈福。1992年11月22日,我到名为"小江户"的川越古城参观时,那里的冰川神社,正在举行仪式,为过"七、五、三"节的孩子们招福除厄。专门搭起的白色布帐篷内有一排排小椅子,盛装的男孩和女孩穿着鲜艳的和服,浓妆艳抹,头上垂着规定的发带和发饰,手中提着与和服配套的金链小提包,安静而专注地坐在那儿,看着神官手里拿着祈祷专用的榊树枝和白纸条扎成的家什挥来挥去……孩子过"七、五、三"节,祖父母和近亲也要送礼:皮包、皮鞋、帽子、领带、小饰物,等等。

孩子进入幼儿园、小学、中学时,祖父母和近亲也仍然要送礼:铅笔、蜡笔、书、手帕、图书券、文房四宝、衣物、饰品乃至唱片,不一而足。细想起来,孩子入幼儿园、小学和中学,在别人看起来不算什么大事,可是,对孩子本人来说,却是进入社会的第一步,在心理上也有一个质变。对孩子的父母说来,也有特别的意义。因此,周围的人表示一下祝贺,还是很富于人情味儿的。

女孩子一生中有一个专门的节日,这就是"十三参拜"。"十三参拜"在孩子十三岁那年的三月十三日举行。祝贺女孩子长大成人,日本关西地方盛行十三参拜,京都岚山的法轮寺最负盛名。法轮寺中供奉着虚空藏菩萨,虚空藏菩萨是传授福德、智慧的神。

孩子从幼儿园、小学、中学、大学都有毕业,在这些时候,家人和近亲也不会忘记对孩子进行祝贺,礼物也会随着孩子年龄的增长而逐渐成人化。1993年3月,我在东京地铁涉谷车站里,看到许多女孩子头上系了绶带,一律的深蓝色长裙,粉红右衽阔袖衫,衣服很像是朝鲜的民族服装。问到东京大学的先生,他说,那是去参加大学毕业典礼的专门的服装,这套衣服,他们一生中可能只穿这一次。

当长大成人的孩子走完这些台阶,开始就业时,他的第一笔薪水,通常都是买成礼物回报老师或亲人。从此，他就结束了他的童年、少年和青年时代，开始步入社会，成为一个独立的人了。

美国成人的年龄是十八岁，孩子一到十八，父母即没有再抚养他的义务，孩子也会很自然地搬出去单独住，自己挣钱养活自己，无论他已工作还是在上学。日本民法上规定，满二十岁算是"成年"，开始有选举权，也有了结婚的自主权，甚至喝酒、抽烟也成为"合法"。所以，"成人节"也是一个重大的节日。一般家庭都会为孩子的成人举行庆祝，父母、近亲也会有所表示，甚或政府机关也会举行成人节的集体庆祝仪式。每年的一月十五日，在东京的街头，车站内外，都会看到三五成群的姑娘们和小伙子们，穿着正式的衣服，装饰得花枝招展，不用问，那都是去某处参加成人式的孩子。

不过，近年日本随着经济的发展，一些富裕人家的子女也是越来越娇惯了。"成人式"后仍未成年，照样要父母供钱念书的大有人在，更有甚者，女孩子已经成婚，却仍然要娇滴滴的什么事都靠着父母，不愿意从女儿变成主妇的，也越来越多了。

算起来，日本人享受节日最多的时间，是从出生到成年的一段。这些节日是他们生活中的"味之素"，不仅使生活变得丰富多彩，而且，无论什么时候想起来，都会觉得回味无穷。

结婚之后，为人父母和祖父母、外祖父母，便只有给晚辈过节、送礼的份儿了。当然，那些过去属于自己，现在属于儿孙的节日，也仍然是他们生活中的"味之素"，起一种提味的作用。不过，别人给自己过节和自己给别人过节毕竟不同，沧桑之感，也会油然而生。

"祈愿绘马"

其实,一般的日本人到庙里去,无非是为自己或为亲人朋友祈求平安、吉利,不见得有很深的信仰缘由。这种祈求的表达方式,在日本,最常见的是上香、扔钱、许愿。除此之外,和中国一样,也有抽签算命的。但那里用的不是竹筒和竹签,而是事先印制好的纸条,程序也更简单。交100日元就可以得到一张,上面写着你今年是大吉,还是大凶。得到"上上吉"签的自然喜气洋洋,便把纸条叠好,把这运气小心地装进钱包中,心满意足地离去。得到"大凶"的人,也不必慌张,以为大难将要临头:庙里自安排了禳解的办法,就是将那纸签叠成细长条,拴在庙里的树上或专设的大绳子上,这样就可以把厄运留下了。

日本寺庙、神社还有另一种祈愿的办法,却是中国所未曾见过的,这就是"祈愿绘马"。所谓"祈愿绘马",是一块小小的木板。在大一点的神社和寺庙里都有出售,每块大约五百日元。木板的形状并不一律,常见的是五边形的,像是由一个钝角三角形和一个长方形组成,看起来就像是一个小房子。其他还有折扇形、长方形、圆形、六边形,等等。绘马顶端的小孔拴着一根小绳子,可以挂在木壁的钉子上。这木壁是神社或寺庙专设的挂绘马的地方。绘马的正面,一般写着神社或寺庙的名字,并配上该神社寺庙专用图案。另一面是空白的,留给参拜的人书写心愿和签名。由于绘马很多,而寺庙准备的挂绘马的地方又有限,因此,著名的神社寺庙的绘马常挂得重重叠叠。在东京、京都、奈良等各地,

长崎孔庙里的祈求考试合格、升学顺利的"祈愿绘马"。

我曾仔细地翻看这些绘马上面的书写,"心愿"之中,以祈求家宅平安、婚姻美满、考试合格的居多。

据资料的记载,这"绘马"始于日本古代向所崇拜之神奉献活马的习俗。古代日本人认为,神是骑马降临人间的,祭神时献上一匹好马,无疑是最能表现敬意的了。这被献的马(当然是活马)称为"神马"。后来,马逐渐演变为它的替代物或象征物,如铜板铸的马的浮雕、木马,稻草扎的马、泥塑的马,等等。这种奉献的仪式往后便愈发简单化,最后便是在木片上画了匹好马,有时画上还配上牵马的仆役——这倒是名副其实的"绘"马了。如今,"绘马"成了这木片的名称,而马却消失了。日本的《本朝文粹》记载,古代谋士大江匡房曾向北野天神奉献"斗方绘马三尺","斗方"原本一尺见方。那么,这三尺斗方绘马就比现在的绘马大得多了。现在的"绘马",通常的大小尺寸是长约十五厘米,宽约十厘米,厚一厘米——一个刨得干干净净的木头本色花纹的木片:看起来还是蛮可爱的。

在当今日本的寺庙和神社里,"献"绘马最多的是年轻人,特别是中学生。其中,又以考试合格、升学顺利的祈愿内容最为普遍,这类绘马,有的只是笼统地写着关于考试或升学的心愿,有的则写明所期望进入的学校的名字。这种状况,也许从一个侧面说明日本大学入学考试竞争的激烈,尤其是进入名牌大学。1993年春在长崎旅行时,我去了建造不久、规模颇大的孔庙——这已是长崎旅游的一个重要景点。进入供奉至圣先师的庙堂,我们的老祖宗的形象一仍其旧,倒是两边架子上挂满的重重叠叠的绘马让我惊奇。与别的寺庙神社不同的是,这里清一色的是祈求学业进步、考试合格、升学顺利的内容。我当时觉得好笑的是,难道中国的圣人也喜欢供奉者献马吗?另外的疑问是,日本的学生为何不求助于本土的神灵,而舍近求远?孔老夫子和他们可有语言、心理上的隔阂和障碍?不过,"远来的和尚能念经",应该是中外相通的道理,而日本的青年人也许会考虑到,孔夫子是主管教育的,既是著名学者,又类乎文部省的大臣,有关学业的事情,肯定更具权威性,对莘莘学子的心愿,也会有更充分的理解,虽说不是自己的老祖宗,倒也没有什么关系了。

当然,他们到庙里来许愿,这一切也许不过纯粹是为了好玩。花四五百日元,如果真有神给予保护,固然很好;如果没有,在木片上写上自己的心愿,过些年再回来看看,也是一件挺有趣的事。

虔诚的日本人？

到日本不久，便去参观著名的浅草寺。浅草对五六十岁的日本人来说，是他们生活的记忆和传统的象征；而新一代的青年人，他们的兴趣已转到了新宿、涩谷，在他们的心目中，浅草不再是东京的代表了。

我们到寺庙是参观，而日本人则叫做"参拜"。所谓"参拜"，通常是扔一个或几个硬币到寺庙正殿门槛外的木制的"赛钱箱"里，然后摇动从屋檐挂下的、牵着铜铃的粗绳子，铜铃摇响之后，双手合十在眼鼻前，闭目默念约十秒钟，参拜便告结束，整个过程不过半分多钟。如果所到神社没有铜铃，摇铃的程序似乎便改作拍掌两下。这些动作，大多数日本人都做得干净、利索、优雅，且显得庄严、真诚。

赛钱箱里的钱多半是10元的紫铜色硬币，50元和100元的银色硬币较少。在大寺庙，或新年等大节日，也会有千元或万元的纸币出现，但这种情况不会很多。当然，心诚不在钱的多少，但钱的多少也能反映心诚的程度。如果从参拜的表情看，参拜者似乎个个都至诚至敬，但若从赛钱箱中的钱来看，好像是应该打些折扣。

走过浅草寺正门外"仲见世"两边密集的小卖店街，然后向西，拐入浅草大街，寺庙就一个接一个地出现：本愿寺、专胜寺、清光寺、圆照寺、来应寺、善照寺、满照寺、德本寺、行安寺、正觉寺、广大寺、光明寺、妙音寺、西照寺……真是参不胜参，拜不胜拜。在东京地图上，浅草寺周围，北从言问通（"通"即大街），南到春日通，西从山手线铁道，东到隅田川，方圆不足三平方公里的地方，标有卍符号的竟有111处，也就是说，这块地方有大大小小一百多座寺庙。

当然，浅草地区是寺庙密集的地区，并非整个东京、整个日本都是这样。但是，说日本寺庙多得让人吃惊，并不言过其实。走在东京的街头，或在繁华的闹市，或在僻静的小巷，寺庙与你常会不期而遇。

日本寺庙的规模大小不一，有时相差甚为悬殊。名刹如关西奈良的东大寺，正殿长57米，宽50米，高47米。大殿的正门有5米高，里面供奉着15米高的大佛。可以想象东大寺的宏伟规模。小庙则很玲珑，殿堂可以小到十几平方米，一进门额头几乎就要碰到供桌。名刹有名僧住持，小庙也有专人管理。所以，无论大小，凡是佛门、神社净地，都是院宇无尘，佛室静寂。洗心池净水长流，水勺木色常新。著名的明治神宫，好几里长的人道上不见一点纸屑，不设供人歇息的坐椅，道旁的石头也不允许蹲坐：这些，都无非在表明这里是神圣的、不容亵渎的处所。

参拜寺庙，是日本人生活习俗的一个重要部分。元月元日，讲究"初参"，全家换上新衣，以祈求一年的好运。也有人愿意去神社参加"初诣"，表示更尊重日本本土的神。四季之中春秋两季的彼岸参拜，年终的参拜，大多数家庭都要去寺庙点卯，谁也不愿意轻忽。个人的节日，如过满月、生日、七五三节、成人节，多半要到寺庙或神社，以示郑重。各寺庙和神社也有自己固定的节日：每年4月初明治神宫有连续几天的大祭；5月第三个周六、周日是东京浅草寺的三社节；5月17、18日是日光市东照宫大节；7月15日前后靖国神社御魂祭祀；10月11至13日是东京本门寺纪念日莲圣人的节日；12月17日是奈良春日大社的节日。这些大寺名刹和大神社的节日，都安排有重大活动，如举行隆重的祭典，抬着神舆游行等，会吸引来成千上万的参拜者和看热闹者。有的日本人到外地旅游，也会把参拜当地著名寺庙作为一项重要的内容。更有见神必拜，见庙即参，并不笃信哪一神道、哪个佛祖的人。所以，无论大庙、小庙，无论节日、平时，都常可以看到行参拜之礼的人。在东京，逢年过节时，寺庙便是参拜者的"集散"之地，一拨一拨的人净手、漱口，然后买香、上香、扔钱、许愿，然后很快地离去。由此也出现了一种颇奇特的现象：据有关方面的调查统计，日本的宗教人口之和，比日本的总人口还要多。

我很惊讶日本人有如此普遍的宗教情绪。从耄耋之人到几岁的儿童，都会做扔钱、摇铃、合掌、默念的一套仪式。举止动作绝对的规范，而神情也绝无轻忽、调笑之色。日本人都那么虔诚吗？在京都旅行时，我曾问及东大的一位自称是"绝对的无神论者"的教授，他的回答是："可能是习惯吧！"

揣摩这"习惯"二字，这一解释应该说是有道理的。"习惯"就不一定是信仰，出于习惯的宗教行为，其间也就不一定蕴涵着宗教情绪。但这"习惯"其实也不是一种被动的、纯粹"形式"化的东西，它已构成一种具有相对稳定性的、有一定延续力和凝聚力的心理倾向。因而，虽说未必有那么多的信徒，那么多的信仰者，但某种类乎"宗教性"的因素，也已渗透进国民的心理行为中了吧？有研究者统计，日本全国现有庙宇七万七千多座。它们大多数并非作为"文物"存在。能使这么多的寺庙生存下来，除了一部分信徒之外，多数人的"习惯"也是重要因素。

当然，虔诚的信仰者也不会完全消失，即使在这个物欲泛滥的时代。1993年夏天的一天，我到川越市参观那里保存的江户时代的文物、遗迹。川越市中心大约十平方公里的范围内，各种大小寺庙、神社也有二十多座。在日本，各种寺庙、神社我已见过许多，因此，不是特别著名的，已不能再对我有很强的吸引力。在看过川越的一些体现江户时代的街巷、商店以及民俗资料馆之后，我打算乘车返回东京。在走过路边的一个小神社时，两位穿着朴素和服的年迈妇人使我停住脚步。她们站在供桌旁，眼睛微闭、双手合掌地喃喃祈愿。那种虔敬而忘却四周一切的神情，让见惯了各寺庙中规格化的祈愿仪式的我，心中突然一震。记得小时候，在祖母拜佛时，她的脸上就曾出现过这种超尘的神情。我极愿意留下这值得永久保存的一幕。但是，当我从挎包里取出照相机时，两位老者已经走出神社，从我身旁默默地离去。

人鬼之间

中元节在中国已经不是什么节日了，因为这节日是为了祭鬼。可中元节在日本却是一个大节日，也因为这节日是为了祭鬼。

7月15日的中元节又叫盂兰盆节。鬼月期间，在日本各地都有许多带有宗教意味的活动。由于日本在明治五年改历制时，采用了一种简单的方法，把全部的从中国传到日本的农历节日，都原封不动地折合到西历上。因此，始自中国的农历七月十五日的中元节，日本也就定在西历的7月中来过。但有的守旧的日本人，却仍然认为农历的七月中才算真正的中元节。这样，日本的中元节就从西历的7月中到农历的七月中，断断续续达两个月。比如，东京靖国神社举行"御魂祭祀"，就是在西历7月的中元节祭鬼；而8月26至28日，东京高圆寺举行盂兰盆会舞，便是在农历的鬼节举行祭祀仪式了。

中元节的祭祀仪式多在晚上进行。东京以靖国神社的最为壮观。届时，象征着两万多亡灵的两万多盏大灯笼一齐燃亮，参加者抬着神舆，从灯笼墙的夹道中间，喊着口号，缓缓穿过。供奉在那里的包括明治维新前后、日俄战争、中日战争中死于战事的鬼魂，都会在那一天得到祭奠。由于靖国神社供奉着第二次世界大战期间日本战犯的牌位，而日本的有些政要又以参拜靖国神社来表现一种姿态，因此，每年日本政要参拜靖国神社的事件，都要引起包括中国在内的、受到日本侵略之害的亚洲国家的抗议，而成为一个政治事件。

仍保留着旧风俗的寻常人家，在中元节时也来到亲人的墓上献花、献酒，并在7月13日晚上到墓前把亡灵接引回家中，与家人团聚，一起过盂兰盆节。接送亡灵的仪式也因地而异，关东13日晚接亡灵时挂起画有家族纹章的灯笼，点燃一根用茅草搓的绳子，从墓地把亡灵接引回家。有的还用茄子、萝卜、土豆做一匹马，好让先人骑上回家。把祖先的亡灵请回家后，在佛坛上摆好祖先的牌位、遗像，供上祖先生前喜欢的食品，再点上香。15日晚，再用灯笼引着祖先回到墓地，在墓前烧掉灯笼，说着："明年盂兰盆节请再回家过。"这种仪式有些繁杂。现在，在大都市，即使是还坚持过中元节的人家，也把仪式简化，只要把平时寄放在庙里的木制的五重塔带回家，之后再送回寺庙，就算是接送亡灵了。

在中国人的观念里，幽灵和鬼、怪常常混为一谈。人死后变成鬼，好人变的是善良的鬼，坏人就变成恶鬼。恶鬼的作恶，有时形同妖怪，因此"妖魔鬼怪"很难区分。比如《西游记》中的白骨精，就是鬼变的妖怪。《聊斋》中有鬼，也有花妖之类，妖怪也常与鬼麇集一窟。但对于日本人而言，幽灵、鬼和妖怪，是分开的，并不是一回事。人死后是幽灵，大致上保持人形和人性。妖怪不是人类，而是懂法术的动物、不懂法术的怪兽，以及成精的植物或器具。鬼是妖怪中的一种，一种狰狞、健壮、人一般站立的怪兽。幽灵是不会变成鬼或妖怪的。

日本的幽灵故事，最早出现于9世纪初。佛教寓言集《日本灵异记》中，首次出现枯骨报恩的故事。有学者指出，这些故事是根据中国《幽明录》之类的作品改写的。三百年后的平安时代末期，又一部佛教寓言集《今昔物语》出现了"正宗"的日本幽灵。《今昔物语》中有一个故事，写一名高官死后仍留恋自己的官邸，常常穿着官服在屋子里游荡。一天，遇到了这屋子的主人，便要将他赶出去。屋主指出，高官的子孙已经将屋子卖给他了，他才是屋子的主人。高官的幽灵听后，自觉理亏，立即退出，从此不再来了。另有一个故事，讲一个穷武士，离家出游，与另一女人结婚。多年后返回家乡，看到妻子寂寞地在破败的屋子中度日，十分惭愧，与妻子相拥而眠。翌日清晨醒来，即发现自己抱着一具枯尸。原来妻子早已悲伤而死。这两个故事中的幽灵都保持着人形，虽然受到损害，但无意加害于人。那高官的幽灵很明理，武士的妻子也没有对负心的丈夫复仇的打算。待到后来发行的《死灵解脱物语闻书》（1690年）和《皿屋辨疑录》（1758年），才出现以激烈的手段寻求报复的女幽形象，亦即日本幽灵界的三大代表：阿累、阿菊和阿岩。总之，日本人与幽灵之间，好像没有太大的隔阂，对他们也不怎么畏惧。在盂兰盆节，邀请亲人的幽灵回家过节，就很富于人情味儿。

  日本的墓地，也是和民居杂处的。在东京，住宅常与寄灵的寺庙、神社毗邻，寺庙、神社附属的墓地常与人的住所一墙之隔。在日本人看来，幽灵就是祖先和亲人，和祖先、亲人生活在一起，是很自然的事情。这在中国人是不可思议的。中国的阳宅和阴宅离得很远。虽然忌日或清明节，也去上坟，但谁也不愿把祖先或亲人的魂带回家中。这可能与幽灵、鬼、怪纠缠一处，使人觉得他们都是异类有关：黄泉路远，人鬼有别吧！

  日本人于葬和祭好像都处理得较为亲切、安静。在东京期间，左右近邻就有两家的老人去世，但未听到嚎啕大哭。先是看到有白纸黑字的"××家式场"的"路引"立在路旁，然后看到穿着黑色礼服的亲友安静地出出入入。之后，殡仪馆的车来把人接走。前后也就两三天。当然，当事人的事情还是不少的：亲人去世后，先用信函或用电话通知近亲好友，然后由近亲好友成立一个葬仪委员会。委员会分管殡葬过程中的"会计"（葬仪中的收入和支出）、"受付"（记录前来吊问的人的名字、礼金）、"供花、供物"（管理供品）、"连络"（葬仪的各种联系）、"接待"（招待来宾）、"炊事"（准备来客的饮食）、"会场"（葬仪的仪式诸事）等等。"委员会"在人死后的第二天便"上任"：在丧主家的附近路口、拐弯处设置指引的路标，安置排放花圈，准备布置供着亡人遗像、鲜花、供品的灵堂。晚上则安排"通夜"：家属、近亲和朋友聚在一起与故去的人共同度过最后的一夜。是夜，家属为表示对故去的亲人的怀念，会请和尚念经，或请神官读祭词，或请牧师等神职人员读圣经、祈祷。之后，亲友便一起吃饭、饮酒、聊天，一如平时，只无不得体的喧哗和大说大笑。他们不认为这是对故去的亲人不敬，因为亲人即使去世，也喜欢和亲友们一起饮酒。这仪式名为"通夜"，因为现代人第二天要上班，也有简化为傍晚八七点钟开始，九十点钟即结束的。

当然，还要在神社或寺庙买一方墓地，订做石碑，家中设置神坛和灵位，岁时祭祀，这就是后话了。一方墓地和墓碑所费不等：一般平民的选择，大约墓碑80万到250万日元，因尺寸和石质、加工不同而有异。碑形也分为五轮塔、"和型"（日本式）、"洋型"三种。外栅所费140万到250万之间。一方墓地，民营的灵园约70万至240万，公营的40万至60万。这样，死一个人，光是建墓，花费最少也要二三百万日元。近年，由于城市墓地紧张，"纳骨堂"的利用者越来越多，相比起来，花费也有很大的节省。

祭奠死者的"追善法要"可繁可简。人死后的第七天、十四天、二十一天，直到七七四十九天，以及十日、五十日、百日、一周年、二周年、五周年、十周年、五十周年、百周年等等都是忌日。多祭有多祭的名目，少祭有少祭的理由，个人的心愿罢了。

日本是个讲究"规范"的国度，什么事情都有一定之规。比如，丧主的男女丧服、吊问者的服饰、领带的颜色、通知亲友的书信的写法、灵堂的摆设、告别死者的言辞、吊问者的致辞、供品的内容、烧香的姿势等等，都有一定的规矩。在这方面，不会有人要去别出心裁。

在我看来，日本的丧葬在仪式上虽然还残留着东方式的繁杂，但在心理上，已经趋向于越来越简化了。也许日本人是更重"今生"，而不是太看重"来世"吧？

吃午餐的"八公"狗

我是在那样的一个年代成长的：在那个年代，一切花花草草的东西，包括小猫小狗，都被认为是有损革命意志的闲物，对它们的喜好，当然就是玩物丧志了。这使我在无意中形成这样一种心理，即凡是养花养草、养猫养狗，包括打扑克、玩麻将，都是不务正业；偶尔沾惹，都有一种不安的感觉。偏偏是，在生性上，我又是个极爱花草、特别是动物的人。我尤其是喜欢那种有"表情"而且通"人性"的动物。猫、狗、兔子，甚至蜗牛，我都喜欢。小时候，家里养的兔子奔过来争食手里的胡萝卜的情景，晚上和哥哥争夺花猫放在被窝里睡觉的事情，都成了长久难以忘怀的记忆。

到东京以后，首先发现的是花草极多。在住宅区，家家都尽可能地在不大的空地上种花种草。门里门外，墙里墙外，但凡有一小块地皮都会种上一丛花、一棵树。院门的柱子上会放上盆花；屋檐下的石阶上，会放上长条形的花盆；阳台和门边，也悬挂着盆栽的花草。假如哪家有足够的空地能种上两株枫树，或一棵橘树，一架藤萝，那一定会让周围的邻居羡慕死了。

日本的花，大概都是经过品种改良的，因此，在我看来，好像都有点"走形"。花常被培育得色彩异常鲜艳，花朵又异常的大。如艳丽得令人"发疹"的牡丹，一串挨一串的硕大的藤萝花，体态丰满像吃了激素的马蹄莲。有一次，我在一家人家的窗台外，看到一盆土栽的水仙。碧绿而厚实的叶子上，托着几朵花，每一朵比普通茶杯口小不了多少。我在这样"怪异"的花朵面前愣住了。许久许久都不能相信，秀雅的水仙花居然会变成这副模样。我住的地方附近有所"水道局",院里的山坡上,春天开着一大片一大片的杜鹃花,也是那样"怪异"的密密匝匝。而几乎所有的花,也都一律地往肥胖的"营养过剩"方向发展,没有了香味和神韵。以我的审美取向来衡量,总觉得日本人改造花卉时有点取貌遗神。

在东京,最常见的宠物,当然就是猫和狗了。猫是可以自由活动的,但似乎很守规矩,很少见到在街巷中乱跑。它们常常卧在一堵矮墙头上,或在围墙的栅栏内向你窥望。在电视台征集的家庭趣味录像中,有许多也与猫有关。东京的狗,则一般在一早一晚才能见到——清晨和晚上,是遛狗的时候。在住宅区的街巷,在公园,这个时候便能看到各式各样的狗。老妪或年轻的主妇多半喜欢小巴儿狗,它们天真可爱,有洁白的或淡黄的长毛,脖子上或耳朵上还常有精心制作的饰物。它们一边走,一边东张西望,一副乖乖的模样。据说这种长不大的狗在70和80年代最受宠爱。老人常喜欢颈子上有一圈长白毛的黄色喜乐帝犬,取其高贵。它的体型比巴儿狗要大一倍,表情专注,跑起来步伐轻快。50年代到60年代初期最受日本人喜爱的狐狸狗却不多见了,因为它太爱吠叫,这会影响邻居的休息而遭人嫌恶,特别是在东京那样的房屋过分靠近的居住条件下。另外,六七十年代受欢迎的英国牧羊犬,现在也还能见到,不过,数量已经不是那么多了。这些都属于中型犬。

在公园和街巷上,我碰到的最多的是大型狗。据说,大型狗的受宠,起于80年代末。黄的金毛猎犬,白的大白熊犬,黑白花毛的爱斯基摩犬,都煞是气派。有一次,我在羽根木公园见到一位老人,两只手牵着两只爱斯基摩犬,那架势就像是在大海中驾驭着帆板。这可是件不很容易的事。这爱斯基摩犬每只体重都在20公斤以上,性情又不像巴儿狗那么温顺,常常显出几分追求"自我"的野性。我就见过一个中年妇女,被一只大狗拽着在小巷里跑来跑去。那只狗执著地非要嗅遍小巷两边的花草不可，嗅完这边嗅那边，因此，瘦瘦的主人就只好之字形地奔过来跑过去。不过，这次的老人却完全掌握着主动权。我注意地跟着这老人走了一程，才明白了他敢驾驭两只大狗的原因。一来是老人身躯健壮，压得住阵脚；二来也得力于那两条不寻常的拴狗索：拴狗索有坚固、适于掌握的环形把手，把手上有自动伸缩机关，有可以让绳子任意伸缩的按钮。这样，他便可以控制狗的走向，使它们总是在离他不远的地方平行地往前走。能养得起这样两只大狗的，大概不会是普通的人家。

在东京，不允许把狗带到公共场所去，遛狗的时间也有规定。公园里常见到这样的告示牌："爱犬的诸位，公园里禁止放狗喂狗，狗的主人要负责收拾好狗的粪便。"因此，遛狗的人，往往手里拿着小铲子，提着塑料袋。狗拉了屎，主人就铲进袋子里。所以，东京狗那么多，却很少见街上有狗的粪便。当然，不自觉的人是哪个地方都会有的。于是，我在街上也见到，有人在秽物边上用粉笔画上圆圈，并在一旁写上不注意公共道德之类的批评的文字。

照我这样的局外人的观察，在东京养狗，也不是一件很容易的事。东京倒是到处都有出售猫狗的宠物店，但一条稍像样的狗，总要十万日元上下，更不要说名贵的品种。买了狗，要去有关的管理机构登记，到指定的机构打防疫针，遛狗有一定的时间、地点的限制，还要给狗一定的生活空间，这对于寸地寸金的东京来说，是件伤脑筋的事。你既然要养狗，总得给它一个窝吧，得有地方放一个饭盆、一个水盆吧！也还得有它的"厕所"吧！如果有院子，或房子比较宽敞当然好说，否则，就得把狗放在屋子里了。日本人睡榻榻米，饭桌也是矮几，我很难想象人和狗是如何相处。不过，他们总是会有办法的。

猫和狗都有专门的"规范"的食品。食品有专卖店，超级市场也会辟出一角来专卖猫狗的食品和罐头。它们的包装上都画有显眼的狗和猫的头像，因此，不会与人的食品混同。猫、狗食品一般做成小饼干或小麦圈的样子。狗食一大包3公斤，一千日元左右。包装上面还写明体重多少的狗每天该吃多少克的食品，就像婴孩食品一样。按照标示，一只小型狗每天大概吃250克，中型狗得吃400克，而大型狗就要700克了。一大包狗食也就够一只大型狗吃4天。但实际上，狗和猫都不能光吃这些主要用面粉做的东西，虽说里面也掺有少量的牛肉什么的。因此，还有各种各样的猫、狗吃的鱼肉罐头。有一种日清制粉株式会社制造的肉罐头，400克一听，标价100日元，倒是不贵。这种罐头，体重不到5公斤的小巴儿狗、狮毛狗，每天有半听到一听也就够了，但大型狗，每天没有两听，大概是不会罢休的。罐头上面，也像人的食品一样，标有详细的成分清单：每100克含有多少植物蛋白、粗蛋白、粗脂肪、碳水化合物、维生素A、B、C、D，等等。其他还有有益生长的生肉干、增进食欲、强化骨骼等等名目的食品出售。细细辨认，这类商品里似乎还没有减肥药或美容茶。

即使不算给狗洗澡的浴液这类，粗粗算下来，一只大型狗每月的消费也要3万日元左右。这个数目，相当于东京市区一辆小汽车车位的月租金，或相当于一间没有浴室的简单公寓的月租金。事实上，养得起名贵品种的大型狗的人家，每月在这些宠物上的花费，绝不止于此数。当然，如果你没有那么多钱，又没有安置狗的地方，那就别养狗。因为那对于人和狗双方，都是一种负担。

房东的邻居是一个裁缝。他的店铺和我们住的楼之间，有一条不足两尺宽的狭缝。在这个窄小的空间里，他放进了一个不到三尺高的木房子。裁缝的狗就无冬无夏地永远卧在这个木房子里。木房子前面，有一个装清水的塑料桶，有时也会见到有小碗狗食。那狗进餐，就像是尽义务似的毫无兴致地慢慢地吃。有小孩对它百般挑逗，它也提不起精神去理睬。我刚住进这家公寓的时候，因为是生人，它见到我有时还会叫上两声。没过几天，我再走过它面前时，它就常常眼皮也懒得抬了。白天，难得听到它的声响。不过，在深夜，它又总要例行公事地吠上一阵，吵得人不能入睡。看到这条狗，我总百思不得其解：它的主人养它究竟是为了什么？

当然，大多数人与动物所建立的关系，并不完全是这个样子。因此，即使花费不菲，选择一条能负担得起的狗，还是合算的。比起这些动物给人带来的快乐，必要的花费大概就算不了什么了。牵着名贵且豢养得很好的狗遛弯，不仅可以显示主人的身份，而且可以在旁人羡慕的眼光中得到满足。而对于孤单、寂寞的老人或家庭主妇来说，带着一只狗去遛弯，比一个人踽踽独行，委实要有滋味得多。

有时候，人和狗要比人和人更容易建立起真挚的感情。因此，人和狗的关系，在各个国家，都有许多相似的传说和故事。东京地铁涩谷车站有一个出口叫"八公"口。"八公"口外的街头，有一个小小的毫不起眼的花园。花园的中心，花岗岩座上有一只狗的铜雕像。这只狗貌不惊人，却有一个动人的故事。狗的名字就叫"八公"，"八公"的主人是东大农学部的教授。教授每天下班回家，"八公"都要到涩谷车站来迎接。后来教授去世，它却仍然每天按时到老地方等候，期望它的主人有一天会归来。这只狗最后就死在涩谷车站。日本人被它的忠义所感动，就在它每天迎候主人的地方建了这座铜像。我在听到这个故事之后，特地去造访它。到那里之后，我看到这个有"八公"铜像的街心花园，已经成了青年人约会的地点。我把相机对准了它，却从镜头里看到它的两爪间有纸和杂物，便走过去想拿掉。到跟前一看，原来是一张白纸上面，放着一块很漂亮的小点心。

那时正是中午，这应该是人们给"八公"准备的午餐了。

志以纪念

日本各地的塑像、纪念碑很多。每一座塑像或每一块碑石，都会告诉你一个故事。这些故事，都被粘接在日本历史和传统文化的链条上。

日本历史上有两座重要的里程碑，一为大化改新，一为明治维新。大化改新发生在一千三百多年前的孝德天皇大化年间，是日本古代政治史上的重大改革。这场改革的主要内容，是有计划地接受中国的文物制度作为日本文化的主体。改革的时间为公元645年，是唐太宗贞观十九年，正是唐帝国最辉煌的时候。明治维新则发生在1868年，是日本近代史上的转折点。在这一变革中，日本举国一致，决定走"全盘西化"的道路。对于这两个于日本的历史具有巨大影响的重要事件，日本人总是念念不忘。特别是明治维新去今日不远，明治维新的功臣们在当代日本人的心目中地位最高。因此，有关他们的纪念物也就特别多。

离东京世田谷区役所不远有一个神社，叫松荫神社，里面供奉的，就是明治维新先驱吉田松荫。在神社前面的树林里，有吉田松荫的塑像。吉田松荫是长洲藩士（诸侯的臣下），毕生致力于倡导尊王攘夷和日本国的改造。他以教育为职业，有弟子八十。明治维新的主将久坂玄端、高杉晋作、木户孝允、山县有朋、品川弥三郎、伊藤博文等，都出自他的门下。吉田松荫后来在安政大狱被杀头而死，享年仅30岁。四年后的久安三年（1863），高杉晋作、伊藤博文把他移葬在东京的世田谷区，也就是现在的松荫神社这个地方。

伊豆半岛山间川端康成
"伊豆舞女"的纪念雕像。

与吉田松荫墓毗邻的是桂太郎公爵墓。桂太郎出生于山口县,也是明治维新的重要成员。他曾留学柏林,学习普鲁士的兵制,辅佐山县有朋等改革日本的军制。他还曾在大正元年会见过孙中山,商谈过日中的提携和东亚局势。因为敬慕吉田松荫的为人,愿去世以后,与他的灵域接壤……一条深而长的甬路,一座石碑,记录了他的这段事迹。

西乡隆盛也是明治维新倒幕派中心人物之一,在维新政府中任过参议。虽然后来又有参加叛乱、反对维新政府、兵败后自杀的"晚节不终"的事情,但仍被认为是日本近代的英雄人物。他的铜像立在东京的上野公园,和服木屐,凛凛然牵着一只狗。我第一次去上野公园,朋友在电话里约定的见面地点,就是西乡铜像下面。

明治维新的元勋大久保利通在清水谷坂的纪尾井坂被刺杀。如今,那里有一座"大久保公哀悼碑"。碑建于明治二十一年(1888),无言地纪念着他的业绩。也是被刺客杀害的反幕府军事指挥、日本陆军的创始者大村益次郎,也有铜像立在地下铁东西线九段下的车站附近。至于伊藤博文,那个从1885年起,做过四任日本首相,执政期间发生过中日甲午战争,和清政府签订过"马关条约",夺取了台湾,统治过朝鲜的铁腕人物,如果不是死在中国的哈尔滨,肯定也会在什么地方有一座大大的铜像,或一座哀悼碑什么的。

日本的这些纪念碑、纪念像,虽说涉及的是政治人物,但臧否也并不随着政权的更迭而不断改变。明治维新对立面的德川家族,也有许多寺庙、神社、碑记完好地存在。即使最后在维护幕府的战斗中覆没的彰义队,在上野公园当年激战过的地方,也有一块墓地。墓碑上有详细的对当时情况的记载说明。按照我们通常的那种理解,这二百多武士,是所谓"货真价实"的明治维新的"反动派"。但这处墓所,并未遭到毁坏和冷落,每年的9月15日,还都举行追悼的仪式,这些武士的后人,可以在这里寄托他们的思念。

出生在东京,或在东京成名的著名文人、画家,在东京也大多有碑石什么的纪念性标志。日本江户末期浮士绘三大画家,据我所知,他们的墓所在东京都保护完好:擅长工笔人物和自然景色的葛饰北斋的墓在台东区元浅草的哲教寺内;以描绘民间风俗和妇女生活为专长的喜多川歌麿的墓在世田谷区北乌山专光寺内;而以绘写日本风景名胜著名的安藤广重的墓是在足立区伊兴町前沼东岳寺内。

在日本诗坛颇有影响的诗人松尾芭蕉(1644—1694)和曾经教授夏目漱石作俳句的正冈子规(1867—1902)的俳句,都是深受日本人喜爱的。因此，他们的俳句在许多地方被刻在石头上，供人欣赏，就像中国李杜的名句也被刻在名胜之所供游人吟味一样。在东京南千住的素盏雄神社、龟户龙眼寺、芭蕉晚年隐居的芭蕉庵、墨田区长命寺等地，都有署名"芭蕉"的俳句碑；正冈子规也有文字碑在龟户天神境内伫立。

　　了解一些日本文学的中国人都很熟悉的明治时代的文学家小泉八云，他的墓在丰岛区南池袋谷灵园内。他的父亲是爱尔兰军医，母亲是希腊人。小泉生于希腊，后来加入日本籍，与小泉节子结婚。在明治时代的小说家、文学评论家、翻译家森鸥外的终焉之地，设有"鸥外纪念本乡图书馆"，馆内陈列着他的遗物，供后人参观。以《我是猫》、《哥儿》等作品为中国读者所了解的文学家夏目漱石的墓，与小泉八云的同在一个灵园内。写有《罗生门》、《鼻子》的芥川龙之介，他的旧邸遗物，在北区的田端车站附近，那里也有碑石介绍他的事迹，上面有这样的言辞：这里曾经居住过一位有着怀疑主义、唯美主义倾向的文学家……

　　名人之外，各种史迹的纪念碑在全国各地也很多。有的史迹碑还颇为奇特。我在横滨的山下公园一角看到一座花岗石的头像。头像有夸张而显得滑稽的男子中分的日本发式。说明上写着，这是西洋理发技术从横滨传入日本的纪念碑。在横滨的港口区，还保留着一座明治时代的现已破旧的仓库，它也已成为观光客的经常光顾之地。在东京世谷田区上町车站附近，我见到被细心保护的"代官屋敷"（"屋敷"也就是公馆）。木结构的建筑，草制屋顶，这是四百年前世田谷地方行政长官的邸宅；也已算是一个纪念性质的标记了。细心寻找，在东京著名的银座中央大街，可以见到"江户歌舞伎发祥地"的石碑，和"银座发祥地"的石碑。在长崎旅行时，曾参加过长崎的一日游。当年原子弹下落的中心地点，和只剩一半的石头"鸟居"（一种类乎牌坊的建筑），是导游要游客注意的"景点"。那个"鸟居"的另一半已毁于原子爆炸，这一半被作为反

横滨山下公园里纪念西洋理发技术传入日本的雕像。

对战争的证据。在东京西北的名为"小江户"的川越市，街道两旁的人行道上，有铜制的煤气阀门，有人力车的模型，以纪念当年煤气和人力车的使用。川越的喜多院附近，有一座小桥，据说过去小偷偷了东西以后，都要过这座桥到河里去洗脚，因此这桥名叫小偷桥，日本语叫做"泥棒桥"，桥边照样也立着牌子，说明这一名字的来历。不少游客，不管是否是小偷，都笑嘻嘻地争着在桥上留影纪念。

在日本寻找有关中国历史、文化的遗迹，也是一件很有意思的事，虽然有时颇费周折。本州的和歌山县新宫市东北的飞鸟神社有徐福宫、徐福冢。传说，这里是徐福带领五百童男、五百童女为秦始皇到海外蓬莱寻找长生不老药登陆的地方。元代临济宗僧人祖元，于1279年宋亡之后，受日本北条时宗的招请，东渡日本，先为镰仓建长寺的住持，三年后又任圆觉寺的开山祖师。这位成为日本临济宗宗师的高僧,曾有《献香徐福祠诗》。诗云:"先生采药未曾回,故国山河几度埃。今日一香聊远寄,老僧亦为避秦来。"看来,身在镰仓的祖元,并未亲到新宫的徐福冢前祭奠。

1993年我到九州时,曾到过平户市。走出平户的车站,便看到树立着一块牌子,上书"日本最西端的驿"——这也是他们赋予这个偏远小城"意义"的一种方法。在搭乘出租车游览的行程中,无意间在郊外的海边,看到了"郑成功儿诞石"碑。这引起了我的好奇。碑旁有几堆黑色的礁石,据说那就是郑成功诞生的地方。就像是山口县的杨贵妃墓一样,日本人富于浪漫色彩地确凿指认,信不信就由你自己了。据说,郑成功的母亲是日本的渔家女,姓田川。现在,在平户千里滨北边有郑成

九州平户的"日本最西端的驿"。

功的碑，在长崎松浦郡平户町喜相院还有郑成功之父郑芝龙的旧宅，宅中藏有《延平鬌龄依母图》，画的就是田川氏和郑成功母子。在平户的一处幽静、寂寞的山坡上，供奉着郑成功的小庙门窗紧闭，朱红的漆色尚鲜。庙旁有一个很大的木牌，详细介绍了"国姓爷郑成功"和平户的关系，落款是"平户市"。我想，这多半是出于旅游方面的考虑吧！

京都的宇治市黄檗山万福寺的开山祖师，是中国明朝高僧隐元。在日本，隐元作为日本黄檗宗的宗师，具有极高的威望。万福寺中，还保存着他的墨迹、画像和遗物。墨迹等应该是真的，不像有的遗迹，明显是穿凿附会。寺的门口一个石柱上写着"不许荤酒入山门"，那是中国高僧一直坚持的佛门戒律。

明末遗民朱舜水七次东渡日本。乞师不成，终老他乡。他在日本传授儒学，宣扬"尊王攘夷"。他的原意本是勤王反清，但却意外地启导了日本的新思潮。他的弟子们后来把"尊皇攘夷"作为明治维新的口号，这大概是朱舜水所始料不及的。日本第十代将军德川光国曾以师礼请朱舜水到江户安居，并为他开设学校。因而，在今天的水户郊外瑞龙山麓德川家的墓地中，长眠着朱舜水——德川家族墓地中唯一的外姓人。据说，墓碑上刻的"明徵君子朱子墓"七个字，是德川光国的手笔。德川光国也算对朱舜水尽了生养死葬的大礼。除了墓地之外，水户市内的后乐园，和东京的后乐园一样，也是德川光国为朱舜水修造的庭园。纪念朱舜水的碑石，还有在东京大学农学部内的一根石柱。石柱隐没在一片树丛中，不细细寻找不易发现。柱上写着"朱舜水先生终焉之地"：这里该是朱先生最后住居的旧址了吧？据说在水户市车站，1992年又有一座水户黄门和朱舜水的雕像落成。

其他与中国有关的遗迹和纪念性碑石还有很多。最著名的当然是奈良的唐招提寺——鉴真和尚的寺庙，鉴真的墓就在寺内的最后面。

另外，郭沫若的故居在市川市的须和田。在神奈川县藤泽市鹄沼海滨聂耳溺水身亡的地方，也立有一方碑石。……

这些都是有形的纪念物，只要留心，在各处都可以发现。除此之外，宣传媒介（报纸、广播、电视等）还很重视重要的历史性事件——即使是不怎么光彩的一页——的宣传，而在百姓的心中留下无形的纪念碑。每年的8月15日，在中国民间称为"日本投降日"，在日本的媒介上，则称为"终战纪念日"。我在日本时，正好是二战的太平洋战争50周年。一进入七、八月间，电视台便接连不断地播放有关的节目，包括制作精良、大量引用原始资料的专题片，来向曾经经历与未曾经历过的人们陈述这段历史。太平洋战争的始末，偷袭珍珠港的经过，所罗门群岛激战的残酷岁月，战死者的遗物、遗书，原子弹"被难少女"的日记，原子弹受害者的回忆……再加上对广岛、长崎和平公园中民众祈祷和平的活动报道，真是轰轰烈烈。对于历史的这些叙述，也许表现了日本民众对于战争的苦难记忆，和对于和平的珍惜，但也因此把日本描绘成战争的受害者，而多少忘记了对于责任的必要反省和思索。

不错，"前事不忘，后事之师"。但还要进一步追问：不忘的是什么，而忘记的又是什么。

本良上人和他的妙常寺

本良上人名信典,是神奈川县海老名市长现山妙常寺的住持。

我第一次见他是在 1992 年 9 月 2 日。因为我的同事夏君正做他的汉语教师,他要请老师 9 月 3 日去伊豆半岛观光,夏君邀我同去。我因为看过由川端康成的小说改编的电影《伊豆舞女》,对伊豆有着富于浪漫色彩的想象,所以愿意同往。又因为去伊豆要整整一天,须得六点半就动身,好躲过高速公路的上班车潮,所以 9 月 2 日我们就住到了本良的家里。

初次见面,他那张圆圆的娃娃脸、随和的表情、皱巴巴的布衫和光脚穿一双旧布鞋的模样,就给了我深刻的印象——因为我看到的日本男人大多总是衣冠楚楚、头发工整、面皮紧绷、动作像卡通片似的。他开车到海老名车站接我们到他的家。

他的家是一座很洋气的两层小楼,进门便是一间在日本来说是很阔大的客厅,主要摆设是一张可以容下十来个人围坐的木桌和一架钢琴。与客厅相连的是一座大厨房,二楼是他们一家的寝室。

夏君的另外两个学汉语的日本弟子已在本良家,一个叫草川净念,是惠光寺的住持,另一个深山通男,是个退休的企业界人士。聊天的时候,只有夏君中文日文都通,那三个人的汉语和我的日语程度相仿佛,用他们的话说,他们的汉语乱七八糟,而我的日语也乱七八糟,既然同是"乱七八糟",那就谁也不用笑话谁,大家都很随便,有一种难得的友好气氛。

谈得最多的当然还是日本的寺庙和和尚。本良是继承父业，原本就在这座妙常寺。而草川则做过十来年托钵僧，靠化缘才建起了惠光寺。我在新宿车站的地下广场，看见过日本的托钵僧，他们化缘时，都穿正式僧衣，黑衣白裳或黄衣白裳，日本式的白袜子，一顶半圆的深深的几乎遮住鼻子的斗笠系在下巴上，右手托钵，左手拿一只铜铃，或左手托钵，右手挂一根禅杖，身上背了布袋，布袋上写着宗派名称，嘴里有的还在喃喃念经。有人向钵盂中投钱，他便会向你点头致意，并摇响铜铃或把禅杖敲一下地面，大概意思是表示感谢或祝福之类。托钵僧得有站功，两脚分开差不多与肩同宽，站姿稳妥，据说一站便是一天，不兴乱晃和东张西望的，更不用说坐下歇歇脚或者喝点水之类了。止聊时，饭店送来了中华料理，这当然是招待夏君和我的意思，本良和草川他们都喝啤酒，而且笑嘻嘻地说他们都是"花和尚"。

日本的和尚不像印度和中国僧侣那样，即使对日常生活也总显示一种理性，他们是可以饮酒、结婚的，除了要削发以外，和俗人没有太大的差别。虽然他们在理论上也讲"五戒"：不杀生、不偷盗、不妄语、不淫邪、不饮酒，但这"戒"却可以灵活运用。比如，"不饮酒"的原因是怕酒后生事，但如果你不生事，饮酒也就无妨了。日本的和尚有的还把酒戏称为"般若汤"。"不杀生"，但可以打死蚊子，只要同时说一声"对不起"作为弥补，表示慈悲。结婚不仅不被称为"淫邪"，而且被认为可以避免淫邪。据说，僧人结婚在日本早就存在。这种破戒僧虽不受到攻讦惩罚，可当时也并不被认为合理合法。真正解决了这个很为日本僧人苦恼的问题的人，是净土真宗的圣人亲鸾大师。亲鸾大师是镰仓初年的僧人，出身于上层贵族，幼年出家。长大以后，他对许多宗教戒律发生疑问，同时也为性的问题所苦恼。经过长久的思考之后，他宣布：不许结婚的规定没有意义，结婚符合弥陀的意思。于是，他公开结了婚。这种对于宗教戒律的通达解释和符合人性要求的修正，获得了日本僧人普遍的拥护；于是结婚就变得合理合法起来。明治以后，僧人结婚更加普遍，逐渐变得少有不破戒结婚的和尚了。

日本的和尚不仅可以结婚，不算纵欲，而且允许觅钱，不算贪婪。也允许喝酒、吃肉，不抑制个人的口腹欲望，充分发挥了"大乘"佛教"自利利他"并重，提倡普度众生的教义。这与"小乘"的专门主张"自利"、"自度"颇不相同。日本的僧人很入世，他们既可以过一般世俗人的正常生活，又以普度众生为职业。或许这种宗教的世俗化可以使僧人对人世的"苦难"理解得更贴切，因而"救助"众生时也更方便吧！一般来说，印度和中国的僧人有规矩不许结婚、不许动荤、不许饮酒，和尚们不食人间烟火，庙宇在高高的山林之中，山门之内是为禁地，一入佛门，便自外于俗人，开始永远进入另一种神秘的宗教生活，修身养性……然而，得道成为高僧者寡，大多僧人却终生为个人欲望所苦，与其如此，倒反不若如彼了。

日本和尚的妻子俗称"大黑"，却不知为何。"大黑"是日本七福神之一的财神的名字，也许和尚娘子可以帮助和尚招财进宝吧！本良就有一个漂亮而能干的娘子，名叫裕子。裕子生下一子二女，都在上中学和小学。本良主管妙常寺的事务，裕子开办了一个幼儿园，园中有百十个孩子，颇有进益。庙里要做法事和有节日活动时，裕子便到庙里来帮助本良料理，而幼儿园要开运动会或庆祝什么节日时，本良也去帮上一手。他们有庙、有住宅、有幼儿园、有三四辆汽车，日子过得挺富裕。

本良愿意与中国人往来是有渊源的，他父亲当年曾有中国留学生的好友，母亲生在中国，在天津住过多年，对中国在感情上总有丝丝缕缕的联系。本良说自己是害"中国病"，因为他更不喜欢美国人。前些年，本良还和他的母亲到中国来，他们喜欢辽阔的内蒙古大草原。本良的母亲拿出当年在中国照的照片来给我看，说："中国真大啊！"在这点上，他们比有的日本人见识多，许多日本人一辈子都不懂什么叫"崇山峻岭"和"草原"，就更不明白什么叫"戈壁"、"沙漠"和大江、大河了。本良也曾带着妻子女儿一同来过北京，可他年幼的女儿在上北京胡同里的厕所时，受不了那气味，哭着跳出来。如今，她也和日本新一代的年轻人一样，在做着"美国梦"。而裕子就更多保留了日本本土大和民族的自恋意识。她对中国人最友好的表示就是恭维你"不像中国人，完全和日本人一样"。

妙常寺规模不大，属日莲宗，创始人是日莲上人。日莲宗源于中国的法华宗，亦即天台宗。天台宗属大乘佛教，主张一念三千，认为现实和鬼神世界皆备于一念，并有"空"（观一念心无相）、"假"（观此心具一切法）、"中"（观此二者不二）三谛圆融、止观双运的修行方法。公元804年，日僧最澄来华学习天台教义，天台宗传入日本。日莲上人（1222—1282年，相当于我国宋元之交的年代）12岁始修密教，18岁披剃，遍学诸宗，后来修天台《摩诃止观》，依《妙法莲花经》以三大法（本尊、题目、戒坛）为宗旨，认为只要唱念经题，就能即身成佛，创立了"日莲宗"。

做日莲宗的和尚，不可缺少和马虎的程序是剃度和修行。本良20岁时进入佛门，削发为僧，改着僧装，到山梨县身延的日莲宗总本山寺庙，参加为期先是35天，之后百日的"修行"。这修行可不那么容易，清晨4点起床，洗澡之后便念经和学习各种仪式的操作，饭也多是米粥和简单的菜。其实，这实际上是一种业务速成训练，是从事这个职业之所必须，并非严格的宗教意义上的"修行"。

寺庙中日常的业务有四：一是"辻说法"，即街头讲道。据说这是日

本良上人在妙长寺主持1993年的"新年祈愿祭星会"。

莲上人说法的特点,在街头大声疾呼,净土宗的亲鸾上人就不这样,他是与人在家中娓娓而谈,扎根串联。二是"唱题会",就是僧俗一起高颂"南无妙法莲花经"多次的唱念经题,打大鼓伴奏。三是"和赞",即用日文七、五调的句歌,赞美佛、菩萨和先贤的德行。四是"写经",信徒们聚集一处抄写经文。再加上庙里的例行活动,如年初教徒首次敬佛的"初参",二月开运除厄的"祭星",三月、九月的春、秋两季"彼岸会",四月"祭花",七月八月"盂兰盆"节祭鬼,十二月忘年会等等节日的不同仪式、不同经文,都要在这"修行"期间学会,才有资格主持那享受一方香火的寺庙。

1993年初,本良邀我去参加妙常寺的"祭星"。这"新年祈愿祭星会"于午后2点开始,主要内容是"开运"和"除厄"。本良穿着正式的僧袍、僧裳和日本式的白袜子,脖子上挂着可以驱邪的桃木剑,俨然成了"本良上人"。他的另外三个朋友,也是同样的装束。致辞中,本良说:"迎接新年,你会在新的一年中满怀着'决心'和'希望',这'决心'和'希望'即使很少,不祈祷也不能实现,可是现实很严峻,有时'决心'和'希望'也会变化,那时,佛、祖师、诸天善神会帮助、保护你,给你有力的建议,使你超越苦难。不努力不行啊!"

信徒们都很重视一年之始的与"运"、"厄"相关的活动,殿里满满的有七八十人跪坐。每个人都可以从"家内安全"、"身体安全"、"除灾得幸"等二十一种"愿望"中选择一两种作为自己一年的目标写在纸上,若选择最后一种"交通安全"还须写上你的汽车号码,以使佛能准确无误地保佑你而不弄错车。

本良的朋友,一个叫上田村的僧人接着讲"关于平成五年的运势",根据1993年星宿位置的变化和天干地支配合在一起,列出今年要赶上"暗剑杀"和"五黄杀"的人,重点为他们"除厄",没有"厄"的人,便是"开运"了。之后,四个和尚跪在佛前,合诵《妙法莲花经》。这经文念得比平日本良一个人念的颇多变化,有时似乎对话,有时又变化速度,像是在强调什么事情。信徒们先已被"暗剑杀"、"五黄杀"分析得毛骨悚然,之后又被四个人的混声合诵镇得屏声敛气,整个庙里的人表情都非常投入。最后,击动大鼓,四个和尚分别为在场的信徒祈祷,走到每一个人面前,把桃木剑加在头顶和左、右肩及背上,斩除恶念。然后,又全体起立,合诵唱题"南无妙法莲花经"数十次,仪式才告终结。

信徒们都领到一个"星祭守",那是一个剑形纸条,上面写着你属于什么"尊星"和"善星皆来,恶星退散"这样的咒语。还有一个也是剑形的大木牌,叫"御宝札",上面画了符,还有你所选择的祈愿内容。这"宝札"会保佑你"所愿圆满"。受领这些在佛面前供过、被和尚们拜过的已是有灵应的东西是要交钱的,信徒们所交一千到几万不等,多少由自己决定,好像也没有人不自愿。

之后,信徒们照例在庙里聊天和吃点心,这是庙里最热闹的时候。

每人两个寿司饭卷，一杯茶，三个鲜草莓，几片醃萝卜，教徒中的骨干分子单另一桌，还会有酒，聊得都挺热烈的。临走，每个人还从庙里领了可以让"鬼去福来"的"福豆"，就是炒得挺酥挺香的黄豆，心满意足地离去。

小小的"大日本国"国土上，有7.7万个寺庙，8万个神社，5000个基督教堂，12个月中各种规模和范围的祭祀无数。日本人虽然已是世界上最累的人，但他们从不厌烦这些事，还对此显出极大的诚意。妙常寺的僧、俗，既把寺庙当成宗教机构，也当成了娱乐机构。庙里常有旅游、抽签等群众活动。在他们看来，皈依佛门，似乎也不必过于沉重。在佛的光辉下，心灵上有了皈依，又能常常聚在一起，调剂一下生活，只要是能交上过得去的布施的人，又何乐而不为呢？

依我看，本良倒是个不该进入佛门的人。他生性执著、热心，喜欢交朋友、旅游、孝敬老母、钟爱孩子，对于感情很计较，对于人世的种种苦恼也很投入，还有那么点浪漫的文学气质。他对于宗教似乎是更多地把它看成了一个"职业"，缺少一种感性和理性的皈依，宗教于他的情感总是隔了一层。

但本良对他的信徒很尽心尽力，做法事时面带慈祥，念经时声音清朗，倾听教徒心事时非常耐心，讲道说法时很有感染力。1992年9月4日他在秋季彼岸会的大集会上讲到"妙法莲华经如来寿量品第十六"中的"自惟孤露，无复恃怙，常怀悲感，心遂醒悟"时，声音都有点哽咽，他说他想起了他的父亲，其时他的父亲过世已整整三年。当时，听讲的信徒们将近百人，佛堂中肃静得仿佛只有本良一个人一样。

他有一次对我说："我不喜欢这工作，这工作没意思。"一副忧愁的面容。

漂洋过海的杨贵妃

杨贵妃在中国,是妇孺皆知的历史和传奇人物。读书人念过历史,各种版本的史书在叙述唐代由盛而衰的变化时,都不会忽略新、旧《唐书》中关于唐明皇失政与杨贵妃有关的记载。老百姓看过戏,听过书,艺人们把历史连同传奇的记载融为一体,铺张扬厉。因此,杨贵妃以美貌而惑主误国深入人心,几成不二的定论。从古至今,即使是最宽容的人,也只是对她和唐明皇的爱情予以理解,而对她误国的罪名加以谅解而已。

然而在大海东边的日本,杨贵妃的形象和口碑就大不相同了。当我1992年3月在京都的旅游图上看到赫然标识着一座"杨贵妃观音堂"时,很是诧异。

杨贵妃观音堂坐落在泉涌寺内。从妹妹(她是人民大学的教员,当时正在京都女子大学教汉语)居处附近的今熊野公共汽车站向南走不到一刻钟,拐上一条往东南的小路,再走一刻钟,便到了著名的泉涌寺。

这泉涌寺是皇室的御香华院,也叫御菩提所,曾是皇家礼佛拈香和供奉皇家神位的地方,类似皇家的家庙。地处京都东山三十六峰之一的月轮山麓,风景清幽。据记载,弘法大师于天长(824—833)年间在此地结下草庐,寺名"法轮",后改称为"仙游寺"。到了顺德天皇建宝六年(1218),月轮法师完全按照中国宋朝伽蓝的模式,重建此寺。当时,寺内有新的泉水涌出这样的异象出现,新的寺名便叫做"泉涌寺",月轮法师也便成为泉涌寺的开山大师。寺中至今有"泉涌水"遗迹在。喷泉在日本虽不少见，但因为这股泉水带有一个神异的传说，所以前来参拜寺庙的即使是日本人，也都不免要对那并无特别之处的"泉涌水"看上几眼。

这法号"月轮"的俊芿大师，也并非普通的僧人。首先他身世显赫，母亲出身于肥后国（九州熊本一带古国名）贵族藤源氏。他于泰永二年（1184）18岁时便削发为僧了。其次，他道行颇深，1199年他33岁时，曾入宋求法。十二年间，他经历了严格的真言密教的修行，研修了天台宗的蕴奥之后回国，决意在日本弘扬复兴佛法戒律。

当时日本正处于武士的混战时期。平氏、源氏在战乱中相继灭亡。镰仓幕府开设，北条氏掌握实权，皇室命运衰微。后鸟羽天皇、顺德天皇、土御门天皇，都曾从京城被流放，他们都先后受戒于月轮大师。这几位天皇该也是看破红尘，有出世之想吧！据记载，当时朝野的不少显宦、名僧也纷纷到泉涌寺去接受佛法。

因为有这样的因缘，泉涌寺受到朝野特别的尊崇。淡交社昭和五十三年（1978）刊行的《古寺巡礼》"泉涌寺"册中，田中澄江有文章介绍说：朝廷和幕府对立，在战乱和不安时期，由于月轮大师所宣扬的透彻的信仰和灵验显著的法验，对于无论贫富贵贱的人，都成为黑夜荒海中飘于人间的灵魂的灯塔，成为在不安中被摇撼的人的精神支柱。月轮大师死后，四条天皇对泉涌寺更恩崇有加，致使有传说认为四条天皇是月轮大师的转世。1242年四条天皇驾崩，他的皇陵就修在泉涌寺内。之后，历代的皇陵和灰冢有近三十座营建在这里。自公元7世纪的天智天皇起，直到明治、大正天皇、皇后的灵位也都供奉在该寺的灵明殿内。作为皇室的御香华院，七百年间，泉涌寺一直受到特别的崇敬。

杨贵妃观音堂坐落在泉涌寺，与日本皇室的天皇、皇后们为邻，其实也可以说是事出偶然。根据记载，建长七年（1255），泉涌寺的湛海法师渡海入宋，从宋朝泰山的白莲寺，带回了一座木制彩色的杨贵妃观音坐像安置在寺中，后来便有了"杨贵妃观音堂"。

杨贵妃观音像系由香木雕刻，大小与生人相似，所以叫"等身坐像"。头戴豪华的有蔓藤花纹的彩色宝冠，身穿同样蔓藤花纹的唐装，静穆地端坐，手持莲花，果然清妙庄严。日本人相信她的"优美"、"温柔"可以使参拜者顿悟佛的慈悲，引导你进入信仰的世界。从昭和三十一年（1956）起，杨贵妃观音像对游人公开开放，允许随时参拜。

以我的俗眼，从佛像本身看，这"杨贵妃观音像"，雕刻得虽精细而富于神韵：既有唐代佛像的体态丰满、神情自信，又有衣饰线条优美飘逸的宋代雕刻之风，但总的看来，与中国人寺庙中常见的"南无观世音菩萨"像却也没有太大的区别。杨贵妃观音堂外面的日文介绍中说："讨平安禄山以后，皇帝唐玄宗为了追念亡妃的面影，用香木造了仿照等身坐像的圣观音像。""这个观音像传说是唐玄宗追慕爱妃杨贵妃建造的雕像。"这些说明文字文意不十分清楚，可以理解为这座菩萨像是为了悼念杨贵妃所造，也可以理解为这尊观音是按杨贵妃的面容所造。但这介绍有一点很清楚，即这雕像为唐代故物。

从泉涌寺回来以后，我一直对这雕像究竟何以名为"杨贵妃观音像"和这像是否为唐代所雕心存疑惑。后来终于在田中澄江氏的文章中，找到了一个较为圆满的解释。他说："这座观音像（正确地说是杨柳观音像）传说是唐玄宗皇帝为了祈祷在安禄山之乱中死去的宠后杨贵妃的冥福，按照妃子做的，被俗称为'杨贵妃观音像'。可是，从样式上看，应该说是宋代雕刻。好像是以现实中的美女作为模特儿雕成美人的面孔，后世才生出'杨贵妃'的传说吧！宋代美术一般由于倾向现实，雕刻、绘画都有对人的肉体感觉强调的特点。对这一点，连大彻大悟的如来，菩萨的雕像也不例外，杨贵妃观音像也是同样。华丽的光晕背后，包含了轻愁的面容，正好暗示了有这样命运的皇后。"

我想，文中的"传说"、"俗称"和"后世生出"都应当是指日本吧！因为杨贵妃在日本是被誉为世界三大美人（中国的杨贵妃、希腊的库利奥·帕特拉和日本的一个绝代佳人）之一，且在日本人的观念中，"观音"也并不一定专指南无观世音菩萨，美貌绝伦的女子也可以被称为"观音"，而在中国却不是这样的通达便利。

日本人主要是通过白乐天的《长恨歌》来认识杨贵妃的。白乐天的诗歌在日本的影响超过李、杜。838年，《元白诗笺》由商人带到日本，一个叫藤原岳守的人把这书献给了当时的仁明天皇，仁明天皇非常高兴，赐他"从五位上"的职官，《白氏长庆集》在日本翻译的汉籍中，译本之多、注释本之众，也是其他汉籍所不能比的。《长恨歌》中对于杨贵妃的描写，已深入人心到影响了一个时代的审美意向的程度。江户时代的浮士绘的开山鼻祖之一铃木春信所画的日本美人，都是以体态丰满为上，（他的作品《见立玄宗皇帝杨贵妃》被收入《原色日本的美术》第24卷中）传说丰臣秀吉的宠妾，也是杨贵妃式的日本美人。

或许是白居易的《长恨歌》引发了日本人的想象力，关于杨贵妃，在日本不仅有诸多的传说，且有戏曲和小说出现。

以写《苍狼》、《敦煌》、《楼兰》、《孔子》等中国历史小说而享有盛名的日本名作家井上靖，在1963年2月号到1965年5月号的《妇人公论》杂志上连载了历史小说《杨贵妃传》。之后，在1965年夏天由"中央公论社"出了单行本，又在1972年被收入了"讲谈社文库"，销量相当不错。

作为历史小说，对中国古典文学有深厚修养的井上靖的创作是相当严肃的。他的《杨贵妃传》从开元二十八年（740）十月，玄宗的使者到长安寿王邸召寿王妃杨玉环到骊山温泉写起，直到杨贵妃在马嵬坡殒命,玄宗作为太上皇回到长安为止。小说素材采自诗歌如白居易的《长恨歌》、元稹《连昌宫词》;小说如陈鸿的《长恨歌传》;正史如新、旧《唐书》、《资治通鉴》;野史如乐史《杨太真外传》,姚汝能《安禄山事迹》,以及后世研究著作如陈寅恪的《元白诗笺证稿》等。他的小说,除了向日本人系统地介绍了这段历史之外,也融入了他作为一个日本人对于这段历史的诠释、联想和梦幻。

当然,井上靖的《杨贵妃传》并非一个孤立的现象。据小说的"解说"者,国学院大学教授、东洋史专家石田幹之助说:"在日本,到了大正末朝,以玄宗和杨贵妃为题材的作品开始出现,然而大多是戏曲而不是小说。在《中央公论》大正十一年(1923)九月号上刊载了菊池宽的《玄宗的心境》。人佛次郎、奥野信太郎、饭泽匡取材于杨贵妃事迹的作品,也都是戏曲,不是小说。到了井上靖的《杨贵妃传》才是第一次正式以小说面目出现。"

在一个偶然的机会,我在东京京王线明大前车站附近的一个旧书摊上,看到角川文库的小说《杨贵妃的亡灵》,作者是和久峻三,出版时间是昭和五十八年(1983)三月十日。和久峻三是80年代著名的长于法庭推理的小说家。《杨贵妃的亡灵》写一个命案的审理过程。案件写的是,名叫真贵子的美丽女子,在嫁给中药铺芳仙堂主人赤木喜八郎的养子——益雄之后,被赤木喜八郎占有,最后被赤木喜八郎的女儿和女婿杀死。其中因为真贵子美艳异常,外号叫"现代杨贵妃"。作者又特别把故事发生的地点安置在下关市,所以引出了当地流传的关于杨贵妃渡海去日本的传说。书中说:"如果据中国的正史,杨贵妃在长安西边的马嵬坡附近被唐玄宗的护卫军所迫,在路边寺中被缢死。可是当地传说,杨贵妃逃离灾难,渡海到了日本。在向津具漂流着陆,然后在现在的二尊院旁结庐住下了。可是由于思念唐玄宗,她越来越瘦弱,不久就去世了。她的灵魂变作红色的鸟，向着都城长安飞去。玄宗风闻此事以后，遣陈将军带着释迦如来和阿弥陀如来二尊佛像和十三重宝塔来吊慰杨贵妃的亡灵……"

这本小说证实了我以前的风闻，我确实听说过在九州那边临海的什么地方，有一个杨贵妃的墓冢。

1993年3月，在去九州旅行的时候，我决心去寻墓。

3月22日，由福冈大学教授笠征先生驾车，我们从福冈出发，上了高速公路。下关离福冈有一小时车程，在驶过本州下关和九州门司之间的"关门大桥"之后，便进入了本州山口县境内。一路询问的结果是杨贵妃的墓离下关还有191公里。顺着与山阴本线铁路相交错的公路，沿着大海，从上午九点多出发，一直到下午两点多，全体人员都饥肠辘辘、头晕脑涨的时候，才到了大津郡油谷町久津的二尊院和杨贵妃墓的所在地。若不是台湾籍同胞笠征先生古道热肠并有车代步，即使坐电铁也难以寻到这九曲十八弯的去处。

杨贵妃的墓位于久津境内龙伏山的高台上，面向大海。如果把眼光穿过对马海峡、朝鲜海峡、朝鲜半岛、辽东半岛，便可以一直望到大唐的都城长安了。杨贵妃的墓实际上是一个墓群。在一个比普通墓基大了近十倍的墓座上，有一个大的花岗石五轮塔和十几个小的五轮塔。在日本，一个五轮塔代表着一个灵魂，传说那些小五轮塔都是杨贵妃随身的侍从和侍女。

听说我们远路而来专门寻访杨贵妃墓，二尊院的住持接待了我们，他黑衣白裳，手拿佛珠，向我们讲述了二尊院的来历和当地关于杨贵妃的传说。这传说与和久峻三小说中的叙述大同小异，不过更加详细而已。

据云：在马嵬坡，陈玄礼看到唐玄宗悲叹落泪，心中不忍，于是缢死一个宫女作为替身，却命下属造了空舻舟，放入数日的口粮，放杨贵

杨贵妃墓,面对大海那边的唐朝都城长安。

妃出海亡命。那船在漂流数日之后,就在日本的本州最西端的向津县着陆。当时,杨贵妃还活着。不久她死后,里人怜悯她的遭遇,把她的骸骨葬在当寺。她的灵魂化作了红色的鸟,飞向她日夜眷念的长安。在梦中,她告诉玄宗爱情难再。玄宗为了追善,把唐朝秘藏的灵佛——赤檀木的阿弥陀佛、释迦牟尼二尊佛像和一个十三层宝塔以及追荐法事的命令,由白马将军陈安渡海送到日本。由于当时日本当局还并不明了杨贵妃登陆的具体地点,陈安只好把二尊灵佛寄放在京都嵯峨野的清凉寺内回国复命。由于向津县当地的日本人仰慕杨贵妃的美貌,悲叹她的命运,参拜她的墓又有灵验,所以她的墓葬所在地的寺庙名声日高,当地便提出要求,要把二尊灵佛移到久津。但清凉寺认为灵佛已成为京都的镇城之宝,不宜轻移妄动。于是便造了新的二尊同样的佛像供到久津,于是杨贵妃墓地所属的庙宇便名为"二尊院"了。

　　这些传说的文字记载,是二尊院所藏的两册文书。这文书是当寺的五十五世住持惠学根据当地故老的口述所书。住持把两册书郑重地捧

二尊院主持（中）坚信杨贵妃并没有死在马嵬坡，而是随遣唐使秘密漂洋过海来到日本，最后死在本州。

出来给我们看，纸很像中国的宣纸，双叶、线装，大约有十六开大小，标题缺失，字迹亦有漫漶，首页有"于时明和三岁庚午仲春日书"字样。这文书从明和三年（1776）算起，已有二百余年的历史，它本身也可以算一件文物了。

当然，这二尊院由来确实只是传说而已。因为那所谓来自唐朝的十三重塔（本物已于1618—1620年移往荻地，现在当地的长寿寺中）和杨贵妃的五重塔都被考古文物学家鉴定为镰仓时代（1190—1329）后期所作，而京都清凉寺的传说来自玄宗时代的二尊灵佛，则为镰仓时代初期作品。这二尊佛像在昭和二十七年（1952）解体修理时，被发现阿弥陀像的右耳中有"文永五年（1268）八月日"墨迹，胎内前面也有"文永三年月日"字样，可证二尊佛为13世纪中期日本作品，并非从大唐舶来。

尽管传说已被科学证实了它的子虚乌有，但仍然具有它执著的生命

漂洋过海的杨贵妃

陕西美术学院制作的杨贵妃塑像,矗立在日本本州东南的临海山坡上。

力。当地人仍相信在久津埋葬了绝世美人杨贵妃的骸骨,希望自己生下漂亮孩子的孕妇也仍去墓前参拜,寄托愿心。

二尊院的住持郑重地问我:"中国对这件事怎么看?"我不忍心告诉她杨贵妃漂来日本的传说在中国不构成影响,就说:"因为马嵬坡的墓在,所以一般人现在还认为漂泊到日本只是一个传说。"那住持十分认真地说:"有中国的学者说,马嵬坡并没有杨贵妃的尸骨。"言外之意他仍认为杨贵妃漂来日本是有可能性的。住持还说,中国已有人开始设想要证实这个传说,从遣唐使的角度入手进行查证……我不太清楚是否真有人要这样做。

临行,为了感谢二尊院住持的香茶和介绍,也为了他曾想给我们看并不对外开放的二尊宝像——可惜两扇厚重的铁门,怎么也打不开——当然更是为他认真而严肃的态度所感动,我们和他合影留念,并按照日本的习惯此起彼伏地频频鞠躬，表示由衷的谢意。

如今，京都的杨贵妃观音堂和山口的杨贵妃墓都时常有人参拜。山口正在大兴土木，从中国四川运去了汉白玉，据说是陕西美术学院的雕塑家设计的杨贵妃雕像已经耸立在临海山坡上，脸朝向她的故乡，周围造起了亭台楼阁。附近新修的旅馆玉仙阁可以同时容纳150名客人宿泊。有华清池、仙乐池温泉浴场，设施华丽。在旅馆中还可以吃到杨贵妃喜欢的荔枝和玉仙腊八粥以及药膳酒。这"玉仙阁"的介绍宣传品的封面上写着：长门市汤本温泉——杨贵妃浪漫的旅馆——玉仙阁，很富于吸引力。也许在不久的将来，就会有大批游客到这儿来洗贵妃温泉，吃杨贵妃馒头、喝玉仙腊八粥。而杨贵妃职司一方的"缘结、安产、开运"以及"交通安全"等等，也该是颇不寂寞的。

隐元禅师和日本佛教黄檗宗

中国的佛教直接由印度输入,日本佛教却间接由中国移植。从隋唐开始,日本就不断向中国派出大量的留学僧,同时,也有不少的中国僧侣到了日本。诸如传授戒律的鉴真,黄檗宗的开山祖师隐元,都对日本佛教产生过巨大的影响,并成为日本佛教史上的高僧。

现在,日本的佛教禅宗有三个宗派:临济宗、曹洞宗和黄檗宗。黄檗宗的开山祖师是中国明末的高僧隐元。黄檗宗的大本山——万福寺在宇治市黄檗山,那是一座和隐元赴日之前做住持的福清黄檗山万福寺同样名字、同样建筑样式的禅宗伽蓝。

中国的禅宗在唐朝时分为南宗、北宗以后,又分为沩仰、临济、曹洞、法眼、云门五宗。到北宋时,临济宗又分出黄龙、杨岐二派,便成为七宗并立。南宋后,临济、曹洞二宗盛行,并传入日本。而黄檗宗则是由中国福建的临济宗和尚隐元,在日本创立的禅宗宗派。

在中国,知道隐元和尚的人并不多,可隐元禅师在日本的名气就非比寻常了。他所创立的黄檗宗,与临济、曹洞二宗并列而成为日本禅宗的三大派别,黄檗宗在日本全国已有庙宇460座。隐元作为黄檗宗的开山祖师也已经进入了日本的《高僧传》。

1992年2月底,我们去京都旅游时,东京大学的传田先生带我们去的第一站就是宇治市的著名古迹——万福寺。大概在传田先生心里,万福寺是中日文化的一个连接点。

万福寺外有一座很惹眼的山门。与日本寺庙不设山门,从境内到境外四通八达，境内外没有明显的界限，以"赛钱箱"（参拜的人扔钱的木箱）和"本尊"为主体的设计颇不相同。山门门额上有隐元所书"万福寺"三个大字。门边有门对，柱上也有对联。山门外一座高高的四棱石柱上写有隶书"不许荤酒入山门"——中国式的佛教戒律。山门内黄檗树林立，三门外有放生池，三门内是天王殿、本堂和法堂。法堂两侧是东西方丈，本堂左右是斋堂、禅堂，天王殿两侧有钟楼、鼓楼。西南角的中和园里有松隐堂和开山堂，那是隐元晚年退隐后的居处。据介绍，万福寺的布局和中国的万福寺完全相同，建筑也全袭明代式样。寺庙周围有山墙，庙宇呈封闭式，一入山门，立即使你理性地进入了佛陀世界。

隐元一手操建起来的万福寺在建筑式样上、名称上全同于他出身的寺庙，想来可能有三层意思：一是不忘君恩，因为福建黄檗"万福寺"寺名乃是明神宗御赐；二是不忘师承，隐元作为临济宗第三十二世传人，黄檗山是他出家、成名的地方；第三是不忘故土，他把黄檗山、万福寺都搬到了日本，可以慰藉客居之中的怀乡之情。据传，当时有歌谣，道是"出山门日本采茶歌，入山门福清黄檗禅"，深值玩味。

日本的宗教、建筑、佛像、美术爱好者富士正晴在《古寺巡礼·万福寺》中，详细介绍了隐元进入佛门和渡去日本、创立黄檗宗的富有传奇意味的过程，从中可以窥见中日两国间在宗教和文化方面撕掳不开的联系。富士正晴说：隐元俗姓林，名曾昺，号子房，法号隆琦。于明神宗万历二十年（1592）出生于福州府福清县万安乡灵得里东林。父亲林德龙，母亲袭氏。在他6岁的时候，父亲出行楚地未归，一家的生计都陷入了困苦。9岁时，他废学樵耕，帮助母亲维持家计。21岁时，他奉母命上路去寻找父亲的踪迹，遍访了南京、宁波、绍兴等地，虽未得到父亲的消息，却游历了沿途的名胜。23岁时，他到普陀山，佛光之下，一时俗念尽去，发愿要投身佛门。因为母亲反对，一直蹉跎到他28岁时母亲去世,他才如愿以偿地出了家。天启元年(1621),已经成为鉴源黄檗山僧人的隐元,一方面专意于听经讲法,一方面决定为了黄檗伽蓝的修造赴燕京沿途托钵募化,不料,刚走到杭州,就因为明末兵乱而断了募化的念头。他重新回到黄檗,开始发愤于研究经典和遍参诸山。

隐元历参了浙江的著名寺庙:嘉兴的兴善寺、海盐的云岫寺、峡石的碧云寺、秦驻的积善庵等。当他偶然在天台山的通玄寺听讲说法,遇到临济禅师密云圆悟时,觉得从密云那里明了生死大事,对密云十分景仰。天启四年(1624)隐元33岁时,密云移住到金粟山广慧寺,当时,他正使用非常强烈的"棒喝"手段,接化初入佛门的人,令其"顿悟"。比起"渐悟"来,"顿悟"是一种看起来简单易行的修行方式,一时密云门下僧众云集,多达七百余人。当然"顿悟"也不是说"悟"就顿时可以"悟"的,也要修行到一定的火候,才可以水到渠成。隐元投到密云门下的第二年冬天,有一天从窗外吹进一阵彻骨的寒风,隐元自觉豁然大悟,修行大进。崇祯二年(1629)他被请住狄秋庵,次年又回到金粟山,担任"知客",密云于此年到黄檗山万福寺做住持,隐元也随侍同往。次年他40岁时,被请到狮子岩做住持。崇祯九年(1636)春,密云的法嗣(继承人)费隐通容退院,隐元应黄檗山耆旧、檀越之请,于崇祯十年(1637)入寺,正式成为黄檗山万福寺的住持。

至此,隐元结束了长达十七年的参谒名僧名寺,习经问禅的生活,成为他开始出家的万福寺的方丈。入寺之后,他一方面阅读藏经,一方面致力于寺庙的重建。两年之间,他主持重修了大雄宝殿,兴造了斋堂、三门、云厨、库房、钟楼、鼓楼、僧房寮舍,使万福寺成为一个完备的禅林。作为万福寺住持的隐元,他的道望也随之提高了。

崇祯十五年(1642)密云示寂时,他上堂说法,之后便把万福寺托给法弟亘信行弥,自己去省觐业师费隐通容,并到天童山景德寺去为密云扫塔。顺治三年（1646）正月，他再次回到黄檗山，一直到他东渡赴日本，才离开了万福寺。十年间，他主持重修了庵、塔，增办了寺田庙产，为黄檗山万福寺奠定了雄厚的经济基础，至此，万福寺已经成为福州府有名的一大禅刹了。

从隐元的前半生经历看，他是个长于开拓的人，有着求新求异的天性，因此，他才会不满足于死守着一庵一地。遍参诸山，一方面使他见多识广，一方面也提高了他的知名度，这是他终于成为高僧的起点。隐元又不是个只会念经、吃斋的呆和尚，他很注意寺庙的形象，他该是明白，寺庙规模的大小、严整的程度，与它的号召力成正比。因此，他才会在自己主持寺庙时，总要用相当的精力去建寺修佛、置办庙产。他显然又具有很卓越的组织能力和经营能力，因此，在他主持一个寺庙时，总会使这寺庙的制度或经济，得到焕然一新的改善……他的这些特质，该是他日后决意东渡，并成为异域名僧的根据。

顺治十一年（1654）六月，隐元搭乘郑成功的便船，从厦门出发前往日本，当时他已63岁，年逾花甲。事情的起因有二：一是隐元的弟子、福州府凤山报国寺住持也懒性圭曾接受日本长崎僧人的招请，准备前往日本去主持崇福寺，但不幸半路船沉溺毙，隐元自觉有"子债父还"的责任。二是以长崎兴福寺第三代住持逸然性融为首的长崎"四福寺"（当时长崎的中国人所建的兴福寺、福济寺、崇福寺、圣福寺被称为长崎"四福寺"）僧人再三再四地联名请启，盛情难却。

据传，船发厦门以后，有"四大异象"出现：一是也懒和千余僧众在梦中参谒隐元；二是数日之中，有风浪前来参拜，隐元大书"免参"二字树于船头，海上即刻风平浪静；三是有巨鱼数万随舟而行；四是入港之夜，长崎上空有红光出现，以至于使附近居住的渔民误以为是发生了火事。

当然，也懒梦中参谒，很难说不是隐元的心头之想的幻化。风浪起止也不好断定是否海上气候的常态。傍晚的红光不晓得是否火烧云。至于众鱼随舟而行，就不知是不是季节回游了……总之，"四大异象"都有附会和神化的可能。但是即使这些都是附会和神化，也可以说明隐元在进入日本时，就已界临神祇的崇高地位了。

七月六日，隐元带领僧众三千在长崎弃舟登陆，受到当地数千僧俗的迎接。进入逸然的兴福寺后，即日开堂演法，一现唐土高僧的真容。翌年的日本明历元年（1655）春，他特意亲临兴福寺，主持那里的整顿、接化、修缮工作，以了却也懒未完的公案，和他"子债父还"的心愿。同时，他也兼顾四福寺的事务，以报答长崎唐寺的僧众对他景慕的盛意。

当时，由于隐元盛名远播，京都、大阪的诸多寺庙，也都先后招请隐元入主伽蓝，他终于推辞不下，带领着十余僧徒，入住富田（现高槻市）慈云山普门寺，并一住就是五年半。福清黄檗山屡屡有书信送到日本催他归山，而日本方面也竭力挽留，隐元既有归山的诺言，又难却日本僧众的恳意，去留之间实属两难。

由于京都妙心寺龙溪奔走的结果，隐元于万治元年（1658）受到了当时日本的执政德川将军的召见。他从关西到了江户（现东京），住在汤岛的天泽寺。谒见之后，他在回程的途中，又遍访了日本的诸名寺院：天龙寺、清凉寺、直指庵、月轮寺、西芳寺、神护院、平等院……他逐渐越来越深地进入了日本的宗教界事务而身不由己。

真正使隐元断了归国念头的，还是以龙溪为首的僧人申请德川将军赐地拨款为隐元筹建新寺的事情大功告成。这是日本僧人通过幕府对西来祖师表现出的最大诚意，也昭示了日本的最高权力机构——幕府对他的承认和看重。专为隐元落成的新寺庙，将使黄檗禅宗正式开法，也将使隐元由客僧变为主僧。

宽文元年（1661）五月八日，德川家族的第四代将军德川家纲作为大施主，隐元作为开山宗师的万福寺在宇治黄檗山落成。隐元法师的临济宗，以它与日本临济宗不同的法式上的特异性格，逐渐为日本宗教界认可为一个新的宗派，被称为"临济禅宗黄檗派"。

《黄檗开山普照国师年谱》中，宽文元年载："五月初八日大和开创，仍以黄檗山万福禅寺名之，志不忘旧也，故有东西两黄檗之语。""两黄檗"中，"西黄檗"即中国福清黄檗，又被称为"古黄檗"；"东黄檗"即日本宇治黄檗，又被称为"新黄檗"。东黄檗也好，新黄檗也好，总之是福清黄檗万福寺的接续和复制。这一年，隐元70岁，渡去日本已有七个年头。生日那天，合山僧众为他设斋庆寿，赠他寿文寿诗，福清西黄檗也有人携寿文专程渡海去为他祝寿，荣耀已极。隐元到达了他生命中辉煌的顶点。

这之后，黄檗宗在日本发展很快。一是由于"顿悟"的修行方式本身具有一种号召力，二是许多日本僧人对他介绍的中国类型的寺院生活方式非常感兴趣。隐元对佛教的严格而又富于文艺性的解释、三坛戒会（三坛戒、比丘戒、菩萨大戒）的日常典礼、优秀的礼仪方式，都赢得了日本僧俗的景仰、后水尾法皇的皈依和德川家纲将军的尊敬。由隐元一行介绍的中国书法、绘画、壁刻、建筑、饮食等文化习俗，也对日本僧俗两界都产生了直接的影响。以至于这"临济禅宗黄檗派"发展到明治七年（1874）时，就正式被称为"黄檗宗"，而与临济、曹洞三宗鼎立。这个情况在中国本土是没有的。

宽文四年，隐元把寺庙托给后席木庵，自己退到了二线，隐于"松隐堂"。宽文十三年（1673）四月二日圆寂前，被后水尾法皇封为"大光普照国师"，四月三日溘然长逝。留下弟子23人。新黄檗的继承人有十员（其中中国僧人七员、日本僧人三员），被称为"十大弟子"。有《黄檗隐元禅师语录》、《黄檗和尚全录》、《黄檗和尚大和集》、《云涛集》、《松隐集》、《普照国师广录》等41部著作传世。

时至今日，隐元开创的作为日本佛教禅宗之一的黄檗宗，在日本宗教界仍享有崇高的威信，万福寺作为黄檗宗"大本山"亦有高僧做主持经营。1992年初我们到达东黄檗时，黄檗山的宝藏院——贝叶书院正在用最古老的方式——雕版印刷大藏经。接待我们的老和尚听说我们是来自北京的东京大学教授时，便十分殷勤地带我们到楼上去看他们的镇山之宝——宋刻、元刻和明刻的《大唐西域记》，并且不断地说："中国文化是日本文化的源头，你们是我们的前辈。"

1992年4月，那东黄檗万福寺与读卖新闻社共同主办了《茶禅书画颁布会》，纪念隐元禅师诞辰四百周年。那年秋天，还举行了庆赞大法会。举行法会时，隐元的遗物、遗墨和画像等都被陈列展出，同时展出的还有佛教界高僧的墨宝。展出的收益，作为隐元禅师纪念事业的基金。

1992年秋天，西黄檗的所在地，中国的《人民日报》海外版登出消息：

> 为了纪念中日佛教界友好四十周年和高僧隐元诞辰四百周年，在中日邦交正常化二十周年之际，由中国佛教协会、中国佛教文化研究所，与日本黄檗山万福寺共同举办的《黄檗派绘画·禅语展》将在下月举行……中国佛教协会主席赵朴初为此展览欣然赠诗，日本黄檗宗西圆寺新堂、内藤香林先生等人也先后几次来华筹备展览。届时，以宗务总长内藤文雄为首的黄檗宗第五次访华团也将来华共庆展览开幕。

两相对照，西黄檗纪念规格高、政治性强，意在务虚；东黄檗纪念内容实在、宗教文化意味深厚，重在务实……隐元在四个世纪之后还能得到中日两国宗教界的隆重纪念，无论如何也应当算是身后的尊荣。

佛教从天竺到唐土，又从唐土到扶桑，经过改造和变异，成为印度、中国、日本文化的一部分，这其间的推衍和沿革也是很值得注意的事情。

话说日本天皇和皇后

现在的天皇名为明仁，是名播海外的裕仁天皇的儿子。明仁天皇的长相更接近他的母亲，所以，面容颇带慈祥的意味。"天皇"二字，在普通中国人的心里，感觉总和历史纠结在一起，看法也常难于客观。在日本，特别是在知识界，对天皇不感兴趣或持反感的人也不少，可是在民间，情况就很复杂了。五六十岁以上的市民，特别是在农村，崇拜天皇如神灵的，还真大有人在。

1992年初，我去千代田区大手町那边的入国管理局办事，在排队的间隙，顺便到皇居去看了看。那天，适逢皇居外苑的部分地区对外开放，我在外苑看到几十名老头、老太太，穿着一律的工作服、靴鞋，戴着一律的手套，在那里拔草，旁边的一根竹竿上飘着一面白旗，上面写着"北海道"三个大字。同去的东京大学的砂山先生告诉我：这些天皇的子民是自愿到皇居来为天皇打扫庭园的。因为要求义务劳动的人很多，他们要很早就排队登记，等许久才能轮上一次。那天的义务清扫工是从北海道专程赶来的。他们要自备服装和工具，自带午饭，在这儿干一天——能为天皇无偿地服务，使他们引以为荣。看着这些本已弯腰驼背的耄耋之人，在那里带着专注、神圣的表情一丝不苟地拔草、扫落叶，没有人嬉笑、喧哗，使我非常感慨。听说皇居里有专门的工作人员，每天凌晨都在外苑洒上些树叶、纸屑之类的垃圾，以维持这些愿望强烈的义务清扫工的工作能延续下去。

日本宪法第一条就明文规定"天皇是日本国的象征","他的地位基于有着主权的日本国民的意愿"。作为"象征"的日本天皇，现在虽然已无权决定国家政事，但许多政事他却必须"出席"，扮演规定的角色，所以，一年之中，也是"公务"挺"繁忙"的。他每天都按时到皇居的公务室去办公，负责阅读签署上奏的公文、亲临宪法规定之内的该他出面的事务。比如：日本的总理大臣和最高法院院长的任命，要由天皇亲自宣读，虽然这任命并不由他决定。对新任驻外大使，他要授给"信任状"，虽然并非他信任的人就可以得到任命。国会开幕式，天皇以最高来宾资格临席，虽然他并无资格参与国事的讨论。国务大臣、人事官、检察官、公证取引委员会（公证裁决机构）委员长、宫内厅长官、侍从长、特命全权大使等官员的任命仪式，天皇也要参加，表示郑重。一年中春、秋两次，天皇要参加"勋章亲授式"，在皇居，由总理大臣把勋章进给天皇，天皇再把勋章授给勋一等以上的受勋者。天皇的例行公事也不少，每年1月上旬，在皇居，由人文、社会科学和自然科学的专门学者向天皇进讲最新研究成果或日本名著《古事记》、《万叶集》什么的，皇族及皇太子列席，文部大臣、日本学士院会员、日本学术会议会员陪听。1月中旬，皇宫举行歌会，天皇、皇后和皇族都要"披讲"自己的作品。4月的植树节，天皇要做植树的表率。5月，要"天览相扑"，即到相扑体育馆中去观战，以示关勉。8月15日，要参加由政府主持的，从昭和二十七年（1952）就开始的"全国战殁者追悼会"，在总理大臣致辞以后，天皇也要致辞和献花。11月3日是日本的"文化日"，在皇居举行"文化勋章传达式"，天皇莅临，文部大臣侍立，由总理大臣向受勋者传达授勋的公文。每年的春秋二季，在东京赤坂御苑，天皇还要在游园会接见各界有特殊贡献的人士。秋天，他还必须出席一年一度的"国民体育大会"的开幕式。此外，前身是帝国学士院的日本学士院授奖式和前身是帝国美术院的日本艺术院授奖式也要天皇亲临,对优秀的研究者和艺术作品的作者进行颁奖,以示褒扬。

天皇每年有两次接见民众,满足部分子民要见见天皇的强烈愿望。一次是在12月23日,这天是天皇的生日,允许百姓进入皇宫向天皇贺寿。一次是在1月2日,民众可以进入皇宫向皇族拜年。这两天,去朝见天皇的百姓要提早到皇居外面指定的地方排队,有警察维持秩序,一拨一拨把人放进去,每人手里还举着一面太阳旗挥舞,情绪热烈而激动,像一切朝见神灵的芸芸众生一样。当然,肯定也有好奇、好事者在内。从电视中看,天皇的全家在厚厚的玻璃后面向百姓微笑。据说以前是没有玻璃挡在中间的,因为有反对天皇的人夹在朝见者之中,向天皇扔臭鸡蛋之类,所以,近一两年,才把天皇一家放在玻璃墙里面,加以防范。据说,战前若向"现人神"(现身为人的神)天皇扔什么东西,就是犯了"不敬罪",会终生坐牢。战后,天皇虽然成了"人",但扔臭鸡蛋也还是要坐牢,不过不必终生罢了。

在电视中见过无数次的天皇一家,给我印象最深的是他们始终如一的面容和举止,他们永不懈怠的表情:天皇永远是"慈父般的",美智子皇后则于贤良中掺着柔顺。皇太子德仁优雅、自信还透着几分厚道,他的弟弟礼宫和妹妹纪宫,乃至从民间而至皇族的弟妇川岛纪子,也总是带着温良恭俭的笑意。不管记者从什么角度去拍摄,放出的录像,登出的照片,总是永远不变的,这的确可以称为"象征"。当他们一家人排在一起向民众亮相、供人瞻仰时,确实传达出一种幸福、和平、友善的信息。这些形象可以使人感到亲切、富于信赖感,难怪有些朝见者常常闹到神魂颠倒、涕泗飘零呢!

天皇夫妇还常作为各种表率、示范到日本各地去视察,以示体恤或与民同乐。1992年5月20日,皇后在宫中的养蚕室用准备好的桑叶喂蚕,叫做"给桑",录像在中午的电视新闻中播放。秋天,天皇在皇宫御苑内的稻田里亲临稼穑,手拿镰刀,割下一束稻子,照片登在报纸、杂志上。1993年4月的绿化周期间,天皇夫妇到冲绳去视察,与地处偏僻的老年人、幼稚园的孩子谈话,并种下一棵树。1992年秋天的游园会,天皇接见日本宇航员毛利和在奥运会上获得金牌的岩崎。1993年的春季游园会,又与日本的长寿老太太,双生的金老太和银老太亲切交谈,问道"身体可好"之类等等。这种时候,电视台会作相应的、适度的、位置突出却又并不大肆宣扬的报道,就像英国报道皇室成员的活动一样。

1992年10月天皇访华,受到全日本人的瞩目。其实,天皇访华是一个政治事件,访与不访、什么时候访、持什么态度、讲什么话,都不由天皇本人做主。但作为一个"形象",天皇的责任还是重大的。又由于有裕仁天皇时代入侵中国、南京大屠杀等不可甩脱的历史背景,所以,既要遵照日本政府的既定政策不正式表示道歉,又不能不显示友好;既不能全与裕仁天皇划清界限,又不能流露出父债子还的愧疚;既要摆足日本天皇的帝王姿态,又不能太超出傀儡的界限,这劲头也是够难拿的。然而,明仁天皇确实是有修养的,访华之行,成功得恰到好处。一纸出于日本政府之手的讲稿,一言"在两国关系悠久的历史上,曾经有过一段我国给中国国民带来深重苦难的不幸时期。我对此深表痛心",便把一切都轻轻带过,之外便大谈"三国演义"及"朝辞白帝"之类,顾左右而言他。加以一贯的、无辜的表情,从北京到西安,又到上海,一直到不辱使命,顺利归去。皇后美智子作为他的助手,也使中国人大开眼界;素色淡雅的西式衣裙,一顶扣在前额的,像碟子一样的装饰小帽,永不懈怠的贤妻良母式的表情,走路时略退后于明仁半步,都使她在年近花甲时,仍然风度宜人。凡坐车出行,车停以后,明仁总在车内不动,美智子皇后则先下车,绕到丈夫的车门前,深深一躬,明仁这才由侍从打开车门，下车同中国的官员们尽其礼节，始终并不看美智子一眼。美智子永远作为陪衬和影子跟在明仁的身后。这种表演，让早已不习惯于礼节修养，特别是早已不谙旧式女德为何物的中国人耳目一新。当然，这种成功也基于日本政界智囊团对中国再三再四邀请天皇访华所表现出来的友好诚意和中国人宽容大度的估计的正确性。

战后，日本人对一败涂地、人马凋残的既往进行了反省。日本人的"反省"，有时候并不全是辞令，真心的反省会导致某个范围内的某种变革。在日本发生的一系列重大变化中，日本皇室也发生了不少变革。特别是裕仁天皇的儿子明仁，当时还是明仁皇太子，由于他已经接受西式教育，便更容易不那么僵化保守，他的婚姻便充分地体现了这一点。

日本皇室由于对自身的神格化的认识，一直强调皇室血统的纯净，因此，历来只能近亲通婚。据记载，日本第十九代允恭天皇的儿子木梨轻太子就娶了自己的妹妹为妻，而第二十九代钦明天皇的孙子圣德太子的父母，也是同父异母的兄妹。这种近亲通婚始于两千多年以前的对于生物遗传学的蒙昧无知。后来皇室虽然不再兄妹通婚，但爱惜高贵的纯净的皇室血统的观点还是一直很强固。在认识到近亲通婚导致皇族退化的事实之后，便退后一步，强调皇太子至少要迎娶有"豪族"身份的女子为妻。这规定一直延续到第二次世界大战期间。"豪族"即"华族"，亦即贵族。明治十七年七月七日颁布的"华族令"中，把政府的高官、军人如木户孝久、大久保、伊藤博文、井上馨、大山岩、西乡从道、松方正义、山县有朋等家族都纳入"华族"，据明治维新以后的统计，华族在日本已有百万余人。当然，皇室主张皇太子在贵族范围内选择配偶是既坚持了对门第的特别看重，又避免了近亲通婚，也算是两全的主张。战后，皇室亲族令被废止，皇室的婚姻也开始认可"两情合意"，那么，从理论上说，皇室承认了平民百姓也可以步入皇族。于是，昭和三十三年

(1958),当时的明仁皇太子就选中了才德兼擅且是网球健将的平民家的女儿正田美智子。

据日本刊物记载:昭和三十二年(1957)8月,在轻井泽避暑胜地的网球男女混合双打比赛中,明仁皇太子和搭档(早稻田大学选手)输给了对手正田美智子和一个美国青年。赛后,最高法院院长田中耕太郎似乎是很随便地把正田美智子介绍给了明仁皇太子,这便是他们的邂逅初识。后来又易地打了一次网球,明仁令皇室主管黑木从达"把这小姐调查一下",选妃的事其实已成定局。这个看来纯粹偶然性的相遇,据说也出于"作业人员"的精心安排。当时的作业人员有宫内厅长官、庆应大学前校长以及侍从长、东宫大夫等。当然,作业人员也是看准了明仁的审美意向,才会去作相应的帮忙,因为皇太子毕竟接触人的范围和机会都很有限。

说是"平民"的正田家,也是群马县馆林的名门。正田美智子的父亲正田英三郎是日清制粉公司的经营者,虽非家财万贯,也是富比陶朱的。正田美智子昭和三十二年(1957)毕业于圣心女子大学英文科。次年的1958年在比利时的布鲁塞尔召开的第一次圣心会议上,美智子作为日本代表参加。她的专业是英文,又爱好文学、音乐、绘画和体育,弹得一手好钢琴,网球的水平超过明仁。这种很西化的女子,在50年代的日本还是凤毛麟角。据说她被看中以后,曾去了欧洲,外界有人说她是为了想躲过这桩不大情愿的婚事。昭和三十三年的11月27日,她被皇室会议决定为皇太子妃,次年的4月,她嫁入了皇家。这中间究竟发生了什么事情,就鲜为人知了。正田英三郎"高攀"成为皇亲,不仅搭出了3000万日元(合现在三亿日元左右)备办妆奁,还把女儿送入了"见不得人的去处"(其实应该是"人不得见"的去处),连外孙也不能想见就见,更不用说天伦之乐了。美智子小姐由富室千金成为皇妃、皇后，名分上是尊贵已极，但今生今世，她的冷暖、忧喜也只有她自己知道了。

据说，美智子进宫后，在皇族中斡旋也颇不易，不仅出身尊贵的皇太后难对付，天皇一族关上门自我感觉也都还是挺强烈的。美智子后来还争取到废止了"乳人制度"，自己抚养她的德仁皇太子，该也是经过了不少波折的。应该说，美智子皇后不仅是皇家的优秀"母胎"，而且也在皇室树立了良好的平民出身的皇后形象，因此，才有后来的礼宫妃川岛纪子和此次的小和田雅子的顺利被接纳。至少在明仁父子的眼里，这几个平民出身的女子，在各方面都不逊色于他们所接触过的皇族和豪族出身的女流吧！

皇太子选妃的前前后后

1993年元月6日傍晚时分，日本的各电视台突然都停止了正常预定的节目，改为现场报道关于德仁皇太子的选妃事宜。各报刊、杂志及广播、电视台的近千名记者都涌到了位于目黑区的小和田雅子住宅至德仁皇太子居住的东宫御所以及皇居及宫内厅一带。天空还不时有直升飞机出现，作立体报道。日本新闻情报的准确和快捷，令人目瞪舌结：各电视台立即都有了一套对于皇太子妃的候选人小和田雅子的详尽而准确的介绍。所以，在不到一天的时间里，整个日本，便都对有可能成为他们的皇太子妃、皇后的小和田雅子有了全面的了解。

小和田雅子的家世颇不寻常。她的祖上是新潟县村上内藤藩的武士。祖父是高校（中学高中部）校长。父亲小和田恒在东大教养学部毕业之后，便进入外务省（外交部），做过驻苏大使、驻美大使，现任外务省次官，亦即外交部副部长，这是日本官僚阶层很高的职位。母亲优美子是有名的私立庆应大学毕业，受过良好的高等教育。小和田雅子还有两个双生妹妹礼子和节子。礼子已就任于联合国难民高等弁务官事务所，节子还在东京大学教养学部念三年级。

小和田雅子作为王妃，是比英国的戴安娜档次更高的人选。她于1963年12月10日出生，1岁至3岁在莫斯科度过，因为当时她父亲正出任驻苏大使。4岁时，因父亲改任驻美大使，又随父到了纽约。7岁时归国读书，念完小学和中学。到1981年她17岁时，因父亲应聘到哈佛大学任客座教授，她也一同去美国，进入当地的普尔门高中。毕业后，她考入哈佛大学的经济学部。因为受到家庭的影响，她很关心国际问题。1985年，她以优秀的成绩毕业。因为不愿做"无根之草"，她1986年回国，从4月开始就读于东京大学的法学部。同年10月，她参加了竞争非常激烈的四十取一的外交官考试，获得通过。这成绩的取得，在有着重男轻女的古旧传统的日本颇不容易，西方生活对她的素质的特别陶冶和她的努力，使她战胜了诸多的须眉对手。她在1987年4月23岁时，从东大中途退学，进入外务省，服务于国际机关第二科，主管经济合作及开发组织各国事务，负责环境问题，开始了她的外交生涯。在外务省，她很努力，由于时差的关系，她和海外诸国的业务工作，常常要继续到凌晨两三点。

正当她在业务上开始勤勉努力的时候，当年12月，《体育新闻》和《女性周刊》发表了她可能成为皇太子妃的候选者的报道，一时很是轰动。七个月后，她突然只身赴英国伦敦，进入了牛津大学院（研究生院）。当时，有日本新闻记者追踪到伦敦，问她是否为躲避舆论而出国研修，她回答说："确实没有关系。"否定了日本舆论界说她不堪其扰前往英国的说法，从此，她便从皇太子妃的候选名单中消失了。1990年6月，她从英国留学归来时，已26岁，仍到外务省，在北美局北美第二科任职，具体主管半导体及环境问题的对美谈判事务。

皇太子选妃是十余年来日本舆论界一直关注的热门话题。德仁皇太子从学习院大学毕业的1982年以后，这个问题便一直被注意。1983年，皇太子去英国牛津大学留学，1985年毕业。1988年又修完学习院大学博士课程，1991年获牛津大学名誉法学博士学位。在他31岁生日那天，又顺理成章地被立为皇太子，下面的人生进程就显然应当是结婚生子了。

作为日本天皇的儿子,修了学习院大学博士课程和获得牛津大学名誉法学博士学位,可能都不是很困难的事。可婚姻的事就没那么简单了。一方面,他显然具有优越的条件和不易被拒绝的理由,但另一方面,若想选择两情相洽的女子,却实在缺少与许多女性单独接近的机会,更遑论如平常人一样去了解和追求自己喜欢的女子了。他有许多难言之隐:一出皇宫,他几乎所有的行动都发生在公开的场合,总有无数的目光盯着他。况且,他的婚姻也并不全由他自己做主,宫内厅有权进行审查和淘汰,皇室会议也有权进行否决,因此,这件事就变成了一个操作起来非常复杂的事情。有时候,德仁太子与某年轻貌美的女子刚刚结识,就被舆论界大帮倒忙,帮得进一步、退两步,进退维谷。1986年10月,在欢迎西班牙公主的茶会上,皇太子与雅子初次见面,两个人还什么都没有做,就在舆论界的鼓噪声中,小和田雅子去了伦敦。之后的四年,他们没有联系。在此期间,皇太子有过两个比较中意的人选,又都在宫内厅的严格审查之后被淘汰。年复一年,皇太子年过而立,选妃的事却依然不见眉目。

由于皇太子担当着延续子嗣的重任,负责皇宫事务的宫内厅也有不可推卸的责任在身,于是便出面与新闻界协定,暂停报道关于选妃的任何消息,以便给德仁以从容处理婚姻问题的时间和空间。这"协定"事实上有点儿干涉新闻自由,舆论界原可以不接受。但由于有对年近32岁的德仁皇太子的同情起着微妙的作用,舆论界对这个"协定"也就予以默认了。协定的期限是三个月,期满之后又延长了数次。

1993年元月6日,这"协定"突然解除,所以才有了那一天的新闻大战。1993年元月21日的中国台湾的《中央日报》转载了《朝日周刊》的特别报道,其中叙述这件事的经过很有意思:

1992年2月某日，宫内厅长官藤森昭一决定和德仁摊牌，要彻底弄清楚德仁对妃子人选的意向，不能再语焉不详地老是打哑谜，让旁人无法为他定夺……藤森单刀直入地问……"您究竟打算如何？""这个……""我们和新闻界的协定是三个月，转眼就要过去了。"德仁沉默了一会儿，慢条斯理地说："我想小和田小姐确实还是独身吧？"德仁这句话像闪电一般划过藤森的脑海，此刻，他确定皇太子的心中还有一位女性鲜明的轮廓。也是在这一瞬间，德仁的心意和周边人士的心意完全契合。正式进入选妃的阶段，对象也集中在一人身上，事情顺利展开……曾经消失的小和田雅子这个名字又重现宫内厅的太子妃候选名单中。一方面因为时间愈益急迫，另一方面因为德仁对她仍有强烈意愿，促使宫内厅修改过去坚持的顽固守旧尺度。接下来就是求婚了。

"皇太子妃"在日语中指皇太子的妻子，等皇太子即位做了天皇时，皇太子妃就晋升为皇后，并无偏妃之意。为了维护皇室的尊严，皇太子找对象，仍被尊为"选妃"。其实，这"选妃"也挺可怜的，既不是普天下的女子都可供"选"，也并非普天下的女子都愿意嫁入皇家。受过现代西式教育的皇太子又要追求所爱，这件事就难上加难了。

看来，宫内厅是真着了急，不仅修改了选妃的"尺度"，而且为安排皇太子与小和田雅子的"自由恋爱"费尽心机。

1992年8月16日，两部汽车把皇太子和小和田雅子接到了国际协力事业团总裁柳谷谦介的家。柳谷做过外务省次官，是小和田雅子父亲的老上司，又是宫内厅长官藤森的好友，他的邸宅不会引起任何人的注意，当可躲过新闻界的眼睛。在半天的盘桓中，由于皇太子身份尊贵，又是男人，所以小和田雅子处处要以卑下自处。小和田雅子向皇太子"汇报"工作和生活,皇太子表示理解和同情等等,这种并非谈情的谈话,想来是挺难受的。10月3日,宫内厅又安排了他们相会的去处,地点选在千叶县市川市的一角——一个鸭场,是宫内厅所属的野鸟生息地。宫内厅为了掩人耳目,又费尽周折地把两个人运到这里,并预备了午餐盒饭,让他们在这儿谈一天恋爱。这一次,德仁向小和田雅子表示了求婚,但小和田雅子说"我还要继续外交官的工作",之后又说"拒绝了不会见怪吧?"德仁说:"没有关系。"这次的相会便又是没有结果。11月26日,宫内厅又把小和田雅子接到东宫御所第三次相见。在此期间,皇太子不断用电话向雅子表示好感,一次比一次诚心,锲而不舍。雅子终于有点儿顶不住了,她从外务省请假十天,专心"长考"。在"长考"中,她又被接到宫中三次。终于在12月9日,她迎接29岁生日那天,最后决定接受婚约。12月20日,从小和田家打电话给宫内厅,发出了正式承诺。

从宫内厅的步步进逼看,真有点"逼婚"的嫌疑。从皇太子德仁被拒绝之后仍然不改初衷的追求看,小和田雅子也许是少了退路。以世俗的观点来看,小和田雅子有才、有貌、有学识、有好工作、广阔的前途,什么都不缺少。她属于一个西式开放家庭,受过哈佛、牛津的最高层次的西式教育,在生活习惯和思想方法上,该也是对日本的封建传统有着某种程度的背离。她交际广阔,长期在英、美读书,混迹日本社会上层,29岁仍未轻许终身,对生活可能有特别的看法。那么,她为什么要嫁入那个必定会失去自由和自我的封建堡垒——皇室呢?

所以,我理解她10月3日的拒绝求婚,却不明白何以两个月后,她又接受了婚约。和东大的教授谈起这件事,有位年纪较大、阅历丰富的东大先生说:"一个皇太子看上了一个女孩子,这女孩子没有办法。"也有年轻而本人也较西化的先生说:"她当然可以拒绝,她答应了,就说明她愿意嫁给皇太子。"结论颇不相同。

从元月6日解除新闻报道限制之后，几乎每天都看到电视上被记者不分昼夜围得水泄不通的小和田宅和皇居的大门。有时小和田雅子乘车去东宫御所，有时皇太子也坐车来小和田家的宅邸。在电视镜头面前，两个人的表情都显示出愉快、明朗。

除了包围小和田宅和东宫御所以外，日本新闻界还大做文章：采访小和田雅子的旧同学、旧同事；采访皇太子的同窗好友，母校老师；采访小和田雅子的故里，新潟县市民；小和田家附近洗足驿前的"川京"鳗鱼屋、西麻布的美容室、洗足驿前的修鞋店、三越洗足店中的面包店等小和田雅子经常光顾的去处和承办小和田家用酒的酒店、每十天一次向小和田家送饭的荞麦面条店、二十几年来一直负责应召给小和田家送饭的"松叶鮨"饭店的店主，也都受到采访。当然也算是免费地做了一次广告。

1994年元月19日上午，皇室召开会议，"正式决定"平民出身的、现任外交官的小和田雅子为日本德仁皇太子妃。从这一天起，小和田雅子开始具有皇族身份。皇族会议在上午8点30分召开。出席者有日本首相宫泽喜一，明仁天皇的叔父三笠宫崇仁夫妇，以及参众两院的正副议长、最高法院的院长、判事和宫内厅长官等人。议程极简单：在宫内厅长官"报告"了已经人所周知的皇太子和小和田雅子的交往经历后，由首相询问，对"选定"小和田雅子为皇太子妃有无异议，全体起立表示"通过"之后，皇室会议就结束了。上午10点30分，由宫内厅长官藤森昭一举行记者招待会，正式宣布皇室会议已经"通过"小和田雅子为德仁皇太子妃，并说日皇明仁听取了皇室会议的决定以后，表示非常"高兴"。当天下午，德仁太子到皇居晋谒明仁天皇夫妇，向他的父母"报告"并"道谢"。小和田雅子也由父亲和母亲陪同，到皇宫朝见日皇夫妇，算是两亲家会面。之后,小和田雅子与德仁皇太子在东宫御所一同公开接见记者,接受采访,当晚则参加日皇为他们举行的晚餐会。一天的日程安排极其紧凑而又顺利得近乎仪式化。

这天,各大电视网从清晨开始,又一次全天停掉一切预定的节目,改为现场直播及采访有关人士的反应。东京的新宿、涩谷等繁华地带的街头巨屏电视也在播放这则消息。电视镜头从小和田宅邸到东宫御所,从皇室会议到谒见日皇,异常忙碌。主角小和田雅子身着淡黄色套装、头戴淡黄小帽、配上手提包,加以精心的化妆,使得原本就端丽、高雅,允满智慧,又有西洋气质的她,更加光彩照人。在记者招待会上,两个人表示要携手共建明朗、温暖的家庭。雅子还特别提到,她确曾为是否嫁入天皇家烦恼过,而在去年秋天,她觉得她的使命就是接受皇太子的求婚……这话委婉地从逻辑上解释了她何以先是拒绝求婚,之后又接受婚约的原因。

小和田雅子在1月18日向外务省辞职。19日,一个专门的结婚大典委员会成立,由藤森担任委员长,成员由东京侍从长、东宫大夫等36人组成,很是隆重。

当我问起我东大的学生时,他们对这桩婚事的看法,远比电视台千篇一律的民众的颂词丰富得多。有个很内向的男学生说:"我很为雅子惋惜,她那么美,皇太子和她不般配。"另一个女学生反驳他说:"皇太子也很聪明,我不认为皇太子配不上她。"还有个憨憨的男学生说:"我不喜欢皇太子结婚,我喜欢看他独身的样子。"

各种报纸杂志,又开始卖力地对这桩婚事添油加醋,说皇太子与小和田雅子在1986年10月的见面,对双方都是"初恋",因此,这桩婚事是"初恋成就",意在说明这婚姻的圣洁。说他们的婚姻是经过了七年之恋,而由宫内厅安排的,雅子拒绝求婚的鸭场会见是"培育了爱的六小时"，暗示这婚姻并非是人工撮合的急就章。也有刊物进行随意性渲染，说小和田雅子喜欢的男性形象，现在自然是皇太子，其他的谁也不能让她看中……

事实上，谁都知道他们的婚姻并非是什么"初恋的成就"，皇太子妃的候选者也远远不止一、二、三，另一个日本较有威望的刊物《周刊读卖》把十年来曾进入皇太子妃候选名单，后来又因各种原因被淘汰的候选人列了一个清单，计有40名之多。年龄从21岁到33岁不等，出身也是从华族到平民各式各样。当然，这40名候选妃，未必都与德仁皇太子谈过恋爱，但也不可能全是作业人员的一厢情愿，都没接近过德仁太子。小和田雅子也确实做过许多少女的梦：小学毕业时，她想将来当"兽医"，中学时崇拜当时的体育明星——巨人队棒球选手高田繁，后来又为实现做女外交官而努力……她的梦中会出现过身高比她还矮1厘米的皇太子吗?!也有不尚虚浮的刊物，1月下旬出版的《朝日画报》上就谈到：皇太子曾对小和田雅子说，外交官和皇室都是为了国家的工作，是一样的，晓之以理。而12月初，美智子皇后曾经单独会见小和田雅子，一边流着泪，一边劝说雅子，动之以情。作者推测，大概是同样从一般家庭嫁入皇室的美智子皇后的话，使雅子心动了吧。这推测颇有道理。

在日本举国上下的喜气洋洋和说三道四中，小和田雅子一步步地走上了这条不归路。

从3月21日开始，小和田雅子被安排参加了例行的、专为太子妃所设的50个小时的皇室特别教育。内容包括：宫中祭祀礼仪、一年之中皇宫中的特别事宜、皇室制度、天皇家的历史、宪法、皇室典范、日本历史、和歌、书道等科目的修业。这些教育内容，对于哈佛大学毕业、牛津研修毕业、精通英、法、德三国语言的小和田雅子来说，几乎是一种"过家家"式的滑稽表演。但小和田雅子仍然一本正经地接受了她将成为皇太子妃的必经的程序。

4月12日在日本的年历上是"大安"日，也即黄道吉日，这天是皇室的文定纳采日。早上6点，新闻记者便又包围了小和田家。7点30分，皇家特使东宫大夫菅野弘夫到达。9点，举行纳采之仪。菅野代表天皇家送上聘礼，礼品包括两条象征吉祥的红色鲷鱼（加吉鱼），每条约重七公斤。宫廷御用清酒一荷，共计六瓶。五卷绢布，皆系京都织锦。小和田雅子全身和式打扮：束发、橘黄色彩绘和服。她的西方职业妇女式的迈惯大步的腿，裹在和服里，艰难地趋前退后，不习惯地五指并拢接过了鲷鱼。菅野按规定致辞曰："承天皇和皇后陛下的旨意，为皇太子德仁亲王与小和田雅子小姐订婚，来行纳采之仪。"小和田雅子按规定回答："谨予接受。"她的父母只跟着鞠躬。

"纳采"一词，源出《史记》，这项来自中国古礼的订婚仪式，在中国，几乎60岁以下的人都已不闻，却被日本人作为一种极其郑重的礼仪沿用至今，使人不由得心生感叹。

10点30分，小和田雅子进皇宫致辞，天皇夫妇接见她，并赠她一枚戒指。这些繁文缛节过后，当天有七千余名日本国民专程赶到皇宫签名致贺。

4月17日，小和田雅子和他的父母一道归省故里，在新潟县祖坟前，向祖先报告她的婚事。她的故乡的市民们热烈了整整一天。

4月20日，山本侍从长访问小和田宅，通知结婚的日期被定在6月9日。这个仪式叫"告期"。6月9日也是大安日，这一天，全国的国民将为此放假一天。

日本的经济不景气带来的暗淡和政治上的丑闻迭出，使日本从1992年至1993年初都没什么好消息。小和田雅子的婚事，为日本国民带来了狂热喜悦。对于全盘西化的欲望非常强烈的日本人来说，小和田雅子作他们未来的皇后，是当之无愧的形象，连日本的皇室也因此提高了档次。据经济研究机构的初步估算，因为赶在今年年内和皇太子一道结婚的人数的增加，将带来在耐久消费财产、住宅、服装等方面的有效需求的增加，会使国民总生产提高0.8%，这是大约三兆三千亿日元的经济效益。日本大藏省有可能得利最多，他们将发行纪念金币，一枚10万元的金币，成本不到4万日元，发行10万枚可赚60亿日元，若发行100万枚，可赚600亿，大藏省以后者作为追求的目标。

6月9日是在商店的充分宣传和众多民众的期待中到来的。前一天，从皇居的樱田门沿皇居护城河到半藏门，向西拐入新宿大街再进入赤坂东宫御所的沿途，便都经过清扫，悬挂了满街的太阳旗，因为皇太子夫妇在婚礼之后，要乘坐敞篷车经这条路回东宫御所。平民百姓可以在这儿观看车队。这一天的全部电视台又都是现场直播和介绍采访。

清晨6点30分，小和田雅子在自宅门外告别双亲和妹妹，前往皇居。在大雨和闪电般的闪光灯中，小和田雅子一直保持着得体的微笑，一一向两个双生妹妹和母亲、父亲鞠躬告别，最后抚摸了一下她的狗，然后登车而去。他的母亲表情淡淡，父亲面带戚戚，两个妹妹不时地抹泪。9点钟，皇太子抖擞地从东宫御所出发去皇居。10点，在皇居三大殿的贤所举行婚礼，在皇灵殿谒灵。殿内的情况并不转播，连坐在皇居三大殿廊下的贵宾也只能看着三大殿的紧闭的门窗和出出入入忙碌不停的皇居侍从发愣。只在皇太子和小和田雅子从贤所前往皇灵殿经过走廊时，观众才得以看到已经面目全非了的皇太子和皇太子妃：皇太子穿着"五衣唐衣裳"黄丹袍，一顶帽子拴在头上，后面垂着长长的颤动的帽缨。小和田雅子脸上涂着厚厚的白粉，梳着平安时代的发式，假发辫垂在背后，身穿着臃肿不堪的宽袖"御唐衣"。这"御唐衣"也叫"十二单"，共计是12件单衣套在一起,是日本皇室的婚纱,据说有10公斤重!两个人后面都拖着长长的衣裾,由侍从在后面躬腰托着或提着。那皇太子倒还神情自若,因为这套衣装他在册立皇太子时便穿过了。小和田雅子则总在瞻前顾后,大概是行动艰难,又怕踩了衣裙,或者顾忌自己转身时,后面托衣裾的侍女来不及转到身后吧!在殿内当也少不得拜叩之类……这真是一个在当今世界上挺难受的婚礼。下午3点,雅子重新作了化妆,换上了白色的西洋式结婚礼服,头上戴着镶满宝石的西式皇冠,长裙曳地,华丽而优雅,当她这样出现在电视机镜头前的时候,表情也立即明朗起来。皇太子西装革履,一对新人并肩去朝见今上天皇和皇后。天皇和皇后对他们作了简短的祝福以后,拍了具有历史意义的照片。4点45分整,皇太子夫妇便坐着敞篷汽车开始了最后的也是最辉煌的游行。

为了一睹新人芳容,有人已经在好的位置上候了两三个小时。还好,天已放晴,街道中间的积水也已及时地被警察清理干净。警察们维护着秩序,疏导着拥挤的观众,搜查行人的提包夹带,救助被挤被踩的哭泣的老幼,逮捕有抗议举止的反对者,还要负责在拐弯处奏乐,这一天,他们是最忙碌的人。车队经过时,他们全体都面向观众,背向车队,没有人侧视或回过头来。据电视台报道,这一天共出动了3万名警察,警备费用去17.27亿日元,

大约半小时以后,小和田雅子的身影消失在东京御所的"鮫ヶ门"内,这件事便画了句号。

一入皇门深似海……这个出身于哈佛和牛津的,在学问才识上都显然高于德仁一筹的才女,对她将要终生扮演皇太子的影子的角色,已经有充分的心理准备了吗?她进入皇宫以后,会对皇室的种种产生什么影响呢?这就都是很难预测的后话了。

中国古代戏曲专家传田章

我第一次知道传田章的名字是在1983年。当时，我正参加中国社会科学院文学所主持的多卷本《中国文学通史·元代卷》的撰写工作，分工负责"王实甫"等章节。偶然看到1970年8月由东京大学东洋文化研究所编辑的刊物《东洋学文献丛刊》第11辑刊出的《明刊元杂剧西厢记目录》，作者便是传田章。因为"王实甫"一章涉及关于《西厢记》在明代的刊刻、流传，所以我对于《明刊元杂剧西厢记目录》所提供的资料非常感兴趣。这《目录》根据各种明版《西厢记》的序、跋、牌记、版式、校注、题评、释语以及其他书籍的著录，将明代刊刻的《西厢记》66种（包括已佚的和今存的），以刊刻年代先后为序加以排列，使《西厢记》的明代版本一目了然。

在我看来，这《目录》的主要成就有三。一是收集较全，作者把明刊《西厢记》的各种题评本、校注本、白文本尽力网罗在内，比起当时北京图书馆正在编辑的《全国善本总目》中所收《西厢记》版本来，虽然尚有遗漏，但却补入了日本馆藏的金陵少山堂刻本等，也可以算是以长补短了。二是排列较妥，那《目录》力图按传本刊刻的先后排列，对传本没有刊刻年代记录的，也尽可能作出查考、比对，以确定刊刻的大致时期。有的本子出现诸如序年并非刊刻之年，内封缺少书牌木记，以及缺少有关的查考资料等复杂情况，都给确定刊刻年代造成了一定的困难。但是，即使从今天中国专家研究的成果来看，传田章在1970年排

东京大学的传田章教授；
50年代初进入"中国学"
的一代日本学人之一。

就的这份目录大体上仍是较为妥当的,因而证实了它的科学性。三是著录资料丰富,这份《目录》除了备有书名、版本、卷数、刊刻年代、刻家和藏家之外,还著录有编者所由断定版本各项特征的根据以备查考,增加了这个《目录》作为研究资料的价值。

在学术研究中,版本、目录、校勘等均属于乾嘉以来的"朴学"一派,这一学派在中国学术界和日本汉学界,都有深厚的基础和传统。近年在中国的古典文学研究界,研究者更多瞩目于文学的总体、宏观考察,并且通过引进、吸收各种理论和方法,开拓新的视野。但是,这并不能说对版本、目录、考证、校勘、史料搜求与整理的工作已经过时,实际上,它仍是一切研究的基础。版本、目录和校勘工作,不仅给研究者提供全面的版本状况,通过比勘以确定不同版本的特色和优劣,为进一步的研究确立良好的起点,而且,又为研究"文本"传播过程中产生的变异所反映的不同时期的社会心理、审美特征、文学批评风尚,提供了宝贵的材料。对于中国戏曲作品来说，不同版本之间的变化，有时与戏曲演出的发展变异有关，也为研究中国戏曲形态的发展提供了不可或缺的材料。

应该说，这个题目对于传田章来说，具有相当的难度。首先是，当时即使在中国，对明刊《西厢记》也还未有人作过系统的清理和介绍，在某种程度上可以说，传田先生的《明刊元杂剧西厢记目录》是开山之作。其次，《西厢记》的各种版本多数散藏于中国国内，虽然日本的内阁文库、宫内厅书陵部、无穷会图书馆、天理图书馆、京都大学文学部等收藏了诸多善本，但毕竟不易求全。第三，传田章先生其时尚未有机会来中国进行搜求，可资查考的资料自然也就受到限制。更何况，以日本学者的身份研究中国古典文学，终究是隔了一层呢？

传田章先生在研究的着眼点与方法上的具体和细密令人钦佩，因为把几十个本子放在一起进行有时候是不可避免的逐字逐句的斟酌、比勘，从中找出细微的区别，并由此探究、发现其中的规律，并不是一件容易的事。在这一漫长的研究过程中必然伴随着的寂寞与枯燥，并非是每一个人都愿意承受且能承受得住的。也不是每一个人都经得住这种大海捞针式的、常常可能是所得甚微或者有时候竟毫无所得的劳动所带来的失望。这一本《明刊元杂剧西厢记目录》记录了作者传田章的令人尊敬的执著，给我留下了深刻的印象。

1992年2月，当我走出成田机场的候机楼时，前来接我的，一位是东京大学教养学部中文科的助手，另一位就是传田章。当他用日本人标准合度的鞠躬姿势和我打招呼时，我很意外地发现，他的身高至少有一米八，比普通的日本人要高出多半个头，他有着宽宽的额头，瘦瘦的身材和一副清癯的面孔。他当时正在做中国语研究室的主任。

因为是同行，彼此的共同语言就多些，聊天的内容有时候是中国文学，有时候是日本的风俗人情。接触得多了，我才发现，传田先生其实和一般刻板的日本人不太一样,他有很随和的一面,有时做事和考虑问题,还很有人情味。

因为1992年东京大学教养学部报名修习中国语为第二外语的学生很多,所以从4月份,我就开始受聘教授中国语了。一个学期下来,传田先生从来没有过问我的教学,但我也知道,其实他很了解情况。到了期末考试之前,传田先生找到我,对我说:"考试题不用出得太难,分数判出来以后,先给我看看。"因为在考试之前,教务处会发给每一位老师一份表格,填写考生的分数,然后由任课老师直接交到教务处。传田先生说他要先看看分数,那当然就是等他看完了再填表格的意思了。

和中国一样,大多数日本的学生对第二外语都是马马虎虎,一个班四十多人,竟出了十几个不及格。我把分数单交给了传田先生,第二天,他拿了一份他改过的分数单给我看,全体学生的分数都增加了一小段,除了九十多分的没有加分之外,八十多分的每人加二三分,七十多分的每人加四五分,六十多分的加六七分,五十多分和四十多分的就每人加十几分,这样一来,不及格的就剩下三四个人了。看到分数越少,加分越多,越不用功,越占便宜,我很惊愕。他说:"日本学生一般修第二外语都只是为了学分,所以不用太严格,个别学生将来想学中国语的,你不管他,他也会努力。这十几个不及格的人,以后没有机会再补考,他们的学分就不够了。"看到我由惊愕逐渐变为温和,他又说:"日本学生从小学上到中学、大学,竞争都很激烈,大学是他们最后的自由的日子,将来他们工作了,就更累了,要一直累到退休为止。"说这些话的时候,他一直看着我的眼睛,很认真,也很动感情。的确,日本的学生,一旦离开大学校门,就得拼命地工作,为了保住职位,为了有所成就,为了不断地升职加薪,他们每天都得抖擞精神。报纸上经常刊登的因疲劳而致死的公司职员的事例越来越多,读来也是挺触目惊心的。这时候,我已经点头同意了他的改分做法。

第二个学期我就不用他指点了,当我把一张只有两三个人不及格的分数单交到他手里时,他嘴里说:"不用看了。"还是把单子溜了一遍,然后点点头,眼睛里含着笑意。

一般日本大学的教师,都有一个第二职业,多半是在另一所大学里兼职,传田先生的第二职业是在 NHK 的放送大学教授中国语。这"放送大学"等于中国的"广播大学",面向全日本,从教材编写、讲授到辅导、考试,都由传田先生一个人包了。东京大学是国立大学,那里的教授叫"教官",退休叫"退官",退官的年龄是 60 岁,所有的教官都毫无例外。"退官"时,学校会为他举行一个退官仪式,并请他在仪式上作一个自己业务领域的、很专业化的报告,之后印制一本很庄重的纪念册。东大的教员退休之后,一般总会再接受私立大学或者什么别的单位的聘任,再去干那么十几年。传田先生说,等他从东大退休了,就会得到放送大学的正式聘任,成为放送大学的教授,而当时,他还是那里的"客座教授"。

放送大学的教材四年一变,1992 年 5 月传田先生的新教材刚刚印好,他请我为他做新教材的发音示范。这样,有三四个月,每星期都有一天,我要很早就从住处出发,跟着他坐上将近两个小时的电铁,到遥远的千叶县的日本放送大学去录音。

这 NHK 广播电台的中国语教学,每节课是 45 分钟,传田先生主讲,我朗读。一进录音室,大家当然就只能靠眼睛和手势来协调动作了,45 分钟的一节课,很少有一次录音成功的时候。传田先生没有详细的讲稿,每当临时发挥出现错误时,他都会拍一下硕大的脑门,先自己懊恼一番,然后站起身走到录音室外,向负责录音的机务人员道歉,那两个机务人员一边说着"没关系"之类的话,并做出毫不在意的样子,一边把录错的带子倒回去,把设备调整妥当。有时候,他接连出现错误,造成屡屡

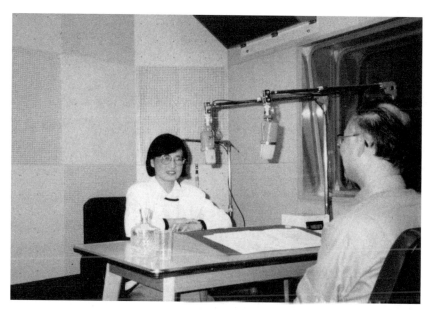

与传田章教授在NHK录制汉语教学课程。

停机,他不好意思了,也会两手据案,俯身到话筒前,把头伸过来,悄悄地跟我说:"我今天真是糟糕透了,可能是因为昨天晚上没有睡好,真糟糕。"然后再跳起身来,跑出去作例行的道歉。

记得他的教材的开始是这样的对话:

小胖:妈!

妈妈:小胖!来,吃肉包!

他在东大教养学部教中国语时,也是以"肉包"为中国语教学的开始,所以凡是上过传田先生课程的,"肉包"二字都说得挺溜。年末在东大教养学部的学生节上,我们看到几个办模拟店的学生在路边支起了一个小摊位在卖炒面条,这小店的店名就叫"肉包屋"。这几个把"肉包"当了店名的孩子一定是传田先生的弟子了,我们想。

传田先生说他喜欢旅游,两年中,他带我们去过一趟京都、奈良,一趟九州。按照东京大学的规定，外国人教师每年可以公费出去旅游一次，传田先生就要自己掏腰包了，当我们表示可以自己去玩，不麻烦他时，他摇摇大脑袋，然后说："我喜欢旅游。"他除了征求我们想去哪儿的意见之外，具体的安排和设想，全不向我们通报，到了约定的日子，在约定的时间和地点，他一定会准时到达，然后我们就跟在他后面一溜小跑地开始了旅游。他安排得很细致，也很紧凑，住的旅馆和新干线车票是预订好的，上午去哪儿，下午去哪儿，中间使用什么交通工具，哪天中午在哪儿吃饭，他都事先有周密的计划。

　　1992年2月26日，我们三个人去西日本的京都一带旅游。上午10点，准时在东京站坐上了新干线，12点36分就到了京都。按照安排，我们在车站吃了点东西，下午就到宇治市的黄檗山宝藏院（也叫贝叶书院）去看铁眼禅师主持刻的"一切大藏经"经版。这"一切大藏经"全是中文，共计有6956卷，包括了经文、律文和解说，其他还有天文、人文、医术、药学、人道等方面的内容，像是一部佛教的百科词典。在楼上我们看了宋刻、元刻、明刻的《大唐西域记》，刊本保存得干净完好。我们第一次旅游的第一站，便是以中国文化与日本文化的衔接作为开始，想来，这是传田先生的用心安排。当天下午，我们又在宇治参观了日本黄檗宗开山祖师——中国明末高僧、祖籍福建福清的隐元和尚的伽蓝万福寺，第三个观光点才是日本寺庙平等院。27日，我们连跑带颠地参观了奈良的春日大社、东大寺、唐招提寺、药师寺和东、西塔，这些都是日本最有特色的古老神社和寺庙。28日便到了大阪，前往参观丰臣秀吉的城堡……

　　这三天中，传田先生很高兴，他换下了平时笔挺的西装领带，穿得随便、舒服，背着一个大包，时不时地掏出一顶皱巴巴的帽子戴在头上，或者掏出当月的全国列车时刻表来查看。在电铁上，有时候和我们说得高兴时，他还会用两只手拉住车上的吊环把手，身子在车里荡来荡去，惹得旁边正襟危坐的日本人向他投过去诧异的目光，这种时候，我觉得他带着几分童心的样子真可爱。

传田先生常跟我说他是"乡下人"，因为他出生于长野县，他可能在某些方面确实一直自外于东京这个大都会。他说他是"糖果店的孩子"，因为他的父亲在乡下开一个糖果店，他一直到快60岁的时候，还有吃糖果和甜点的爱好，因此他们的中国语研究室，也就是教员的休息室的桌子上，常放着甜食，当然那甜食也是他吃得最多。

他凡事都喜欢做得尽善尽美，有一次我对他说，我想要一些在日本的主要刊物上发表的中国古典戏曲研究的论文，今后还要进行这方面的研究，他点点头说："正好！我有《东方学》、《中国文学报》和《日本中国学会报》三种刊物的全部，我也正想把有用的复印下来，刊物就卖掉了。明年我退休，我的研究室也要交出去，家里也没有地方放这些刊物。"然后，他每天饭后就开始到复印室去复印了。那复印室有两架很大的复印机，我有课的时候，也会提早到校去帮他印，印的发黑的，或者歪的，他都要重新印。断断续续有一个月，才算全印完了，他把那一大摞复印材料抱回了他的研究室。过了几天，当他把装订好的资料交到我手上时，我吃了一惊——那是十几册大小切割得一样的书册，三种刊物装帧了三种不同颜色的封面，封面上贴了白色的签条，上面写着刊物的名称和这一册所包括的资料所属的期数，装潢得干净、考究。我原以为他会把复印的材料分成两份，把我的一份装在一只大口袋里给我的，我说："传田先生，你做事真细心哪！"他说："这是我的趣味！"我想，他说"趣味"二字又说得欠妥了，就像他平时该说"我真不好意思"的时候，总要说成"我很害羞"一样，他的汉语口语有时候不太行。

1993年9月份，他应北京大学中文系的邀请，要进行短期的讲学，他发愁地跟我说:"我作为一个日本人,到中国去讲《西厢记》研究,这总是不太好讲。"最后,他决定讲"日本的中国戏曲研究史",讲日本人对中国戏曲研究的历史。直到出发前的半个月,他才开始写讲稿,他写一段,我给他翻译一段,一直到他临近出发,这一万五千字的讲稿才算完成,我们俩都弄得挺紧张,他不好意思地说:"真对不起,我总是到最后才着急。"

他的讲稿中讲了从大正时期开始对元曲进行研究的盐谷温,讲了构成战前元曲研究顶峰的京都学派和战后在中国戏曲研究中以尝试社会人类学研究而居于领先地位的田仲一成,只字没有提到自己。

其实,日本学者对中国戏曲的版本、目录方面的研究是颇有传统的,传田先生对《西厢记》版本的研究,也逐渐形成了一个很有特点的系列,从1965年发表《万历版西厢记的系统和它的特征》到1993年到北大讲课,他已经在中国古典戏曲研究的领域耕耘了二十几个年头,逐渐把董西厢、王西厢、南西厢的各种版本,都理出了一个头绪。汲古书院为他出版的装帧精美的《明刊元杂剧西厢记目录》增订本后面,附有"清刊本简目"、"近人校注本简目"、"译本简目",为后来的研究者提供了不可忽略的、有益的借鉴。可一提他的研究,他就很认真地说那"不值一提",看他的神情,既不像谦虚,也不像是故作谦虚。

传田先生生于1933年,1957年他24岁时,在东京大学研究生院获中国语学文学硕士学位,1962年,在东京大学研究生院中国语学文学博士课程修业期满。他在东京大学任教期间,虽然大部分的研究成果都是元杂剧方面的论文,但他对中国语言方面的研究还有不解的情结,他在二十多年的教学中,建立了自己教授中国语的方法和体系,使用自己编写的教材,这"情结"也构成了他退官之后,进入广播大学专门教授汉语的重要原因。

我所认识的平山久雄

在去日本之前，我就常常听到从日本回来的北京大学、社科院文学所和语言所的朋友们谈起东京大学文学部中国文学科的平山先生，谈起他为人的宽和，待人的周到。我对他的认识，也是从"宽和"和"周到"开始的。

初次结识平山先生，是在1992年5月23日，那天，我跟着他到国立教育会馆，参加第37次"国际东方学者会议"的闭幕式，原因是我有书信要面交伊藤漱平先生。当时，伊藤先生已经从东京大学退休，到私立的二松学舍大学去做校长，平日他太忙，到他担当"会长"的东方学会会上去见他，当然是一个比较妥当的场合。这一安排是平山先生的主意，他是东方学会的理事，1990和1991年度《东方学》刊物的编辑委员和会议的"运营委员"（大概相当于中国的常务理事）。

到达会场时，伊藤先生已经在那里致辞，致辞之后便是自助餐和自由活动。平山先生把我介绍给伊藤先生，简短的交谈和合影之后，我的事情就办完了。新结识的来自复旦大学而当时在金泽大学教书的李庆，一边向我推荐日本的寿司卷、鲑鱼、烤牛肉，一边和我聊他在公派期满之后继续应聘的过程。

自助餐还在热烈地进行的时候，平山先生就和当时正在东京大学文学部应聘为"外国人教师"的北大中文系的倪其心先生一起来叫我，说是要带我们去看看银座——这个举世闻名的日本豪华商业区，并邀请

平山久雄先生（中）与倪其心、么书仪在银座街头。

正在和我聊天的李庆也同去。

　　出了教育会馆的大楼，转过两条街，又坐了一段出租车，就到了银座的路口。1992年的年初，当我离开中国时，北京还是"百货大楼"的时代，所以第一面见到银座时，它的雍容华贵和明亮：服装店漂亮的模特儿、珠宝店华贵的饰品、灯红酒绿的店铺，都使我至今记忆至深。街上的人倒不拥挤，远远比不上像"新宿"那样的带点平民化味道的购物天堂热闹。后来听说因为那里的东西太贵，一般人都只是到银座去观光。日本的名店，只要是在银座有"本店"，就会很有面子，这是一种身份、一种标志，至于在银座的本店会不会赚钱，倒还是其次的事情。

　　不一会儿，天上下起了濛濛细雨，平山先生迅速地，又似乎是不经意地把我们三个都看了一下，就把手里的雨伞递给了我，然后转过身，继续边走边与倪先生说话。平时在中国也有突然在街上碰到下雨的时候，大家身穿夹克衫什么的很随便的衣服，淋点雨也不算什么，但那天看看周围的日本人都撑起了伞，大街上只有我们一行四人中，三位男士都是西装笔挺地冒雨行进，突然感到不太对劲。心里暗暗嘀咕：平山先生自己带了伞也只能跟着淋雨，若是雨越下越大可怎么办呢？还没想出所以然，又转了两个弯子，平山先生就把我们带到了一家开在六层楼的"音乐餐厅"，店名叫"狮子"，说是进去吃点点心，听听唱歌。

我们被侍者带进去，安排在离一座装有钢琴的舞台最近的座位上，平山先生为大家要了意大利面条和炒米饭，还有啤酒。饭和酒刚刚上齐，台上的演出就开始了。

餐厅很大，舞台下有六七排饭桌，每排有十来张桌子，一张桌子可以坐四至六个人，那天，坐满了的大厅，足足有三百余人。先是四个年轻漂亮的女生和三个男生表演钢琴和提琴合奏，平山先生告诉我们：这些演员都是业余来打工的音乐学院的学生，他们每星期演出一两次，既练了琴、练了声，也挣了钱。之后，七个人时分时合，合唱、独唱、合奏、独奏，轮番出演。一律的西洋唱法，一律的西洋音乐，我能听得出的有《卡门》和《费加罗的婚礼》中的插曲。演员们的音质不错，表演得也很认真。其中有个高高个子的男生，分别用汉语和日语独唱中国歌曲《在那遥远的地方》，李庆连忙上去和他攀谈，他说他是上海音乐学院毕业的学生，正在日本留学。大约四十分钟，一场演出便结束了。热烈的掌声之后，有人退场，不愿退场的，可以接着看下一轮的演出，节目是一样的。

从音乐餐厅出来，李庆脸上红彤彤的兴奋不已，因为那一天恰好是他的生日，他得到一位唱歌的小姐的祝贺和店里赠送的一扎啤酒。平山先生说：这里是属于这类地方中比较高雅的一处，来这里消遣的人文化层次也高些，他每年会陪朋友光顾两三次。

这时候，雨已停了，分手的时候，我把雨伞还给了平山先生。平山先生把我们送到车站的入口，道别之后，便匆匆地消失在人群中。这一晚的活动安排使我们感到意外，却又显得自然，按照平山先生的说法，他只是"略尽地主之谊"。倪先生和李庆都为平山先生的周到所感动，但我却在事后的许久都感到不安：该不是因为我们都没带雨伞，又还不习惯像日本人那样，马上去商店买一把简易雨伞，为避免在雨中挺进的尴尬，平山先生才临时决定带我们去音乐餐厅避雨的吧！若果真是那样，让他破费许多，倒是真有点让人过意不去了。

两个月后，平山先生约我去他教课的一个在新宿的汉语学校，去为他的学生示范发音，他说，他要让他的学生听一听真正的中国人的标准发音。从新宿回来，我知道了平山先生的专业范围是中国语的音韵史、语法、词汇研究，也逐渐了解了他的渊博学识。

他的研究最初是以北京话为立脚点，从中古音韵研究入手，然后扩展开去，波及中国语的各种方言语系，如今已扩展到避讳研究和训诂学领域。

从1959年他还在东京大学文学部中国文学科修习博士课程的时候起，到1997年6月，他发表的论文已有七十余篇。作为一个语言学的外行，我很难确切地估价平山先生在中国语音韵学研究方面的成就和地位，但北京大学中文系音韵学专家唐作藩先生所说"平山先生的语言研究作风严谨，从80年代以来影响较大，在日本当代汉学界是首屈一指的"的说法，我想应该是接近事实的，因为唐先生本人就是一位严谨的学者。

平山先生对中国的同行和语言学研究前辈，表现出深深的尊敬和感佩。1997年12月，日本东方书店刊行的《东方》杂志第200期纪念号中，载有日本当代的100位学者关于读书的短文，每位学者都写下了对自己认为最好的三本书的印象，平山先生写的第三本书，就是段玉裁的《说文解字注》,他说:"这书的妙处是笔墨和言辞都无法穷尽的,只要读下去,你阅读过程中产生的疑问,就会得到解答,也许我的说法是一个奇怪的褒扬。我从这本书中得到的快感和喜悦,和阅读现代第一流的书籍时的感觉是相同的。"这段话对学通经史、精于音韵训诂的清代学者段玉裁充满了敬意。1981年中国语言学家王力先生曾到日本讲学,当时在东京大学任副教授的平山先生陪同接待,1986年王力先生魂归道山之后,平山先生、王力先生与东京大学校长的合照也就成了珍贵的历史资料。1989年,平山先生应北京大学和中国社科院的邀请到北京、武汉、广东、南京、上海、深圳、天津等地访问,并在中国社会科学院语言研究所、北大中文系、中国社会科学院语言文字应用研究所、华中理工大学、广东省社科院、南京大学、复旦大学、华东师大进行演讲。行色匆匆之间,平山先生还特意到王力先生和音韵学专家周祖谟先生家去探望王师母和周师母,并在王先生、周先生的遗像前深深鞠躬,表达敬意,这种崇敬先贤的作风,令人十分感慨。1997年,他在为庆祝唐作藩教授七十寿辰学术论文集《语苑撷英》(1998年由北京语言文化大学出版社出版)所写的序文中说:

> 唐作藩先生是王力先生的高足,继承和发扬了王力先生的学风,其著作的特色是"深"、"博"和"中",这是我所推服的。众所周知,为学常患失之于"偏"或"不及"或"过","中"则不易达到。我向来认为赵元任先生著作的一个特点就是中庸,其大过人处正在此,当然这是我这偏颇学人的一己之见。

在这里,平山先生由衷地对现代三位语言学家的研究特点,作了切中肯綮的描述,并对他们的成就表现了一种叹服,这正是平山先生作为一个"学者"的品性。

平山先生和北大中文系语言专业的学者一样,也秉承了由王力先生发扬光大了的治学严谨和涉猎宽泛的传统,在他的长长的一串论文题目面前,你会觉得他是一个"通人":

《中古入声和北京话声调的对应通则》
《敦煌毛诗音残卷反切的研究》
《唐代音韵史中轻唇音化的问题》
《中古汉语的音韵》
《切韵中蒸职韵开口牙喉音的音价》
《关于〈史记正义〉论音例的"清浊"》
《中古音重纽的音声表现和声调的关系》
《〈中原音韵〉入派三声的音韵史背景》
《上古汉语的声调调值》
《日僧安然〈悉昙藏〉里关于唐代声调的记载》
《中国语中避讳改词和避讳改音》
《从历史观点论吴语变调和北京话轻音的关系》
《邵雍〈皇极经世声音唱和图〉的音韵体系》
《中古汉语鱼韵的音值——兼论人称代词"你"的来源》
《唐时代的音韵和唐诗》
《重纽问题在日本》
……

这当然远远不是他研究成果的全部。

"学识渊博"在人们的心里,似乎是个很缺少个性的短语,可以用在任何一个拥有一定地位和学术成就的学者身上。然而,"渊博"有深浅之分,真正能担当得起"渊博"二字的人并不多,平山先生应当就是这"不多"的人中的一位。

  一个日本学者研究中国的方言,听起来是一件不可思议的事情,起码我是这样感觉的。平山先生对中国的方言,似乎有着特殊的敏感,他的学术论文涉及的方言有:北京方言、吴祖方言、客家桃源方言、闽南闽北祖方言、厦门话、山东西南方言、江淮方言、北方方言、河北方言、苏州方言、吴语、晋语……诸多方面,曾使我感到惊讶。直到后来我参加了一次平山先生对北京方言发音的调查,我才对他学问的根基和治学的勤奋有了一点感受。

  1993年六七月间,平山先生约我到早稻田大学政治经济学部他的工作室作方言调查,他和东京外国语大学中国语学科的四年级学生更科慎一一起做这件事。更科慎一以北京话的儿化作为研究对象,正在准备他的毕业论文。平山先生主要是研究北京方言内的小方言之间在音韵体系上的差异。他早年一直跟着樱美林大学教授水世嫦女士学习会话,水先生生于东城区东总布胡同,直到大学毕业,都是在东城区度过。我则居住在西城区,平山先生把水先生和我的发音与《普通话发音图谱》对北京方言的发音描写对比,对北京方言中的小方言进行细致的观察品味,寻找彼此的异同。他们不停地一边商议、一边记录我的发音部位、特征和音标,并询问听起来相近的发音之间在方式上的区别。他们在调查前有细致的调查提纲,所提的问题又常常极微妙,两个人的语感都很敏锐,在三次共计六小时的方言调查中,不断地对各种类型的发音提出质疑、作出判断……这真不是一件容易的工作。两年后,平山先生寄给我一本早稻田大学政治经济学部教养诸学研究会的刊物《教养诸学研究》第96号,上面的《北京方言的音声观察一例》,就是这次方言调查的结果。

  后来,我又知道,1996年他到福州开会时,特地腾出一天的工夫,以一位从小生长在福州的梁女士作为调查对象，不失时机地对福建方言进行观察。我想，不会太久，他对闽方言又会有新的研究文章刊出。或许在平山先生看来，抓紧来中国的机会进行专业研究，比旅游观光更会给他带来乐趣。

把自己定位于"学者"的平山先生（先生的父亲就是中国人熟知的松村谦三先生）具有在我看来与中国传统道德一致的品性：对事业勤奋、严谨，为人宽和、周到，情感含而不露，对名利也很淡泊。唐作藩先生一直在遗憾，他曾经希望平山先生在中国出一本论文集，让中国的同行也了解一下日本的中国语言学研究者的研究方式和特点，但平山先生自己说，时机还不够成熟，他没有同意。他不愿这样做，自有他的理由，但在中国人看来，便常常很自然地理解成是他淡泊于名利了。

1993年3月，他年满60岁，到了国立的东京大学法定的退休年龄，他应聘到私立的早稻田大学做特任教授。在东京大学文学部中文科（中文系）任职期间，他一直有行政职务在身，忙于与中国的学术交往事宜。花甲之后，或许是他想要做一点自己想做的事情了，他不再教专业课，而是进入政治经济学部去教基础汉语，腾出许多时间进行他的音韵研究，从1994年至今的短短四年间，他已有15篇文章问世这一事实看，我的推测或许并非全属虚妄。

平山先生对自己所从事的事业，并不怀疑它所具有的意义。在他选择中国语为自己专业的20世纪50年代初期，正当新中国刚刚建立，当时，日本学生中，作这种抉择的人并不是很多。平山先生对我说过：四十多年前他刚刚进入东京大学的时候，日本的大学生一般都选择德语或法语为第二外语，选择汉语为第二外语的，全校只有十五名，以汉语为专业的人就更少了；而如今，东京大学光是教养学部的1996年新生，修习中国语的人数就超过了一千名。又有一次，我和他偶然谈到自然科学和人文科学对社会的贡献大小问题，他说：自然科学的成果是有形的，但也有时间限制，而精神的产品是永恒的；我相信一个民族的文化基础，应该主要由文科的学问来奠定、维持和发展。言辞之间，充满了自信，不像我，对自己生存的价值，内心总有一种不稳定的惶惑感。

平山先生身上有浓重的书卷气，然而绝不是书呆子，他办事能力极强，应变也敏捷。1993年，第26届"国际汉藏语会"在日本召开，平山先生作为东道国的代表，负责参加筹划和实施这个国际会议。大到主持会议，小到去机场迎接境外代表，事必躬亲。唐作藩先生回忆起平山先生在会前陪他们去游大阪和神户，会议期间忙于开会和会务，直到回国的前一天，还利用这一天的空闲陪他们去箱根游览：参观了雕塑博物馆，坐海盗船游了芦之湖，参观了旧日东海道驿道的柳杉木林荫道，吃了硫磺温泉煮的黑鸡蛋，坐了观光缆车，最后还准时回到东京的饭店参加预定的告别宴会。因此，唐先生对平山先生不仅虑事周到，而且做起事来干净利索、井然有序，完全具有一个社会活动家的风范由衷地钦佩。

平山先生喜欢集邮，我也喜欢邮票，因此他每次来信或寄来书籍邮包时，信封上都贴着一大片漂亮的纪念邮票，使我惊喜不已。

他又是有名的火车迷，精通日本铁道的方方面面，你和他一同出去旅游时，他会带你去坐不同型号的火车、汽车、游览车，让坐车也成为那次活动有趣的部分。1997年8月，他到青岛参加"青岛官话方言研讨会"，空余的时间，他一个人上街，意在乘坐各种公共汽车，他说："连接车、小面包车、还有双层车都很有特色。"的确，这几种车都是日本没有的。

在青岛，崂山、仰口观光使他兴奋不已，在信里说："日本和尚圆仁写的《入唐求法巡行记》中，写着他最后沿着胶东半岛回日本的路上，也曾经过'崂山泊'。当时胶东半岛石岛附近的赤山（今作斥山）有新罗的海商张宝高创建的赤山神院，跟圆仁关系很深，张可谓是圆仁的大恩人。据说近年韩国人在那里建立了张宝高的纪念碑，我想哪年去那里凭吊一番。"他以自己的博学，使青岛之旅变得具有了一种历史感。

记得1996年他从西安取道山西回到北京，在给我的信中写道："今年山西给我的印象就是满目泥土，当时我领会到，中国是土的文化，日本是木的文化，西欧大概是石的文化……三年前去大同，一过八达岭就感到'风景异'，同行的人开始也有兴趣，但后来似乎有点腻了。我却一点都没有感到单调，几个小时一直贴在窗边看着远近的风景。云冈石窟的印象也是难忘的，想再去一次……您读过9世纪的日本和尚圆仁写的《入唐求法巡行记》没有？他也去过五台山，在那日记里留下了相当详细的记录。那《行记》几年前在中国排印出版过。"似乎是出于一种对宗教情绪的认同和丰富的文化感，使他在中国这个文明古国游历时，产生了一种类似皈依的感觉。

今年，平山先生在早稻田大学任职已经进入了第五个年头，按照早稻田大学的规定，他的聘任可以延续到70岁。当他在信中偶然谈到东京大学文学部中文科最后一名30年代出生的老同事已经退休；第一个翻译《红楼梦》，也介绍周作人作品的，具有"文人气派"的学者松枝茂夫已经作古；战后著名的歌舞伎演员尾上梅幸刚刚过世时，我能感到他由于生命的有限和无常引起的深藏的悲心，而这悲心引起我长久的共鸣。

2008年7月22日附记

和先生始于1992年淡淡如水的联系一直不曾中断，每年的新年我会有贺年卡送上祝福，春节时候先生也有早稻田大学特制的贺卡带来问候，想起来的时候相互赠送中日的纪念邮票，也是我们之间的共同快乐。我仍然喜欢给先生"写"信，可是先生已经更习惯于使用电脑了。

2008年5月29日,平山先生到北大参加"国际中国语言学会年会",北大中文系的先生们在勺园设宴为先生洗尘,年纪大的如唐作藩先生、袁行霈先生,年纪轻的如陈平原先生、夏晓虹先生都去了。对于老年人来说,重要的是和老朋友见见面,吃饭其实不过是个由头。先生的变化不大,精神和心情都很好,思维敏捷、言辞妥切,这是2002年之后我再次见先生。